인간시장
9

김홍신 장편소설

죽 어 도 좋 아

인간시장

| 차례 |

수모

몸이 부르르 떨렸다. 참기 어려운 수모였다. 내가 사는 땅에서 일어난 일이 아니어서 당장에 달려갈 수도 없는 일이었다. 창문을 열고 밖을 노려보았다. 누군가 나를 만나러 올 거라고 했다. 생각 같아서는 그 녀석을 물고 내어 어떤 조직인지 캐내고 싶었다. 그렇게 되면 납치된 다혜의 신변이 어찌 될 것인지를 알면서도 해본 생각이었다. 어럿어럿해서 어떤 녀석들의 소행인지 추정되지도 않았다. 분한 생각뿐이었다. 냉수를 벌컥벌컥 마시고 다시 창 너머를 보며 내게 올 녀석의 모습을 상상해보았다. 납치했다는 사실을 알리고 내 거취를 타진할 녀석이라면 보통 배짱 있는 녀석은 아닐 것 같았다. 어쩌면 알 만한 얼굴일지도 모른다.

납치란 가장 비열한 수단인 것이다. 정정당당하게 싸울 배짱이 없으면 물러나는 배짱이라도 있어야 할 것이다.

택시 한 대가 천천히 올라왔다. 가슴이 뛰기 시작했다. 대문 앞에 멈추었다. 문이 열리고 세련된 용모의 계집애가 내렸다. 택시가 회전하는 사이에 초인종을 눌렀다. 택시는 대문 앞에 대기하는 눈치였다.

"누구요?"

일부러 시치미를 떼고 물었다.

"심부름 온 사람입니다. 연락 받았을 텐데요."

또렷또렷한 서울 말씨였다.

"문을 잠그고 들어오쇼."

그러고는 아래층으로 내려섰다. 하얀 피부에 큰 눈망울, 단발머리에 훌쩍한 키, 무릎이 보이는 짧은 원피스에 잘록한 허리를 묶은 끈이 인상적이었다. 살결은 다듬은 것처럼 투명한 윤기가 돌았다. 흠잡을 데 없는 미녀이기도 했다. 턱짓으로 소파를 가리켰다. 이 여자의 정체를 알 수가 없었다.

계집애는 이제 갓 스무 살이 넘었을 것 같았는데 침착하게 자리에 앉았다. 단정하게 무릎을 붙인 채 집 안을 한바퀴 휘둘러보았다. 그 틈에도 내 눈치를 재빠르게 훔쳐보고 있었다. 나는 담배부터 빼어 물고 맞은편에 앉았다.

"내가 장총찬이오."

"알아요."

밝게 웃는 모습이 인상적이었다.

나한테 엄청난 얘기를 하러 온 계집애 같질 않았다.

"왜 납치를 했소?"

나는 결코 성급하지 않으리라고 몇 번이나 다짐을 했지만 이렇게 묻고 말았다.

"내가 대답할 여자 같애요?"

"알고 넘어갈 문제 아닙니까?"

"내가 괜히 여기 온 사람은 아닙니다. 그만한 것쯤은 알아주셨으면 좋겠네요. 장총찬 씨 앞에 여자 혼자 당돌하게, 그것도 복잡한 문제로 찾아왔을 때는 그만한 자신이 있어서 왔지 않았을까요?"

"그건 그렇소. 그러나 당신은 죽음을 각오해야 할 거요. 내 성질쯤은 당신도 알고 왔을 테니까."

"물론이죠. 그러나 내게 손을 대면 다혜 씨가 어찌 된다는 걸 먼저 아실 테죠? 내가 여길 배짱 좋게 올 수 있었던 첫 번째 이유는 바로 그거예요. 나를 어쩌진 못할 거예요. 해봤자 아무 소득도 없을 테고요."

"나는 앞뒤 가리지 않소."

모지락스럽게 말해 줄 필요가 있었다. 이 계집애의 당돌함이 어디까지 갈 것인지를 알아두고 싶었다.

"그럼 마음대로 해보시죠."

계집애는 싸늘하게 굳어지더니 벌떡 일어섰다.

"그대로 앉으쇼. 또 약한 여자를 땅바닥에 꿇려본 적이 없소. 이 방에서 한 발짝이라도 나가면 그땐 당신을 정말 그냥 두지 않겠소."

"다혜 씨 생각하세요."

"하고 있소. 당신들이 누군지는 모르지만 먼저 비겁하게 나왔소. 그러니 내가 이만큼 대접하는 건 각오해야죠."

"다혜 씨한테 무슨 일이 생기는 건 순전히 장총찬 씨 행동에 달렸어요. 그건 아셔야죠."

"알고 있소. 다혜에게 무슨 일이 생기면 지옥 끝까지라도 쫓아가서 당신들 모두를 남김없이 박살을 내고 말 거요."

"그렇게 사랑하시나요?"

"그렇소."

계집애는 내 눈을 무섭게 쏘아보았다. 웬만한 배우 뺨칠 만한 미인이었다.

"그럼 용건부터 말하지요."

계집애가 다시 단정하게 소파에 기대앉았다. 나는 계집애를 만나고 두 번째 담배에 불을 붙였다.

"우린 장총찬 씨를 정중하게 초청합니다. 시간은 빠를수록 좋습니다."

계집애 표정은 조금 전과 달리 생글생글해졌다.

"이유가 뭐요?"

"다혜 씨를 구하셔야 하잖아요? 그렇게 사랑하는 여인인데요."

"지금이라도 풀어주면 되잖소. 그러면 굳이 초청받을 필요도 없고 우리가 얼굴 붉히며 마주할 필요도 없잖소."

"나는 얼굴 붉히지 않고 웃고 있어요. 안 보이세요?"

계집애는 여유 있게 농담까지 했다. 한주먹 거리도 안 되는 계집애한테 놀림받는 기분이 들었다. 계집애가 웃고 있는 건 사실이었다. 마치 다혜의 납치가 내 속셈을 떠보기 위한 것처럼 느껴질 만큼 그녀는 여유 만만하게 웃었다.

"당신은 생글거리며 웃을 힘이 있는지 모르지만 나는 한 방으로 당신을 눕히고 싶은 게 솔직한 심정이오."

"솔직해서 기분 좋아요."

앉은 자세나 생글거리는 모습이 조금씩 바뀌어갔다. 확실히 매혹적이었다.

"당신, 지금 나를 유혹하러 온 거요?"

내가 이렇게 물었다. 허벅지 깊숙한 곳이 보일 정도의 앉은 자세나 파인 앞가슴이 선정적으로 보이는 자태를 연출하는 솜씨가 자연스러우면서 매혹적이었다.

"유혹하면 안 되나요? 어차피 세상은 자기 기분으로 사는 거잖아요? 장총찬 씨를 좋아하는 건 내 자유예요. 받느냐, 받지 않느냐는 상대의 자유겠지만 말예요."

"지금 농담할 때가 아니잖소. 순서가 있으니까 얘길 꺼내보쇼."

"그러지요. 첫째는 장총찬 씨를 조금 멀지만 프랑스까지 초청하겠다는 거예요. 둘째는 모든 것은 그곳에서 해결하자는 거예요. 이 두 가지가 내가 여기 와서 할 수 있는 얘기 전부지요."

계집애는 득의에 찬 모습으로 나를 응시했다.

"왜 나를 초청하는 거요? 할 얘기가 있으면 여기서 할 수 있잖소. 당신들은 지금 유리한 입장이고 강자요. 나는 불리한 데다가 혼자요. 다혜를 납치했으니 여기서 요구 사항을 제시하는 대로 내가 들어주리라는 걸 알고 있잖소. 대체 요구 사항이 뭐요?"

"그 이상의 어느 것도 나는 모르지요. 프랑스에 가면 대답해 줄 사람이 있을 거예요."

"그럼 당신들 정체나 압시다."

"아까 얘기했죠. 그 두 가지 이상의 어떤 것도 나는 모른다고요."

"그렇다 칩시다. 그럼 당신은 누구요? 반반한 걸로 먹고사는 여자일 거라는 내 생각이 틀렸으면 좋겠소. 그 얼굴로 어떤 조직의 앞잡이가 되었다면 여유 있는 조직이겠지요. 일테면 부잣집 녀석들과 한패가 되어서 이런 짓을 한다면 당신의 인생이 가엾어서 하는 말입니다. 당신이 어떤 득을 보면서 이러는지 모르지만 원하기만 한다면 지금 받고 있는 만큼은 내가 주선할 수 있소. 당신의 신변도 보호할 수 있고요. 당신은 내 소문을 들어서 알 거요. 나는 내가 한 말은 책임지는 사람이오. 그만한 능력도 있소."

"그 정도야 알고 왔지요. 이제 보니 나를 유혹하실 속셈인 모양이죠?"

"당신 인생이 가엾어서 한 말이오."

"그렇게 함부로 말하는 거 아니죠. 인생의 길고 짧은 건 대봐야 아는 거니까 말예요."

"당신 이름이나 압시다."

"미스 민예요."

"그 이상은 말할 수 없소?"

"나를 안다고 해서 장총찬 씨한테 유리할 게 없어요. 나를 알려고 하지 마세요."

"왠지 우리 둘의 인연이 깊을 거라는 생각이 듭니다."

"난 그렇게 어리석지 않아요. 다혜 씨가 이번 말고도 수난이 있었다고 얘길 들었어요. 현명하게 대처하세요. 우리가 이미 초청장과 여권은 준비했어요. 내가 지정한 날 비행기를 타기만 하면 돼요."

"내가 프랑스에 가면 다혜가 살아납니까? 아니면 나는 죽고 다혜만 살아납니까?"

"그건 가서 결정하기에 따라 달라집니다."

"그렇다면 나는 결국 죽게 되겠군요."

"왜 그렇게 생각하죠?"

"원한에 사무친 자들이 많을 터이고 나는 타협하지 않을 테니까 말이오."

"목숨은 스페어가 없어요. 정말 그럴 결심이라면 가지 않는 게 현명하죠. 다혜 씨 한 사람 잃고 마는 것이 현명하다는 걸 내가 강조하고 싶군요."

나는 그 말에 대꾸하지 않고 계집애를 무섭게 쏘아보았다. 여유 있게 웃던 모습이 금방 수그러졌다. 배짱 두둑한 사내라도 내 험악한 표정을 보면 떨기 마련인데 이 계집애는 그렇지 않았다. 내가 어떤 해코지를 할지 모르면서도 아주 태연하고 당당했다. 패거리들이 이 계집애를 내게 보낸 이유가 있을 것 같았다. 배짱 있는 사내보다 일을 더 잘 처리할 거라는 어떤 믿음이 있기 때문일 것 같았다. 탤런트나 배우로 나서도 손색이 없는 용모와 세련된 자태가 아깝다는 생각이 들었다.

이만한 계집애를 수족처럼 거느리고 파리에서 다혜를 납치하고 그리고 나를 파리까지 초청해서 처리하려고 한다면 자잘한 패거리들은 아니었다. 이 계집애를 통해 도대체 어떤 애들의 소행인지를 알아낼 수가 없을 것 같았다. 보통 계집애는 분명 아니었다.

"답답한 사람에겐 힌트라도 주는 게 예의 아니겠소?"

계집애가 다시 밝은 표정으로 고개를 끄덕였다.

"다혜를 잃든가, 우리 일에 동조하든가, 둘 중에 하나를 선택해야 합니다."

"그렇게 짐작은 했소. 내가 만약 두 가지 다를 포기하면 어찌 되겠소."

"아까운 인생이 되겠죠."

"죽는다는 말이오?"

"나는 결정자가 아니지만 그렇게 되는 수밖에 없을 거라는 건 짐작할 수 있지요."

"그럴 바에야 당신부터 요절을 내고 시작해야겠군."

"뭐라구요."

당황하는 기색이 역력했다. 자꾸 창문 쪽을 바라보는 것이 택시 안에 구원자가 있다는 의미를 내게 주려는 것 같았다.

"기대하지 마쇼. 천하 없는 놈이 들어와도 내가 당신을 내보내지 않는 한 당신 발로 나갈 수가 없으니까 말이오. 이 점을 당신도 명심해야 할 거요."

"내가 어떻게 되는 건 상관없지만 다혜 씨 신변을 생각하세요. 내가 시간이 돼도 안 나오면 저쪽에서 일을 저지르고 말 거예요."

"이봐요. 모든 걸 각오한 사람이 그까짓 걸 각오 못하겠소?"

"침착하셔야죠. 지금 기분으로 일을 처리할 때가 아닙니다."

말귀를 못 알아듣는 것은 아니었다. 내 행동이 조금만 이상해져도 다혜의 신변이 위험하다는 걸 모를 리 없었다. 그러나 이 당돌한 계집애한테서 조금이라도 알아내기 위해서는 이런 방법으로 상대할 수밖에 없었다.

"나는 언제나 내 방법으로 살았소."

"다혜 씨를 생각하시죠. 위험한 장난을 할 때가 아니잖아요?"

"한 가지 묻겠소. 누구 짓요?"

"대답 않을 걸 아시면서……."

계집애는 슬그머니 일어나서 창문 쪽에 기대섰다.

"당신을 구하러 올 거라고 생각하면 오산이오. 내가 장총찬
이란 걸 기억하쇼."

나는 계집애 손목을 낚아챘다. 계집애가 한 바퀴 휘돌더니
응접실 바닥으로 나자빠졌다. 손수건보다 작은 속옷이 그대로
노출되었다. 계집애는 치마를 여밀 생각도 않은 채 나를 올려
다보았다.

"어쩔 거예요?"

"당신 뜻대로요."

"내게 손대고 무사할 줄 알아요? 나를 책임질 수 있어요?"

"영원히 말이오?"

"그래요."

"난 그렇게 멍청한 놈이 아니올시다."

"그럼 내가 스스로 벗을까요?"

"그래보쇼."

계집애는 돌아서더니 주저 없이 원피스를 벗었다. 그녀가 몸
에 걸친 것은 딱 두 장뿐이었다. 손바닥만 한 속옷 하나와 원
피스 한 장이었다.

"돌아설까요?"

"이왕 벗었으니……."

"내 몸을 보면 책임을 져야 할걸요. 오뉴월에도 서리가 내린

16

다는 것쯤은 아시겠죠?"

그녀가 돌아섰다. 눈부신 몸매였다. 나는 매서운 그녀의 눈빛을 같이 쏘아보았다. 한 치도 비켜설 여자가 아니었다. 몸매를 보며 생각한 것보다 더 어린 계집애라는 걸 알 수가 있었다. 수치심 때문인지 눈빛이 조금씩 붉어 오르고 있었다.

"이젠 말하쇼. 당신이 누구이며 누가 시켰는지."

"웃기지 말아요. 내가 살기 위해서 옷 벗은 줄 알아요? 당신을 살리기 위해 벗었다는 것쯤은 아무리 미련한 남자라도 알아야죠."

"당신이 옷을 벗었다고 내가 살아난다는 말요?"

"나를 가지면 다혜 씨를 포기할 거고 그러면 살 수는 있죠."

"왜 나를 살리려는 거요?"

"그만한 이유가 있지만 나중에 알게 되겠죠."

나는 이 당돌한 여자의 행동이 어떤 의미를 담고 있으며 또 어떤 흉계가 숨어 있는지 짐작하기가 어려웠지만 최소한 개인적으로 나쁜 감정을 가진 여자는 아닐 거라는 기대를 갖기 시작했다.

"좋소. 옷 입어요."

"벗겨놓고는 마음대로 입으란 말예요?"

"그럼 미안하오."

"옷을 벗으면 부끄러워서 순순히 말을 따르리라 생각한 건 오산하신 거예요. 처음부터 말했죠. 나는 그냥 온 게 아니라

올 만한 배짱이 있어서 온 여자라구요."

나는 대꾸 없이 담배에 불을 붙였다. 계집애는 옷을 입었다. 머리를 매만지더니 까만 핸드백을 열었다.

"움직이면 쏴요."

손바닥으로 가릴 만큼 작은 권총이었다. 반들반들 윤기가 도는 총구가 가슴을 서늘하게 했다

"뒤로 돌아요. 난 무서운 여자예요. 쏜다면 쏘죠. 그리고 이건 장난감이 아닙니다. 어서요."

나는 돌아섰다.

"장총찬 씨 솜씨는 알아요. 여차하면 총을 빼앗길 것도요. 그러나 난 달라요. 방아쇠를 당기고 있으니까요."

"그래, 날 죽일 작정이오?"

"내가 이런 수모를 받은 건 처음예요. 대낮에 남 앞에 옷을 벗은 것두요."

"그럼 밤에 벗길 걸 그랬죠?"

"지금 농담하는 거 아니에요. 난 밤에도 벗는 여자가 아니에요."

"어쩌자는 거요?"

"옷을 벗어요. 돌아선 채."

"좀 지나친 복수극이군. 내가 벗을 것 같소?"

"그럼 죽어줘야죠."

"당신은 날 죽이지 못해."

"날 우습게 보지 마세요."

돌아선 나는 계집애의 당찬 말씨에 잠깐 당황했다. 계집애라 적당히 다루려고 했던 것이 실수였던 모양이었다.

"내 몸을 보면 책임을 져야 할 거요."

"난 책임 못 질 짓은 하질 않아요. 벗어요. 내가 남김 없이 벗었듯이."

"날 책임진다?"

"그만한 배짱은 있어요."

"다 벗고 돌아서면 어찌 되겠소?"

"내가 책임지죠."

"그럼 차라리 쏘쇼."

내가 천천히 돌아섰다. 계집애의 눈빛은 이글거리고 있었다. 금방이라도 방아쇠를 당길 것 같았다. 나는 소파에 걸터앉으며 계집애에게 말했다.

"아까는 미안했소. 창피를 주려고 그런 건 아니오. 당신을 없애고 싶을 만큼 약이 올라서 그렇게 됐소. 없었던 걸로 합시다."

계집애는 나를 향해 여전히 권총을 겨누고 있었다.

"무성 장치를 않은 게 한이네요. 그러나 나는 반드시 장총찬 씨를 언젠가는 벗길 거요. 내 말을 명심해요."

"그건 그때 사정 봐서 합시다."

계집애는 권총을 백 속에 넣었다. 그러고는 한 뭉치쯤 되는 봉투를 내밀었다.

"이 안에 여권서부터 떠날 차비까지 다 들어 있으니 나머지 문제는 알아서 하세요. 허튼짓을 하면 어찌 된다는 것쯤은 아시고 말예요. 그리고 권총은 장난감였다는 걸 말씀 드리죠. 또 연락하겠어요."

계집애는 성큼성큼 걸어 나갔다. 나는 그녀의 뒷모습을 바라보기만 했다.

빠른 걸음으로 집을 나서는 그녀에게 나는 소리를 질렀다.

"잠깐 할 얘기가 있소."

"뭐죠."

지금까지의 표정과 다른 아주 싸늘한 모습이었다.

"이왕 일이 그렇게 됐다면 지금 당장이라도 가겠소."

"나도 한 가지 묻죠. 다혜 씨를 목숨 걸 만큼 사랑하나요?"

"그렇소."

"하루 이틀 생각해 보세요. 연락 드릴 테니. 이건 장총찬 씨를 위해서 하는 말이에요."

"사내가 한번 결정한 일이오."

"목숨도 귀중한 거예요. 하나뿐이거든요."

"알아요. 이왕 나를 도와주려거든 빨리 움직이도록 해주쇼. 목숨이 질긴 놈이라 그리 쉽게 죽진 않을 거요. 당신에게 빚도 빨리 갚고 싶소."

"당하기 어려운 상대라는 걸 미리 말씀 드리죠. 외국에 가서 그 나라 말도 모르는데 어떻게 그들과 대적을 하겠다는 거죠?

승부는 이미 난 거예요."

"당신이 도와주면 됩니다."

"난 도울 입장도 아니고 도울 재간도 없어요."

"지금도 도와주고 있소."

"착각하지 마세요."

"나를 이대로 팽개치지 마십쇼. 사람답게 살아보려다가 이 지경이 된 사람이라는 걸 알 거 아닙니까. 한 번 태어났다 한 번 죽는 건 마찬가집니다. 어떤 조직이고 어떤 사람들인지 모르지만 내가 못난 짓을 했거나 파렴치한 짓을 해서 이런 꼴을 당하는 게 아니라 그래도 사람답게 살려다가 이런 꼴이 된 겁니다. 당신도 살아야 합니다. 당신이 다치는 건 원치도 않습니다. 나 살자고 당신 죽일 짓을 할 위인도 못 됩니다. 그러니 내가 알아들을 수 있게 힌트라도 주시죠."

"나를 시시하게 보지 마세요. 연락 드릴 테니 그런 줄 아세요."

"지금 당장 뭘 바라진 않겠소. 내가 한 여자 때문에 목숨을 바치러 간다는 걸, 내가 비겁자가 아니란 걸 당신은 아셔야 합니다. 나는 또 살기 위해 물러서질 않습니다. 당신이 말했어요. 목숨엔 스페어가 없는 거라고. 여분 없는 내 목숨을 내가 아껴야 된다는 것도 압니다. 그렇다고 사정도 모르고 그냥 앉아서 죽을 수야 없잖소. 아깐 공갈을 좀 쳐서라도 알아보고 싶었소. 나도 죽기는 싫은 놈이오. 나는 살아생진에 황제가 될 줄 알았소. 그러나 이까짓 일로 내 목을 내놓기는 정말 명분이 약

합니다."

"그래서 나더러 배신자가 되라는 겁니까? 나도 이 한 많은 세상을 달게 살고 싶어요."

계집애는 두어 발짝 대문 쪽으로 걸어가며 말했다. 더 붙잡을 수 없다는 생각이 들었다.

"나는 수없이 죽을 뻔했지만 용케도 살아 있소. 아마 인덕은 있어서 이번에도 살아날 거요. 누군가 나를 도와주리란 확신을 갖고 가겠소. 내가 시체로 돌아오거든 내 무덤 앞에서 진하게 우는 우리 어머니 얼굴을 한번 봐주쇼. 못난 짓은 않고 갔다는 걸 당신은 아실 겁니다. 시신이 돌아오지 못하고 어느 지하실에서 산화되거든 당신 주변의 한 사람쯤은 그렇게 고집스럽게 살다 갔다는 걸 알아나 주십쇼. 이왕 일이 이리 된 바에야 한 시간이라도 빨리 가고 싶소. 빨리 죽겠다고 빽 쓰는 사람 첨 봤을 거요. 그 나머지는 맘대로 하십쇼."

"대단한 치기시군요. 이틀 뒤에 연락 드리죠. 이 시간쯤에."

계집애는 대문을 열고 나갔다. 대기하고 있던 택시의 문이 열리고 신사복 차림의 두 사내가 나왔다. 계집애가 올라타자 사내 두 녀석은 나를 무섭게 노려보고 올라탔다. 택시가 쏜살같이 골목길을 달렸다. 택시의 번호를 외웠지만 그것이 쓸모없는 짓이라는 걸 나는 알고 있었다. 자가용을 타고 올 능력이 없어서 택시를 타고 온 것이 아니라는 걸 너무나 잘 알고 있었기 때문이었다.

녀석들이 사라진 골목길에 은회색 자가용 한 대가 쏜살같이 따라가고 있었다.

녀석들이 뒤를 제대로 밟아주기만을 기다릴 수밖에 없었다. 계집애와 시간을 끈 것은 녀석들이 미행할 수 있도록 충분한 시간과 계산을 할 수 있도록 편의를 베풀어주기 위해서였다. 택시의 뒤를 따르고 그들이 내린 지점과 흩어진 방향, 또는 그들의 집이나 아지트를 알아낼지도 모른다. 내 연락을 받고 달려온 애들이 무선전화기를 통해 서로 연락을 해가며 뒤쫓고 있을 것이다.

제발 미행이 성공하기를…….

만 사십팔 시간을 기다려야 한다는 것은 참으로 끔찍한 순간순간일 것이다. 찾아 나설 길도 없고 오로지 기다려야만 하는 것이었다. 대학원 진학을 위해 펼쳐놓았던 책을 덮을 수밖에 없었다. 한 자도 눈에 들어오지 않았다. 머릿속은 온통 불길한 상상뿐이었다. 전화 속의 목소리로 미루어 우리나라 시간으로 불과 몇 시간 전에 납치된 것 같았다. 미스 민의 설명으로 미루어 오래전부터 치밀하게 준비된 납치극일 것 같았다. 나는 몇 갈래로 분석을 해보았다. 나를 제거하고 싶은 패거리라면 한두 패거리는 아닐 터였다. 가장 먼저 떠오르는 것은 일본 애들의 소행이거나 그들의 사주를 받은 패거리일 확률이었다. 그들은 기회가 주어지는 대로 나를 없애고 싶어 인달을 할 녀석들이었다.

그 녀석들이 한국으로 진출하여 풍족한 경제력과 얼빠진 녀석들을 앞세워 새로운 수법의 한국 침략을 하기 위해서는 나 같은 사내들도 없앨 수밖에 없는 것이었다. 군화 발자국을 남기지 않는 침략을 위한 장기적인 계획 속엔 그들의 흉계를 눈치채고 있는 사람들을 어떤 방법이든 제거할 계획을 세우고 있을 게 빤한 이치였다. 그렇게 생각하면 한 가지 의심이 남는다. 가까운 일본을 놔두고 먼 프랑스까지 나를 끌어내려는 속셈이었다. 우리나라에 들어와서 나를 없애기에는 여러 가지 위험이 따른다면 교묘한 방법으로 나를 일본으로 끌어내어 없앨 수 있는 일이었다. 그리고 다혜를 미끼로 나를 낚아채는 수법을 쓰는 것으로 보아 내 뒤를 계속 추적하고 있는 것도 사실이었다.

두 번째로는 나한테 큰 창피를 당한 귀하신 몸들의 작전일수도 있었다. 물론 단독으로 행동하지는 않을 것이다. 어떤 조직인가를 고용하여 내게서 받은 수모를 갚아주려는 음모일 수도 있었다. 그러나 그것은 참으로 어처구니없는 복수극이었다. 나를 없애기 위해 그렇게 투자하느니 차라리 나를 감싸고 놀든지 아니면 내 눈에 띄지 않게 놀아나면 그만일 노릇이었다. 탁 터놓고 지내기로 하자면 나도 못할 바는 아니었다. 웬만한 건 이해 못할 좀상은 아니기 때문이었다.

세 번째는 일본 애들과 귀하신 몸들 패거리와 국제적인 조직의 합동작전일 수도 있었다. 나를 귀찮은 존재로 보고 서로 협동해서 감쪽같이 없애거나 뒷덜미를 채어 잡고 조종할 수 있기를 바라기 때문일 가능성을 생각해 보았다. 그들이 어느 조직이든 나를 살려놓은 채 외국으로 불러내는 것은 나를 아예 없애기 전에 나를 이용할 수 있는 방법을 강구해 볼 심산일지도 모른다.

그다음은 우연한 돌발 사태일 수가 있었다. 이리저리 꿰어맞추다 보니 나한테 복수심이 있는 녀석들이 배가 맞아서 합동작전을 펼칠 수가 있었다. 다혜를 납치한 것으로 미루어 국내에서 나를 처치하는 것을 피한 채 아주 유리한 상황에서 말썽 없이 나를 다루고 싶어 하는 것 같았다. 그러나 어느 것도 현재로선 단정 지을 수 없는 노릇이었다.

나는 불어라고는 유행어처럼 떠돌아다니는 몇 마디 인사나 패션가의 제목 정도였다. 그렇다고 당장 불어 공부를 할 수도 할 여유도 그런 시간도 없었다. 답답한 노릇이었다. 애들이 미행에 성공해서 그 녀석들의 정체가 어떤 것인지 짐작이라도 할 수 있다면 대책을 세워볼 수도 있는 일이었다. 그쪽과 선이 닿는 애들을 찾는다든지 아니면 헤운이나 넙치 형 같은 사람을 몰래 보내서 같이 행동을 할 수도 있었다.

그러기 위해서도 시간이 필요하지만 지금 상황으로는 도저히 기다릴 수는 없었다. 다혜는 납치되어 꼼짝달싹 못하는 신세였고 나는 대책 없이 기다려야 하는 처지였다.

대책이 없다는 건 눈앞이 캄캄한 일이었다. 지금 이 순간에 다혜에게 혹독한 일이 생기고 있을지도 모른다.

아!

저절로 신음이 터졌다. 한 가닥의 기대란 그들이 나를 회유해서 충분한 이용 가치가 있을 거라고 판단해 주는 것이었다. 그래서 다혜는 곱게 납치했다가 나와 상면케 해서 내 마음을 그들 마음대로 움직일 수 있을 때까지 기다려주는 일이었다. 만약 다혜에게 못된 짓을 하게 되면 그때는 나와 어떤 타협도 불가능하기 때문이었다. 나는 계집애한테 그 말을 분명하게 전해줄 걸 그랬다는 후회를 하기 시작했다.

이럴 때 온갖 능력이 있다면 얼마나 좋을까?

우리나라에서 프랑스로 거는 전화를 모두 감시할 수만 있다면 나를 나꿔채려는 부류가 어떤 조직이며 지금 국내에서 손이 닿고 있는 녀석들이 누구인지를 알 수 있을 것 같았다. 경찰에 연락한다고 해서 뾰족한 수가 있다면 얼마나 좋을까. 나는 별로 경찰을 믿거나 좋아하는 녀석이 아니면서도 이렇게 다급해지니까 자꾸 경찰을 머릿속에서 지우지 못하고 안달을 하고 있었다. 비밀리에 조사를 하겠지만 그쪽에서도 그만한 걸 방지할 자신이 있기에 대낮에 계집애가 여권을 들고 내 앞에 나타날 수 있을 것 같았다.

우리나라 안에서 일어난 일이라면 경찰의 힘을 얻어내겠는데 이번 일은 그런 성질의 것이 아니었다. 오히려 일을 확대했다가는 계속 불행한 일을 당할지도 모르는 것이었다.

전화 소리가 요란했다. 가슴이 뛰었다. 미행하면서 보고하기 위해 카폰으로 연락을 하는 것이리라.

"형님, 지금 계속 쫓고 있습니다. 녀석들이 눈치챈 것 같아요. 우리 차는 못 봤는데 쌍둥이 차가 너무 바싹 붙었어요."

"그 새끼들…… 그렇게 조심하라고 일렀는데도……."

"쌍둥이 차엔 카폰이 없어요. 연락을 할 수도 없구요."

"아무튼 멀찍이 따라가라. 틀림없이 해내야 돼. 내 목숨이 걸렸다."

"최선을 다할 겁니다."

"지금 어디냐?"

"서울역에서 남대문 쪽으로 꺾입니다."

"전화기를 계속 들고 있어라."

"다른 애들이 연락할 건데요."

"수시로 보고해. 내가 대기하고 있을 테니까."

"영배한테 연락해서 카폰 있는 차를 타고 우리 뒤를 따라오시죠."

"내가 지금 감시받고 있는지도 모른다. 그래서 움직이지 않는 게 좋다."

"지금 시청 쪽으로 달립니다. 속력이 빨라져요. 아무래도 눈치챈 모양입니다."

"쌍둥이 차를 제쳐라."

"알았습니다. 다른 애들한테 연락을 해서 앞뒤로 몰고 가라고 하겠습니다. 무지하게 달리는데요."

"죽어도 붙어야 한다. 내 목숨이 거기에 있다."

전화가 끊겼다. 다른 애들한테 연락해서 쌍둥이 차를 빼내고 다른 차가 붙게 하기 위해서였다. 이미 눈치를 챘다면 미행하는 것은 위험하기 짝이 없는 일이었다.

초조했다. 억수로 퍼마신 이튿날 새벽처럼 입안이 서걱서걱해졌다. 조갈 들린 사람처럼 물만 마셨다. 이럴 줄 알았으면 내가 직접 미행 대열에 나설 걸 그랬다 싶었다. 감시하는 녀석들이 어디선가 지켜볼지도 모르고 또는 전화까지도 감시하고 있을지도 모른다는 생각을 하자 오싹해졌다. 그만한 조직이라면 전화선을 감쪽같이 따내어 도청을 해가며 나를 완벽하게 감시할지도 모르는 일이었다.

전화 소리에 또 가슴이 철렁했다. 침착해야겠다고 마음을 다졌지만 어쩔 수가 없었다. 분노와 약 오름이 한꺼번에 나를 흥분시키기 때문이었다.

내 팔자가 도대체 어찌 되려고 이러는지 모르겠다.

"형님, 아무래도 놓치겠어요. 신호에 걸렸는데 경찰관이 앞을 따악 막고 서 있어요."

"병신들……. 다른 애들은?"

"앞장섰는데 모르겠어요."

"임마, 비상 라이트 켜고 한 놈은 쓰러져서 죽는 시늉을 해봐. 그리고 밟으란 말이야."

"그럼 눈치챕니다."

"그럼 어쩔 테냐?"

"저쪽도 앞 신호에 걸렸네요."

"잘 봐. 내리는지."

"가운데 박혀서 내릴 수가 없어요."

"놓치면 요절을 낼 테다. 느이놈들 꼴 다시는 안 보겠다. 각오해."

"예."

"빨리 다른 애들 연락해라. 거긴 어디냐?"

"청계천 고가 아랩니다. 사가에서 오가 사이예요."

"무슨 짓이라도 해라. 놓치면 안 된다."

"신호 떨어졌습니다."

"달려."

"갑니다."

그리고 또 전화가 끊어졌다. 전화를 끊고 보니 그쪽 카폰의 전화번호를 알아두지 않았다는 걸 알았다.

화만 치밀었다. 영배 녀석에게 전화를 걸어서 카폰이 있는 차 한 대를 끌고 올 수 있느냐고 했다. 십오 분 정도면 한 대를 대기시킬 수 있다고 했다. 나는 감시하는 놈이 있든 없든 그냥 눌러앉아 있을 수가 없다고 생각했다.

"보내라."

녀석은 틀림없이 십오 분 안에 도착시키겠다고 했다.

"형님. 찾았습니다. 운동장으로 들어갑니다."

"누가?"

"계집애와 사내 녀석 두 놈입니다."

"운동장?"

이해할 수가 없었다. 미행한다는 걸 눈치채고 달아나지 않고 운동장으로 들어갔다는 것은 아무래도 내가 속는 기분이었다.

"분명히 걔들이냐? 잘못 본 거 아냐?"

"확실합니다."

"그 택시냐? 파란색? 맞냐구?"

"예. 다른 애들도 맞답니다."

"그렇다면 출입구를 감시하고 눈 빠른 애들을 들여보내라."

"얼굴은 모릅니다."

"눈치챈 거야 임마. 그따위로 미행하니까 사람 많은 데로 들어 간 거다."

"그런 것 같습니다."

"병신 같은 새끼들……. 지금 뭣하냐?"

"예?"

잘못 알아들었는지 반문했다.

"운동장에서 무슨 시합이냐구?"

"프로야구인데요."

"관중이 많겠구나."

"그런가 봐요."

"정문에서 기다려. 내가 간다. 그리고 그쪽 카폰 전화번호를 불러라."

"예."

녀석은 전화번호를 또박또박 불러주고 전화를 끊었다.

나는 가슴을 쳤다. 그것 하나 처리를 못하는 게 미웠다. 싸대기를 한 대씩 올려붙일 생각이었다. 녀석들이 열심히 미행을 했겠지만 영 뒷맛이 개운치 않았다. 자꾸 골목길만 쳐다보았다. 십오 분 안에 보내겠다는 차도 오지 않았다. 마음은 바쁘고 시간이 더디 가기만 했다. 그들이 야구장으로 들어간 것은 여유 만만해서가 아니라 여러 대가 미행한다는 걸 눈치채고 사람 많은 곳으로 숨어들어 몸을 숨기려는 의도인 것 같았다.

전화 소리에 바짝 긴장을 했다.

"미쓰 민예요. 졸개들이 좀 엉성하더군요. 그런 식으로 나를 대접하기예요? 장총찬 씨답게 구세요."

"……."

할 말이 없었다. 계집애의 목소리는 아주 당당했다.

"말대꾸 못할 짓을 왜 하죠? 그렇게 말해도 내 말을 못 알아듣겠어요? 조금 침착해지세요. 장총찬 씨를 위해서 두 번째로 하는 말예요."

"미안합니다. 솔직히 초조해요, 견딜 수 없이. 이해하리라 믿소."

"알아요."

"잊읍시다."

"제안 하나 하죠. 그리고 마음 졸이며 있지 말구 구경이나 오시죠. 사나이답게 미행 따윈 않는다는 약속이 가능하다면 말이죠."

"믿어준다면 그러겠소."

"믿어보죠. 운동장에 들어와서 정문하고 바로 연결된 통로로 오세요. 기다리고 있죠."

"좋아요."

나는 일말의 기대가 생겼다. 이 정도로 호의를 가지고 있다면 접근해 볼 필요가 있겠다 싶었다. 자동차가 대문 앞에서 클랙슨을 누르고 있었다. 나는 만약의 사태에 대비해서 표창을 감춘 허리띠를 골라 차고 쏜살같이 뛰어나갔다.

"운동장으로 가자. 빨리!"

내리막길을 정신없이 달리는 차 안에서 나는 지그시 눈을 감았다.

비겁한 승부사

　응원의 함성과 웅성거리는 소리가 운동장을 들끓는 분위기로 몰아가고 있었다. 미스 민은 종이 모자와 짙은 색깔의 선글라스를 쓰고 있었다. 조금 전에 내 앞에서 옷을 벗었던 여자라는 생각이 들지 않을 만큼 당당한 모습이었다. 미스 민은 오래 사귄 연인처럼 팔짱을 꼈다.

"괜찮죠?"

"별로 행복하진 않소."

"말투를 조금 바꿔봐요. 부드럽게 말이죠."

"그럴 기분이 아니라는 걸 알잖소."

"이해는 하겠어요."

미스 민은 대담하게 내 쪽으로 다리를 꼬고 앉아서 매혹적인 허벅지를 노출시켰다. 쳐다보지 않으려고 하면 할수록 자꾸 그녀의 가슴과 허벅지에 눈길이 주어지곤 했다. 그런 눈길을 알면서 괘념치 않는 그녀를 어떻게 이해해야 할지 모르겠다.

"지금 내 정신에 이따위 프로야구나 구경할 처지가 아니오."

나는 그녀가 내미는 땅콩을 한주먹 받으며 말했다. 한 개 한 개 껍질을 까서 한주먹이나 되게 내민 미스 민이 씨익 웃었다. 곱고 세련된 계집애인 것만은 아무리 보아도 부정할 수가 없었다. 우윳빛 도는 살결에 화장기마저 없는 것 같았다. 운동장을 가로지르는 바람이 조금은 차가웠다. 응원 부대들의 악기 소리와 요란한 춤판과 기구들의 현란한 움직임이 한눈에 들어왔다.

"하루 이틀 사이에 지구가 어떻게 되진 않아요. 이 경기를 구경하면서 세상 돌아가는 걸 생각해 보세요."

"내 인생과 야구 경기가 무슨 연관이 있소?"

"있을 겁니다."

"그렇다면 일부러 나를 유인한 거요?"

"아녜요. 우연이죠. 미행하는 걸 눈치챈 우리가 당황해서 도망친 곳이 여기였어요. 사람 많은 곳으로 도망가자는 생각였죠. 그런데 가만히 생각하니까 도망가고 피할 까닭이 없더군요. 우리가 도망치면 더 의심받기밖에 더할까 싶었죠. 그래서 나오라고 했어요. 신문을 보니까 오늘 시합은 아마 일부러 져줄 거라고 하더군요. 큰 승부를 위해 작은 걸 버리겠다 이거죠. 장총찬 씨하고 같이 구경하면서 그걸 깨닫게 해주고 싶다는 생각이 갑자기 들었어요."

"운동경기에서 져주기 작전요? 더구나 프로야구 시합에서 말이오?"

"신문 안 보셨어요?"

"기자들이 괜히 재미있게 쓰려고 그랬을 겁니다. 모르지요. 혹시 구단주끼리 뭔가 주고받아서 장난이 생길지는."

"그게 아니고 큰 걸 쥐기 위해 상대를 고르는 거죠."

"나더러 어떤 걸 깨달으라는 겁니까?"

"매사가 강직할 필요는 없지 않겠어요. 좀 느슨해질 때는 느슨해지고 강할 땐 강해야지요. 상대가 누군지 유념할 필요가 있잖을까요?"

"그 정도 얘기면 짐작이 갑니다. 그러나 한 가지 미스 민이 알아줘야 할 게 있지요. 장총찬이가 그리 쉽게 죽거나 자빠지진 않는다는 걸 말입니다. 더구나 왜놈들이나 양코쟁이들한테 당할 순 없지요. 그렇게 당하면 원통해서 귀신으로 재현해서라도 그냥 두진 않을 거요. 난 가능하면 자연사하고 싶소."

내 말이 끝나자 미스 민은 살포시 웃었다. 마치 만들어 넣은 이처럼 고르고 희었다. 나무랄 데 없는 이 계집애를 조종하고 있는 녀석은 과연 누굴까?

"그렇게 마음대로 짐작하는 건 간섭할 사람이 없지요. 그러나 정신위생상은 괜찮지만 본인의 일생을 위해서는 안된 일입니다. 왜 장총찬 씨를 초청하는지 정확히 아셔야 합니다."

"그러니까 말을 해주면 될 거 아뇨?"

"해줄 것 같으면 진작 해줬지요."

"지금도 장난감 권총 가지고 있소?"

"라이터 대용으로 쓰기 위해서 늘 가지고 다녀요. 왜요?"

"지금 같아선 빈 총이라도 맞고 싶소."

미스 민은 그런 내 손목을 꼭 쥐었다. 무엇인지는 모르지만 말 못하는 답답함이 있는 것 같았다.

"미스 민을 누가 감시하고 있소? 우리 말을 도청하거나?"

"그런 건 없어요."

"그럼 왜 할 말을 못하는 거요?"

"내가요?"

"그렇소."

"지금은 야구 구경을 하고 있을 뿐예요. 난 뭐든지 열중을 잘해요. 우선 구경이나 하세요. 라디오도 여기 있어요."

미스 민은 핸드백 속에서 소형 라디오를 꺼내 주었다. 소형 망원경으로 야구장을 이리저리 쳐다보고 있는 그녀의 태평스런 모습을 한대 갈기고 싶었다. 잘 구슬리기만 하면 내가 궁금해하는 것 가운데 일부쯤은 알아낼 수 있을 것 같은 생각이 들었다. 그녀가 너무 시합 구경에 열중하고 있으니까 뭐라고 자꾸 말 붙이기가 어려웠다. 그런 눈치를 챈 미스 민이 밝게 웃으며 이렇게 말했다.

"구경 끝나면 우리 어디 가서 맛있게 저녁 식사나 해요."

속이 없는 계집앤가 아닌가 하는 생각이 들 만큼 명랑한 표정이었다.

"그럽시다."

그렇게 대꾸할 수밖에 없었다. 이 맹랑한 계집애한테 우선은 따돌림을 받지 않는 게 상책이었다. 차분한 마음도 아니었고 그렇다고 시쳇말처럼 방방 뛴다고 해결될 일도 아니었다. 일단 호감은 가진 것 같았다. 그것이 내가 가질 수 있는 마지막 카드인지도 모른다. 표를 사놓고 대기하는 애들을 해산시킨 것도 내가 어떤 움직임을 보이든 감시받고 있을 거라는 생각 때문이었다. 이미 미행에 실패했기 때문에 두 번 다시 미행 따위의 실수를 보일 수가 없었다. 이렇게 되면 끝까지 맞붙어보는 수밖에 없었다.

경기는 점점 맥이 빠지기 시작했다. 신문을 읽지 않아 왜 일부러 져주어야 하는지 정확히 알 수는 없었지만 해설자의 설명으로 미루어 이렇게 얄팍한 경기를 하는 것은 코리안 시리즈에서 우승자가 되기 위하여라고 했다.

이런 경기를 중계할 가치가 있는지 모르겠습니다.

해설자도 흥분하기 시작했다. 야구에 대해 깊게 아는 게 없는 내 눈에도 져주기 위한 경기라는 걸 알 수 있었다.

"방송국은 줏대가 없어요. 이럴 경우엔 중계를 포기해 버리는 용기쯤은 있었으면 좋겠어요. 어린이도 보고 학생들도 이 중계를 볼 텐데……. 프로야구가 저렇게 야바위 짓을 하면 어떻게 되겠어요. 이런 비겁한 승부욕에 찬 경기를 왜 중계를 해야 하는지 모르겠어요. 과감히 우린 이런 비겁한 경기는 중계할 수 없습니다라고 해버리는 배짱을 보이면 국민들이 과연 방송국답다고 칭송할 텐데 말예요. 그렇지 않아도 국민을 우롱한다는 오명을 씻을 길이 없는 방송국인데 말예요. 이런 기회에 그 잘난 배짱을 보이면 얼마나 멋쟁일까."

미스 민은 이렇게 말했다. 나는 그녀의 말이 합당하다는 생각을 했지만 일부러 표현은 하지 않았다. 상황이 이렇게 되니까 맞장구를 치는 기분이 들어서였다.

"동네 꼬마들이 과자 사내기 시합을 해도 저런 짓은 않을 거예요. 더구나 대재벌 이름을 걸고 하는 짓이 저러니 누가 그놈의 재벌이 정상적으로 재벌이 됐다고 믿겠어요. 분통 터져 못 보겠어요."

"Z재벌하고 원수 척진 거 있소?"

나는 말대꾸를 일부러 이렇게 했다.

"우리 집에 가면 그 회사 상표 붙은 거 수두룩해요. 야구단 내세워서 저런 더러운 짓, 야바위 짓을 하니까 그놈의 재벌 상표 붙은 물건도 저따위로 만드는 거 아닌지 모르겠어요."

흥분할 만한 일이었다. 얼마 지나면 언제 그런 일이 있었느냐는 식으로 흥분했던 걸 잊어버릴 대중 심리를 아마 터득하

38

고 있기 때문에 이런 장난을 치는 것이리라.

"이럴 때 A팀이 우린 그런 식으로 이길 수는 없다고 똑같이 장난을 쳐버리면 어떨까요?"

"그럼 엿 먹이는 거죠."

"가뜩이나 재벌이라면 그동안 고생해서 이룬 공적은 인정하지 않고 무조건 부정부패와 손잡고 부자됐다고 막연히 인식해버리는 국민들인데 저런 치졸한 짓까지 해대니 어떻겠어요."

"돈벌레 취급을 받는 거죠, 뭐."

"저건 감독이나 구단주가 눈앞의 이익에 눈이 멀어서 저러는 겁니다. 저 꼴도 외국서 수입한 건지 모르겠소."

"정신 좀 차리게 해줬으면 좋겠어요."

"어떻게요?"

"감독하고 구단주를 잡아다가 볼기를 쳐야죠. 그렇게 비겁하게 승자가 돼서 뭘 어쩌겠다는 건지 모르겠어요. 배만 부르기 위해 무슨 짓이고 해왔던, 국민이야 뭐라고 하든 말든 별별 치사한 짓거리를 다해왔던 재벌의 생리하고 너무 닮았어요. 일본 프로야구의 우상이라는 나가시마[長島茂雄]는 아마추어 선수인 아들이 아버지의 제자인 프로팀 코치에게 타격 지도를 받았다고 해서 논란이 일자 아버지는 아들을 처벌해야 한다고 주장했다잖아요. 하물며 우리나라 최대 재벌의 이름을 달고 나와서 저 꼴이 뭐예요."

이 세상에 영원한 승자는 없는 법이었다. 올해에 꼭 우승하지 않아도 좋다는 느긋한 배짱으로 경기를 끌고 나가면 국민들에게 얼마나 박수를 받을까를 생각할 줄 아는 안목이 없기 때문일 것이다. 그렇게 조급하게 커온 재벌의 생리를 정말 닮은 것인지도 모른다.

"선수들은 그래요. 일부러 놓치고 일부러 엉터리로 던지지 말고 감독이나 코치나 구단주가 앙앙거려도 나는 프로선수니까 비겁할 수는 없다는 배짱으로 정상적인 경기를 해버리면 얼마나 멋져요. 그러면 저 소갈머리 없는 치들이 쫓아내겠죠. 그럼 쫓겨나면서 나는 치사한 선수가 되느니 차라리 굶겠다고 큰소리칠 수 있었으면 얼마나 근사해요."

"봐요. 지금 말한 대로라면 미스 민이 나한테 비겁한 승부를 조작하고 있는 겁니다. 정정당당한 대결이 아니라 연약한 여자를 납치해 놓고 나더러 그쪽으로 와서 승부를 걸자는 것은 바로 Z그룹의 프로야구팀의 행동과 뭐가 다릅니까? 내 말이 틀렸소?"

"······."

미스 민은 대꾸하지 않았다. 할 말이 없었으리라.

"이 세상에 저런 비열하고 치사한 승부가 많아요. 미스 민이 지금 흥분하고 있는 것도 비열한 승부욕 때문이지요. 그렇다면 나는 어찌해야 합니까? 한번 생각해 봐요."

"내가 할 말이 없다고 자꾸 그쪽으로 공박하지 마세요. 그런 얘기는 나중에 할 기회가 있을 겁니다."

"말하기 싫다면 안 해도 좋소. 그러나 내 심정쯤은 헤아려주쇼."

우리는 한참이나 침묵을 지켰다. 서로 말하지 않는 게 편하다는 걸 알았기 때문이었다.

"좋아요. 그런 얘기는 나중에 하기로 하고 마음 편하게 구경합시다."

한참 만에 내가 먼저 입을 열었다.

"고마워요."

"우리가 이런 경기를 끝까지 봐야 합니까?"

"악착같이 봐야죠."

"왜요? 치졸한 건 봐주는 것만도 편을 드는 거잖소."

"그렇지 않아요. 얼마나 더 비열해지는지를 좀 봐야죠. 보세요. Z그룹 응원석에서마저도 야유를 하고 있잖아요. 일부러 안 잡고 일부러 엉터리로 던져주고 일부러 잘 때리게 던져주는 것 좀 보세요. 이런 경기는 몇 세기에 한 번 볼까 말까 한 거잖아요. 아마 세계 운동경기 사상 기록되어 남게 될 경기잖아요."

"처음부터 지고 들어갔으면 오늘따라 시시하게 경기를 풀어가는구나라고 생각할 텐데 우리는 이 정도 실력이 있다는 걸 보이려고 초반에 이겨놓고 눈에 보이게 져주고 있군요. 저 심보가 더 놀부 심보죠."

"프로야구위원회인기 뭣인가 하는 사람들도 이 경기를 보고 있겠죠. 내일 아침 신문들이 적당히 깔 거고……. 그러면 보나

마나 대책위원회다, 뭐다 하고 어물쩍 넘어갈 거예요. 비겁의 극치가 되겠죠. 늘 그래 온 사람들이 별수 있겠어요?"

"코리안 시리즈에서 A팀이 이겨줘야지요. 그래야 그때 가서 이중 창피당한 걸 후회할 겁니다. 그런 걸 두고 뜨거운 국 쏟고 따귀 맞고 옷 찢기고 뛰어나가다가 똥숫간에 첨벙 빠져서 똥물 킨 거라고 하죠."

미스 민은 키들거리며 웃었다. 우리들은 궁짝이 맞았다.

"처벌하게 될까요?"

미스 민이 물었다.

"못하겠죠. 그럴 배짱 있는 친구들도 없고 Z그룹이라는 재벌 그룹한테 미움받아서 좋을 게 없다는 주눅 든 병아리들일 테니까요. 국민 알기를 똥 친 막대기로 아는 저런 치들을 그냥 두리라고 생각하면 한두 놈 볼기 쳐선 안 되겠네요."

소갈머리가 제자리에 있는 사람들이었다면 프로야구를 만들기 전에 도서관 건립을 먼저 생각했어야 했고 정이나 그들의 주장대로 국민 체력을 증진할 목적이었다면 많은 사람이 부담 없이 참여할 개방된 운동장과 운동 편의를 위한 시설에 주력 했어야만 했을 것이다. 프로야구보다도 우리의 전통적인 것이 먼저 붐을 이루도록 최소한의 노력쯤은 했어야 했다.

"미국 애들이 열광하고 일본 애들이 열광하니까 그들 꽁무니 따라가는 게 선진국으로 가는 길이라는 생각을 가진 얼간이들이 많은 탓일 거예요. 미국화, 일본화가 곧 선진화라고 생각하는 얼간이들 말예요. 건물들도 좀 보세요. 개성 없이 외국 어디엔가 있는 그런 건물이 조잡스럽게 들어찬 게 서울 거리 잖아요."

미스 민은 연신 입을 가만 두지 않았다. 그녀의 말이 틀린 것 같지 않았다. 나라 걱정한다는 친구들의 머릿속에 이러한 신종 사대주의가 박혀 있는 한 우리다운 멋을 갖기는 글러먹은 노릇이었다.

더 안타까운 것은 그런 사실조차 모른다는 것과 그런 사실을 알더라도 모른 체 넘어가는 부류들의 의식이 더 큰 문제인 것이었다.

"그게 어디 한두 가집니까. 외국 이름 비슷하게라도 상표를 붙여야 물건이 팔리는 세상인 걸요. 외국에다 물건 팔아야 하니까 그럴 수밖에 없다고 변명을 하겠지만……."

"저것 보세요. 또 일부러 져주기 작전을 쓰네요. 저걸 구경하고 있어야 하는 우리 신세가 가엾네요."

"그러게 말입니다. 우롱해도 정도가 있지……."

"이럴 땐 국민들이 저런 짓을 하는 회사의 상품을 일시에 불매운동을 해서 자진 해체를 시키든가 국민을 우롱해서 죄송하다고 최고 책임자가 길바닥에 꿇어앉아 백배사죄를 하게 해야 돼요."

"국민들이 그렇게는 못할 거라는 걸 알기 때문에 저러는 거 아닙니까. 언젠가 저 Z그룹이란 회사가 냉장고 팔아먹느라고 신문이다 텔레비전이다 잡지에다가 서리, 서리, 서리라고 큼지막하게 선전을 해댄 적이 있습니다. 냉장고 안에 허옇게 끼는 것이 성에라는 걸 모르고 외국책 번역해다 그냥 쓴 것일 겁니다. 그래서 몇 년 전만 해도 냉장고 안에 허옇게 끼는 것을 보통 사람들이 서리라고 했죠. 어떤 교수가, 그것도 국문과 교수가 신문에다가 냉장고 안에 끼는 것은 서리가 아니고 성에가 맞다는 얘기를 썼습니다. 그랬더니 다음다음 날인가 신문에 대문짝만하게 서리, 서리, 서리라고 더 강조해서 선전을 해대더군요. 국어쯤은 재벌의 위력으로 까뭉길 수 있다 이런 배짱이죠. 그러다가 시간이 지나니까 슬그머니 성에로 바꾸더군요. 그런 배짱 가진 재벌 회사니까 저런 지랄쯤이야 못하는 게 이상하죠. 저런 꼴로 봐서 국민에게 눈치채이지 않게 별의별 짓을 다 할 거 아니겠습니까.”

“어쩌면 좋죠?”

“성질 같아서는 구단주하고 감독이란 친구를 잡아다가 청계천에다 쑤셔 박아놓고 국민 우롱하고 청소년들에게 엄청난 충격을 준 죗값을 받게 해주고 싶어요. 그 더러운 물을 실컷 퍼먹어야죠. 아마, 아무도 처벌받지 않을 거고 내년에 더 큰소리 쳐가며 뻔뻔스럽게 야구장에 또 나오겠죠.”

“국민들은 또 잊어버릴 거구요.”

“저런 친구들은 개구리 뻗듯 쭉 뻗게 해줘야 돼요. 비겁한 승부는 무엇이고를 막론하고 엄하게 다뤄야죠. 더구나 저건 명백하게 국민우롱죄죠. 밀수로 돈 벌던 그놈의 근성이 아직도 있나 봐요."

"말로만 그럴 게 아니라 총찬 씨가 본때를 보여줘요."

"글쎄올시다."

"나도 도와드릴게요. 구단주하고 감독을 어디 수챗구멍에 박아버려요."

"한번 해봅시다."

나와 미스 민은 악수를 했다. 옆에 있던 사람들도 우리 말에 동조하기 시작했다. 비겁한 승부를 획책하는 자는 누구라도 요절을 내야 하는 것이었다.

"지금 잡으러 갈 거예요?"

"성질이 돋구어졌을 때 해치워야죠."

내가 성큼성큼 몇 발짝을 떼어놓자 미스 민이 내 팔목을 잡았다.

"좀 기다려요. 작전을 짜야요."

"작전은 무슨 작전입니까. 그냥 치도곤이를 내야죠."

"그럼 안 돼요. 작전은 내가 짤 테니 가만 좀 기다리세요."

"어떤 겁니까?"

"기발할 테니까 두고 보세요."

나는 할 수 없이 자리에 앉았다. 이 여자가 어떻게 이런 일을 풀어가는지 지켜볼 필요도 있었기 때문이었다.

"Z그룹의 수많은 선량하고 똑똑한 직원들 심정이 어떨까요?

그 사람들은 피해자가 아닙니까. 그 정도 재벌 기업체의 직원이면 Z그룹 맨이라고 해서 어디나 내놓아도 인정을 받는 사람들인데 몇 사람의 승부욕 때문에 피해자가 되잖아요."

"그러니까 된맛을 보여줘야 한다는 거 아녜요. Z그룹 직원들이 무슨 죄가 있어요. 누구든 인정할 만한 엘리트들 아녜요. 그런데 몇 사람의 승부욕에 찌든 사람들 때문에 덤터기를 쓰는 거죠. 직원들에게 피해보상도 해야 해요."

미스 민은 나보다 한술 더 뜨고 있었다. 그 말은 누구라도 인정해야 하는 사실이었다. 그 어려운 취직의 관문을 통과한 사람들은 이 땅에서 빼놓을 수 없는 실력자들임이 분명하고 오늘의 Z그룹이 존속하는 것은 경영자급의 인사들이 지닌 탁월한 능력보다 오히려 더 탁월한 바탕일 것이다. 한 개의 재벌그룹이 성실하게 성장하는 것이 나라 전체의 부가 그만큼 커진다는 것을 뜻한다면 비겁하지 않은 재벌은 많을수록 좋은 점이다.

그런데 덮어두면 그냥 지나쳐버리고 말, 작다면 작은 이 사건을 내가 물고 늘어지는 것은 바로 이러한 비겁한 승부욕이 국민과 학생과 소년 소녀에게 끼칠 엄청난 잠재적 충격을 생각한다면 결코 용서하고 넘어갈 일이 아닌 것이기 때문이었다. 그렇게 커다란 그룹이라면 바람 잘 날이 없을 터이지만 프로야구에서 승부를 위해 경기를 조작한다는 건 그들이 저지른 실수 가운데 뺄 수 없는 실수라는 걸 인식해야 할 것이다. 다른 재벌 그룹이라고 못된 짓을 아니한 건 아니다. 그러나 눈에 보이게 승부를 조작하는 모습을 이렇게 리얼하게 보이진 않았다. 나중에 들켜서 눈치를 먹었거나 사전에 발각되어도 그놈의 돈의 위력 앞에서 얼렁뚱땅 스쳐 지나가고 말았었다.

그러지 않아도 이 땅에는 한탕주의가 성행하고 있다. 새치기 잘하고 권력에서 아부 잘하고 중상모략을 물 마시듯 해온 이른바 기회주의자들이 잘살게 되었다는 슬픈 현실을 웬만한 사람은 인식하고 있는 데다가 눈에 보이는 경기, 그것도 수많은 국민이 지켜보는 앞에서 승부를 조작하는 걸 그대로 보여주는 Z재벌의 국민 우롱은 어떻게든지, 무슨 방법이든 가리지 않고 한탕씩 해먹자는 발상에 부채질을 할 것이 틀림없다.

"혹시 보복하지 않을까요?"

미스 민이 조심스럽게 물었다.

"무슨 복수요?"

"누가 압니까? 돈도 있겠다, 거느린 사람 많겠다. 어떻게든 보복하려고 마음만 먹으면 장총찬 씨 하나쯤은 가볍게 매장시킬 수가 있지요. 사건을 조작이라도 하면 어쩔래요? 신문에 나면 국민들은 그게 모두 사실인 줄 알아버리는데."

"진실은 언제나 밝혀지는 법이죠."

"말로는 그래요. 그런데 이 땅에서 진실과 정의가 얼마나 고난을 받았나요. 오랜 세월이 지나서 거우 밝혀지면 그냥 과거의 어느 한 사건으로만 기억될 뿐이잖아요. 그게 안타까운 일이죠."

"말이 나왔으니 하는 말인데, 사실 이번에 다혜가 납치된 것도 그 배경엔 보복이란 것이 도사리고 있을 겁니다. 미스 민은 알 겁니다. 그렇다고 내가 사욕을 채우다가 이 꼴이 된 건 아닙니다."

"그 얘긴 차차 하자고 했잖아요. 갑자기 나를 몰아세우면 어떻게 해요."

"말하자면 그렇다 이겁니다. 보복을 하면 당해야지 별수 없잖습니까. 한 사람 잡으려고 여러 사람이 눈에 불을 켜면 꼼짝없이 작살나는 법이니까요."

"내가 그런 꼴을 많이 봐서 그래요. 내가 아는 사람은 연예가에서 제법 인기 상승 가도를 달릴 때 어떤 주간지 기자에게 밉게 뵌 적이 있었어. 다른 것도 아니고 그 기자가 쓴 기사 내용이 터무니없는 것이어서 항의를 한 거였죠. 다 알 만한 거여서 그 가수만 곤란하게 됐어요. 그래서 항의를 했더니 두고 보자더래요. 그리고 나중에 안 사실이지만 한 달인가를 뒷조사만 했대요. 그래가지고 뺑하고 터뜨려 매장시켜 버렸잖아요."

"난 연예인이 아니잖소."

"더 교묘한 방법으로 보복하겠죠."

"빌어먹을……. 그렇다고 입 닥치고 살란 말요? 그런 식으로 따지자면 신문사하고 방송국하고 잡지사 기자들은 살아남은 게 이상하잖소. 내가 여태 살아 있는 건 더 이상하고요. 그렇다면 나더러 복면을 하고 두들겨 패라는 거요?"

"그러니까 좀 연구를 해보자 이거죠. 내가 나서면 조금은 부드러워질 거 아녜요."

"한번 연구해 보쇼."

마음은 급하지만 이 당돌한 계집애한테서 조그만 실마리라도 잡아내기 위해선 곁에 붙어앉아 있어야만 했다. 아무리 침착한 다혜라 하더라도 우악한 사내들에게 납치되어 있다면 가장 지루하고 못 견딜 시간일 것이다. 내가 아무리 발버둥쳐도 해결될 가망이 없는 일이었다. 유일한 희망이라면 미스 민의 도움을 받아내는 길이었다.

"사람들이 많이 꼬일 테니까 약간 한적해졌을 때 내가 으슥한 곳으로 끌어낼게요."

"그런 뒤에 치도곤을 내라 이 말이죠?"

"그래야 탈이 없죠."

"이왕 일을 벌일 바에야 탈 좀 내는 게 어때요."

"그럴 필요 없어요. 그래서 사람들한테 동정표를 받아다 바칠 필요가 없잖아요. 죄만큼 벌을 받게 돼야죠."

"가장 멋진 건 상대가 이겨줘야 하는 거죠. 그래서 코가 쑥 빠져야 정신을 차릴 텐데……."

"그것보다는 일차로 구단에서 징계를 해버리고 이차로 야구위원회인가 하는 데서 하고, 삼차로는 감독하고 책임자가 스스로 사표를 내야죠."

"그 세 개를 다 믿을 수가 없죠. 그럴 친구들이라면 애초 저런 지랄은 안 했을 테니까요."

"그렇긴 그래요."

"대충 계획은 세웠소?"

"내가 하자는 대로 하세요. 내가 내려가서 감독하고 책임자하고를 납치해 올게요."

"우리 납치란 말은 쓰지 맙시다. 그놈의 말만 들어도 가슴이 찡하니까."

"좋아요. 그럼 데려오죠."

"책임자가 왔겠소?"

"안 왔으면 쳐들어가죠, 머."

보통 여자는 분명 아니었다. 아무리 뜯어봐도 곱상하게 생긴 외모처럼 단단한 구석이 있었다. 그만한 배짱이 있으니까 단신으로 나를 찾아온 것이라고 생각되었다.

"내려갑시다."

우리는 통로를 빠져나왔다. 미스 민은 핸드백 속에서 아까 내게 내밀었던 권총을 꺼냈다. 벽 쪽에 몸을 숨기고 권총을 허리춤께에 감춘 뒤 불룩한 허리춤을 손으로 눌러 보였다. 치마를 들추고 속옷 속에 찔러 넣은 것이었다.

"저쪽에서 기다리고 있어요."

"화장실에서 기다리란 말요?"

"저런 친구들은 변기에다 박아버려야죠."

"알았소. 그나저나 당신네들 패거리가 지켜보고 있을 거 아뇨."

"다 보냈어요. 내 말에 절대복종하는 친구들이니까 그런 건 염려하지 않아도 돼요."

"당신이 여두목이오?"

"그렇다고 생각해 버려요."

그러고는 성큼성큼 내려갔다. 맵시 있는 자태였다. 당장 그대로 조명만 비추어주면 모델들 뺨 때리고도 남을 만큼 고운 자태였다. 그녀가 나를 피해 도주하기 위해 꾸민 연극인지도 모른다는 생각을 해봤다. 정말 도주할 여자라면 나를 불러낼 필요도 없었고 그 사이에 얼마든지 나를 떼어놓을 수 있었을 여자라는 생각 때문에 안심은 되었다.

화장실 앞에서 담배 세 개비째를 거의 다 피웠을 때 미스 민은 감독을 앞세우고 빠른 걸음으로 올라왔다. 눈짓으로 화장실 문을 열어두라는 시늉을 보냈다. 나는 얼른 화장실 문을 열었다. 감독이 질린 얼굴로 화장실 안으로 들어섰다.

"밖은 내가 책임지고 망을 볼 테니까 성질대로 다뤄버려요. 소리 지르고 시끄러워도 상관없어요. 사람들이 모두 속 시원하다고 할 테니까요. 구단주는 안 왔대요."

나는 고개를 끄덕였다. 감독이 질린 얼굴로 여기까지 끌려온 것은 미스 민의 그 가짜 권총 때문이었다. 옆구리에 권총을 대고 있어서 꼼짝 못한 채 끌려온 것이었다. 나는 화장실 문고리를 잠그고 감독의 혈을 독침 쏘듯 쥐어버렸다. 화장실 바닥에 털썩 주저앉았다.

"왜 잡아왔는지는 알겠냐?"

"예."

"임마, 그렇게 비열하게라도 이겨야 할 역사적 사명이 있냐?"

"구단에서……."

"그럼 첨부터 슬슬 할 것이지, 무슨 폼 잡겠다고 초반에 점수를 따고 후반에 장난했냐?"

"……."

"임마 사람 사는 건 여러 질이 있다. 너희들처럼 국민을 우롱하고 뻔뻔스럽게 대가리 들고 사는 놈은 똥물에 튀겨야 한다. 책임자하고 네놈들하고 저지른 죄과를 따지자면 석 달 열흘을 곤장질해 대고 또 석 달 열흘은 거꾸로 매달려 있어야 한다. 그래도 그 죄는 못 씻는다. 알겠냐?"

"예."

"너를 살려두지 않아야 마땅할 것이로되 역사에 너희 몇 놈들 이름을 치사하게 남겨두기 위해 약간의 약물만 먹여주마. 싫으면 싫다고 해라."

"이러지 마시고 말로 하십시다."

"이놈아, 말로 할 게 따로 있다."

"어쩔 수가 없었습니다."

"뭐가 말이냐?"

"승부 조작 말입니다."

"꼭 그러더라. 문제만 터지면 내 탓이오, 내 책임이오, 내가 저지른 일이니 나를 죽여주쇼 하는 놈이 왜 이리 드물단 말이냐. 명색이 네가 감독 아니냐. Z그룹을 위해 네놈 혼자라도 내가 책임지고 물러나겠소, 위에서는 이러라고 시킨 게 아니고 내 독단으로 일을 저질러서 Z그룹 맨 전체에게 미안하고 국민을 우롱한 죄는 마땅히 큰 죄이니 내가 물러나겠소라고 왜 못 하냐? 너희 몇 놈 때문에 재벌이 불신을 받았잖냐? 그래, 안 그래?"

따귀를 두 대나 올려붙였다. 감독은 고개를 숙인 채 말을 못 했다.

"어쩔 수 없다는 건 이해를 한다 치자. 국민을 우롱한 죄와 그룹의 성실한 일꾼들 낯을 깎아놓은 죄는 어떻게 할래?"

"죄송합니다."

"봐라. 말 가지고야 안 되는 게 없다. Z그룹 직원들에게 끼친 죄는 그렇다치고 국민에게 지은 죄는 인정하냐?"

"예."

"그럼 사나이답게 물러나라. Z그룹에 폐를 끼치지 마라. 그렇잖아도 이리 치고 저리 쳐서 불쌍해 보이는 재벌이다. 핑계 대지 말고 사나이답게 사표 좀 써라."

"……"

대꾸하지 않았다. 내가 무리한 부탁을 하고 있다는 걸 모를

리 없었다. 이 사내의 입에서 그러겠다는 대답을 들어도 결국은 이 위기를 넘기려는 수작일 거라는 짐작도 하고 남았다.

"할 수 없다."

나는 이 사내를 번쩍 들어 변기 속에 거꾸로 박아버렸다. 고장 난 수세식 화장실의 변기 속에 감독의 머리통을 처넣고 혈을 풀어주었다.

"나도 너 같은 친구들에게 질렸다. 인간적인 부탁 좀 하자. 잘못했으면 잘못했다는 시인을 하고 후다닥 물러나는 정신 좀 가져다구. 제발 그놈의 자리에 연연하지 마라."

나는 거꾸로 변기에다 처박아놓고 손을 털고 나왔다. 누군가 금방 발견하고 꺼내줄 테지만 성질대로 다룰 수가 없었다. 저런 얄팍하고 비겁한 친구들을 상대하기도 이젠 진력이 났다.

미스 민은 우르르 몰려 있는 사람들에게 화장실 안에서 어떤 일이 일어나고 있는지를 설명하고 있었다. 내가 문을 열고 나오자 사람들이 한꺼번에 밀어닥쳐 감독을 걷어차기 시작했다. 오물이 묻지 않았으면 아마 밟혀서 병원으로 끌려갔을지도 모른다. 감독은 엉망진창인 모습으로 정신없이 도망가고 있었다. 젊은 사람들은 끝까지 쫓아가 주먹질을 하기도 했다. 얼마나 분했으면 그럴까 싶어서 말리지도 않았다.

"이젠 책임자를 잡으러 가요."

"갑시다 까짓 거."

우리는 기분 좋은 웃음 뒤에 안타까움을 감추고 운동장을 빠져나왔다.

책임자는 만날 재간이 없을 만큼 복잡한 절차를 겪었다. 나는 비서실에다 솔직하게 조금 전에 일 저지르고 온 사실, 화가 나서 감독을 화장실 변기에다 박아버린 얘기며 책임자도 한 대 갈겨주려고 찾아온 거라는 사실을 그대로 말했다. 비서실 직원이 제발 돌아가달라고 사정을 했지만 우리는 일부러 큰소리로 떠들었다. 안에서 우리가 떠드는 소리를 들었는지 문이 열리고, 책임자가 묵직한 톤으로 들어오라고 했다. 당황한 비서들이 그래도 버티고 서자 책임자는 비서들을 나무라더니 나와 미스 민이 들어설 수 있도록 문을 열어주었다.

"다 들었습니다. 우리 감독을 그렇게 했고, 나도 그렇게 하고 싶다는 소리를 말입니다."

"우리의 솔직한 심정입니다."

"나를 어쩌시겠소?"

책임자의 입가엔 고운 미소가 있었다. 당황하거나 놀라는 기색도 없었다. 오히려 그의 포근한 표정에 우리가 당황할 수밖에 없었다.

"성질대로 했으면 싶지만 당당한 모습을 보니까 조금 기가 죽습니다. 그렇다고 그냥 갈 순 없잖습니까? 경기를 보서서 알겠지만 세상에 이럴 수가 있습니까?"

"정말 죄송합니다. 분명히 잘못됐습니다. 원하시는 대로 어떤 벌이라도 감수하겠습니다."

"내 주먹은 맵죠. 마음 먹고 한 방이면 황천으로 보낼 거고 적당히 봐줘도 한 달은 입원해야 할 겁니다."

"아직 죽을 나이는 아니니까 적당히 때려주쇼."

"그럽시다."

"저 여자도 때리게 됩니까?"

"물론이죠."

미스 민이 흔쾌하게 말했다.

"가능하면 살려두쇼. 잘못했으면 죗값도 받아야죠. 자, 성질대로 하시죠."

책임자는 양복을 벗고 넥타이를 풀었다. 그리고 카펫이 깔린 바닥 위에 섰다.

"맘 놓고 쳐도 됩니까?"

내가 물었다.

"좋습니다. 그래도 우리가 잘못한 죄는 씻어지지 않겠지만 내가 책임자로서 이만한 책임은 지겠소이다."

"그만한 멋쟁이가 왜 이런 사태를 짐작 못했는지 모르겠습니다."

"할 말이 없소."

나는 세워놓고 한 방을 갈겼다. 카펫 바닥으로 서너 번이나 뒹굴었다. 겨우 몸을 가누어 일어섰지만 비틀거렸다. 미스 민이 주먹을 불끈 쥐었다가 씨익 웃었다. 책임자가 빨리 때리라고 눈짓을 하자 미스 민은 가볍게 등을 쳤다.

한참 만에 책임자는 소파에 몸을 기대고 숨을 몰아쉬었다.

"병원에 가서 며칠이나 누워 있으면 되겠소?"

여유 만만하게 물었다.

"일주일쯤으로 봐줬습니다."

"이럴 때 고맙다고 하는 거요, 아니면 불행 중 다행이라고 하는 거요?"

"둘 다죠."

"이름이나 압시다."

"장총찬이라고 합니다."

"아……."

"왜요?"

"김갑산 회장님께 몇 번인가 얘길 들었습니다. 바로 그 친구 군요."

"나도 뭔가 배웠습니다. 역시 뭔가 해내는 사람들은 보통 사람들과 다른 데가 있다는 걸, 특별한 게 있기에 정상에 군림한다는 걸 말입니다. 비틀비틀 손바닥 비벼대서 출세하는 정치가들이나 벼락감투 쓴 친구들과 벼락부자가 된 친구들 말고 말입니다."

"그렇게 봐줘소 고맙소. 가끔 만납시다. 내가 맞을 짓하면 좀 갈겨주러 오슈."

"그리죠."

그리고 한참 만에 우리는 책임자 사무실을 나왔다. 찬바람이 시원스러웠다.

"이제 나하고 얘기 좀 합시다."

바람을 안고 한참 동안 말없이 걷던 내가 이렇게 말했다. 말없이 걷던 사이에 우리는 덕수궁 돌담길을 끼고 돌았다. 그쪽으로 가자는 약속도 없었고 누가 먼저 말을 꺼낸 것도 아니었다. 낙엽이 몇 잎씩 뒹구는 돌담길에 드문드문 데이트하는 사람들의 여유 만만한 발걸음이 있었다.

"내가 왜 이렇게 마음 약해졌는지 모르겠어요. 처음엔 용건만 말하고 사라지려고 했어요."

미스 민은 야구 경기와 감독의 행위 그리고 책임자의 배짱에 마음이 흔들린 것 같았다. 더구나 내 행동이나 내가 다혜를 걱정하는 모습이 안타까웠는지도 모른다.

"아까도 말했지만 다혜한테 무슨 일이 있으면 그땐 정말 지구 끝 아니라 황천까지라도 쫓아가서 복수를 할 거요. 지금 나는 안정된 상태가 아니오. 그러면서도 평온한 체하려니까 몸살 날 것 같소. 내 마음을 좀 알아주쇼. 정말 죽겠소."

"그렇게 다혜 씨를 사랑하세요?"

"한마디로 그렇소."

"나도 한번 태어났는데 살아야죠. 내 목숨도 소중하게 생각해 주셔야죠."

"난 미스 민을 어떻게 할 생각은 없소. 물론 마음으론 밉소, 죽이고 싶을 만큼. 그러나 이렇게 종일 매달려 따라 다니는 건 어떻게든 잘 보이고 동정심을 얻어내 사건의 빌미라도 잡고 눈치라도 채고 싶은 거요. 내가 장총찬이란 놈이오. 아직 누구에게 무릎을 꿇어본 적이 없지만 당신에게 무릎을 꿇고 사정해서 해결될 일이라면 그렇게라도 하고 싶은 심정이오. 길바닥에 꿇어앉으라면 꿇어앉겠소."

미스 민이 우뚝 섰다. 그리고 나를 뚫어져라 쳐다보았다. 가로등 불빛 속에서지만 그녀의 눈빛은 야릇한 빛을 띠고 있었다. 나는 말없이 미스 민의 어깨를 으스러질 만큼 끌어안았다.

"나를 한번만 봐주쇼."

"장총찬 씨 마음 알아요. 그러나 나도 목숨을 걸어야 돼요. 내겐 아직도 펼쳐야 할 꿈도 많고 하나밖에 생명이 없어요. 인간에게 생명이 두 개쯤 있다면 정말 이때 과감히 하나쯤은 버릴 거예요."

"당신 목숨은 내가 책임지겠소. 내 목숨을 걸면 되잖소."

"안 돼요."

그녀는 잘라 말했다. 고뇌하고 있었다. 어떤 조직인지 알 수 없지만 그녀를 배반할 수 없게 묶어두었을 것이고 그녀가 배반할 경우에는 목숨을 바치도록 얽어놓았던 것 같았다.

"내가 그렇게 의리 없는 놈은 아닙니다. 당신 목숨 하나 보장 못할 위인은 아니오. 믿어보십쇼."

"그건 알죠. 그러나 내 목숨을 보호할 힘이 장총찬 씨에겐 없어요. 내가 더 잘 알지 않겠어요?"

"그럴 수는 있죠. 그러나 방법을 같이 연구하면 되잖소. 내가 마음만 먹으면 웬만한 조직과 맞설 힘은 가질 수 있소. 한 번만 믿어봐요."

"내 목숨은 하나예요. 총찬 씨는 다혜 씨 목숨이 중요하겠지만 나는 내 목숨이 더 중요해요."

"그러니까 방법을 연구하자는 거 아니오."

안타까웠다. 미스 민의 마음을 돌리기가 쉽지 않으리라는 건 모르는 바 아니었지만 그녀의 목숨과 관계가 있기 때문에 쉽사리 입을 열지 않으리라는 조바심이 생겼다.

"내가 도와줄 수 있는 건 파리까지 동행해 주고 통역해 주는 정도일 거예요. 그 이상은 사실 나도 몰라요."

"내가 지금 미스 민을 다부지게 다루어서 입을 열게 할 수도 있고 죽일 수도 있소. 다혜 구하는 일을 제쳐두고 성질대로 하고 싶소."

"끝까지 현명해야 해요. 경솔하게 굴면 여러 사람이 죽어요."

"나도 말입니까?"

"그렇죠."

"난 죽는 건 상관없소."

"거짓말 마세요. 다혜 씨하고 총찬 씨 가운데 한 사람은 반드시 죽어야 할 운명이라고 한다면, 그리고 총찬 씨가 선택권을 가졌다면 어떻게 하시겠어요?"

"……."

대답할 수가 없었다. 치기로 말하자면 선뜻 다혜라고 대답할 수 있지만 그렇지 않고 엄중하게 내 양심에게 묻는다면 나 먼저 살 생각을 할 것이기 때문이었다. 진정으로 사랑한다면 목숨 따위는 아깝지 않을 것이다. 그러나 가능하면 같이 살 수 있는 생각이지 어느 한쪽이 죽는 문제를 생각하지 않는 것이 사랑하는 사람들의 심리일지 모른다. 목숨만 빼놓고 무엇이든지라면 쉽게 대답할 수 있었을 것 같았다. 사랑한다는 것, 정말 사랑한다는 것이 자신의 목숨까지도 버릴 수 있는 것이어야 할지 모른다. 그런데 나는 그렇지 못했다. 그렇다고 내 목숨만큼 사랑하지 않는 건 아니었다. 자신만만하게 다혜를 내 목숨처럼 사랑한다고 자부해 왔으면서도 미스 민 말에 대답할 수가 없었다.

"대답 못하는 게 당연한 것인지도 몰라요. 내가 무리한 질문을 한 탓이죠. 어쨌거나 나는 살고 싶어요."

"그렇다 칩시다. 조금만 도와줄 수 있잖소. 어느 집단이라든지 어떻게 하라든지 말이오."

"그러면 다 알려준 셈이죠."

"그럼 당신은 죽게 됩니까?"

"그래요."

"비밀을 지키는데도 말이오?"

"지켜질 수가 없어요."

"어째서 그렇소?"

"그 두 가지를 알면 다 아는 거니까 말이죠."

"내 짐작엔 외국인이 개입된 것 같소. 말하자면 일본 애들이라든지……."

"난 아무 말도 못해요."

"끄떡이거나 저어버릴 수도 없단 말이오?"

"그래요."

매몰찬 대꾸였다. 이런 걸 두고 오리무중이라고 하는 것인지 모른다. 미스 민은 한 치의 틈도 없었다. 그녀에겐 그럴 만한 사정이 있는지 모른다. 내 가슴은 서걱서걱 타들어갈 것 같았다. 이 여자를 매섭게 다스려서 해결될 일은 분명 아니었다.

"그렇다면 하루라도 빨리 보내주쇼. 죽든 살든 끝내고 싶소."

"내가 결정할 문제가 아녜요. 원하는 대로 연락해서 빨리 가도록 해드릴 수는 있어요. 그러나 한 가지 조언을 하고 싶어요. 가지 않는 게 현명하다는 거죠. 한 여자 때문에 장총찬 씨까지 죽는다는 건 비극이잖아요?"

"이미 비극은 시작됐소."

"따끈한 커피 한잔 사주시겠어요?"

"그래요."

광화문 근처의 어둑한 경양식집으로 들어섰다. 마주 앉자마자 미스 민은 핸드백을 열어 라이터 한 개를 내밀었다.

"전혀 고맙지가 않소."

"필요할 때가 있을 거예요. 그래 보여도 분해하면 드라이버, 송곳, 펜치, 줄칼, 손톱깎이, 열쇠 푸는 꼬챙이를 만들 수 있는 비상용 라이터거든요."

"나더러 이걸 어따 써먹으라는 겁니까? 그럴 기회도 없을 거 아뇨. 내가 죽거든 쓸 만한 사내 하나가 그렇게 쉽게 사라졌다고 묵념이나 해주쇼."

"미안해요. 내가 하필 이런 역할을 맡게 돼서 그렇지, 다른 곳에서 좋은 인연으로 만날 수 있었다면 멋진 인연이 됐을 거예요."

한 시간 가까이 우리는 쉬지 않고 지껄였지만 한 치도 진전된 것은 없었다. 그녀의 닫혀진 가슴이 열리지 않으리라는 건 자명해졌다. 그녀 말마따나 그녀도 살아 있어야 했고 나는 그녀의 생명을 위해서가 아니라 알 수 없는 인물들의 조종에 의해 그들이 시키는 대로 움직일 수밖에 없는 처지였다. 아무리 생각해도 내 운명은 기구한 것 같았다.

나 살기 위해 다혜를 버려둘 수는 없었다. 증오심이 머리끝까지 치밀어도 미스 민 앞에 얌전한 체 앉아 있어야만 했다. 앉은자리에서 간단하게 저녁을 먹고 그녀는 일어섰다.

"나를 이렇게 놔두고 갈 거요?"

"이렇게 하면 되겠어요?"

그녀의 반문이었다.

"나 좀 살려놓고 가쇼."

"살아 있잖아요."

"무릎 꿇고 빌겠소. 하라는 대로 다하겠소. 무엇이든지 말이오. 내 목숨과 다혜를 구해내지 말라는 일만 빼곤 뭐든지 말이오."

"나는 그래도 도와줄 게 없는 여자예요. 아까도 말했지만 동행자로서 도와주는 일이 지금으로선 최상이죠."

"한 사내의 진정이오. 무슨 짓이라도 하겠소."

"난 장총찬 씨를 좋아해요. 어떤 남자라는 것도 훤히 알아요. 어떻게 살고 어떤 힘이 있고 왜 그렇게 사는지도 알아요. 한 가지 미운 게 있다면 둥글게 살지 못한다는 것과 한 여자를 미련하게 좋아하는 거죠. 그 나머지는 다 좋아요."

"지금 좋고 나쁜 걸 따질 때가 아니잖소."

"내 심정을 얘기하는 거예요. 알고 보면 내가 장총찬 씨한테 이렇게 함부로 얘기할 처지가 아녜요. 나중에 죽을 때쯤에나 알게 될지 모르지만 우린 좋은 인연이 있었어요. 서로 얼굴을 모른 채 말이죠."

"그건 나중에 따집시다. 우선 내 말에 대답 좀 해주쇼."

"지금은 아무 말도 못해요."

"감시받고 있나요?"

"아녜요, 자유로워요."

"그럼 한마디만 해주쇼. 나를 믿어주겠다고."

"이렇게는 말할 수 있어요. 장총찬 씨를 좋아하기 때문에 도와주고 싶은 마음은 내면에 있다고요. 그러나 지금 결정하거나 말할 수는 없는 처지라는 것두요. 이해를 해주세요."

"난 이대로 돌아가 잘 수도 없고 살아 있을 수도 없소."

"그건 나도 그래요."

"그러니 해결 방법을 찾읍시다."

"재워주면 되겠네요. 수면제를 먹이든지 해서요."

"그렇게라도 해주쇼. 제발."

어린애처럼 보채는 내가 안쓰러웠는지 미스 민은 일어서다 말고 다시 앉았다. 그녀의 얼굴엔 짙은 연민의 정이 서려 있었다. 내가 이렇게 간절하게 매달리리라는 생각은 미처 못했던 것 같았다.

"내가 하자는 대로 할 거예요?"

"그래요."

"그럼 따라오세요."

계산을 하고 빠른 걸음으로 그녀를 따라나섰다. 택시를 잡은 그녀가 나를 먼저 들어가라고 했다.

"K호텔로 가세요."

미스 민은 명령하듯 말했다. 그리고 이내 내게 이어서 말했다.

"내가 임시 기거하는 곳예요."

나는 대꾸 없이 고개를 끄덕였다. 비로소 그녀가 집이나 어떤 아지트를 갖지 않고 호텔에 머물고 있다는 걸 알 수가 있었다. 택시는 밤거리를 무섭게 달렸다. 우리는 침묵을 지켰다. 운전사가 이상하게 생각하리란 생각도 들었다. 호텔 정문 앞에 내리자 안내원이 정중하게 문을 열어주었다. 뭐라고 인사하는 것 같았다.

"당분간 머물고 있어요. 곧 떠날 테니까 자연 호텔 생활을 할 수밖에 없죠."

"서울에 집이 있나요?"

"떠돌이죠."

뭐든 속 시원하게 대꾸해 주지 않았다. 그만큼 치밀한 여자라는 걸 알 수 있었다. 엘리베이터를 내려 긴 복도를 따라 걸었다. 구석진 방이었다. 깔끔한 그녀의 성격을 엿볼 수 있을 만큼 정돈되어 있었다.

"샤워할래요?"

"먼저 해요. 또 전화 좀 쓰겠소."

"명심하세요. 일을 그르치면 안 돼요."

"걱정 마쇼. 집에 못 들어간다는 연락을 할 테니까."

"안 들어갈 작정예요?"

"재워준다고 했잖소."

"맘대로 하세요."

그녀는 욕탕으로 들어가며 텔레비전 스위치를 올려주었다. 나는 집에 못 들어가는 이유를 설명하지 않은 채 무조건 내일 아침에 들어간다는 말만 남기고 전화를 끊었다. 욕탕의 물 튀는 소리를 들으며 나는 낮에 보았던 그녀의 세련된 몸매를 연상했다. 무슨 마음으로 나를 호텔까지 끌어들였는지 모르지만 못 이기는 체 그녀의 계획대로 따라주는 게 상책이란 생각을 했다. 이번 사건의 열쇠는 그녀의 손에 쥐어져 있었다. 그녀가 입을 열기만 하면 의외로 빨리 매듭이 풀릴 일이었다.

물기를 말끔하게 닦은 미스 민이 수건 한 장으로 몸을 가린 채 나왔다.

"샤워해요."

"그러죠."

웃옷을 벗고 바지 바람에 욕탕으로 들어갔다. 샤워기 물을 조금 뜨겁게 해서 비누 거품을 잔뜩 만들었다. 아무리 다혜를 구하려는 마음에서라지만 이 낯선 여자의 방에서 내 자신이 샤워를 하고 있는 것이 이상해 보였다.

"무기는 치워두는 게 좋겠죠?"

내가 들고 나온 바지의 허리띠를 가리키며 말했다. 그녀는 내가 표창을 지니고 왔다는 것도 알고 있었다. 나이트가운 한 장뿐인 미스 민의 몸매는 은은한 불빛에 퍽 요염해 보였다. 나는 예전의 나답지 않게 엉거주춤 침대 모서리에 앉았다.

"잠옷 준비는 안 했어요. 이 방에 들어온 최초의 남자예요."

그 말의 진위를 생각할 겨를이 없었다. 내 뇌리 속에는 오직 이 여자로부터 단서를 잡아내는 일뿐이었다.

"이젠 이름이나 좀 압시다."

담뱃불을 붙이며 말했다.

"혜라. 민혜라예요."

"이름까지도 밉소."

"그렇겠죠. 난 다혜일 수 없으니까."

만만치 않게 말대꾸를 한다.

"누워요. 약속대로 재워줄 테니까."

"이대로 있어도 좋아요. 얘기나 합시다. 난 밤새라도 좋아요."

"낮에 내가 그랬죠. 언젠가는 내가 장총찬 씨 옷을 벗겨놓겠다고."

"그랬소."

"난 약속 하나는 철저하게 지키는 여자예요."

"난 아직 벗지 않았소."

"벗게 될 거예요."

그러고는 냉장고를 열어 맥주 두 병을 꺼내 놓았다. 다리를 꼬고 앉아 있는 그녀의 자태가 그렇게 선정적일 수가 없었다. 다혜 문제만 아니면 달려들어 침대에다 내던지고 싶을 만큼 충동을 주는 자태였다. 술잔 가득 맥주를 따르더니 잔을 들었다.

"우리 이 밤을 위해 축배해요."

나는 마지못한 듯 따라 술잔을 들었다. 우리는 단숨에 술잔을 비웠다.

"내가 먼저 얘기하죠. 밤새 시달리긴 싫어요. 이 이상 현재로선 아무 말도 할 수 없어요. 그러나 한 가지 희망이 있다면 내가 당신을, 당신이라고 불러도 괜찮겠죠? 당신을 아직도 좋아하고 있다는 사실예요. 그것만이 내 희망예요. 모레쯤 출발하겠어요. 내가 동행하는 건 그런 내 희망을 실험해 보고 싶은 것 때문예요. 됐어요? 더 이상 말 시키면 내쫓겠어요."

"쉽게 쫓겨날 놈도 아니오."

"이만큼 얘기하면 제발 알아들어요."

나는 대꾸하지 않았다.

"이거 간에 기별도 안 갑니다. 양주 한 병 꺼내주쇼."

"그거야 쉽죠."

나는 양주병을 받아 병째 꿀꺽꿀꺽 마셔댔다. 그녀는 말리지 않았다. 그렇다고 취할 수도 없었다. 비밀의 열쇠를 쥐고 있는 이 여자의 마음이 움직이도록 하는 수밖에 없었다.

불이 꺼졌다. 그리고 분홍 빛깔의 작은 불꽃이 구석에서부터 은은하게 비치기 시작했다. 그녀도 두어 잔을 받아 마셨다. 속살이 드러나 보이는 가운 한 장으로 몸을 가린 그녀는 불빛에 음영이 져서 그런지 낮에 본 그녀의 날씬한 몸매와는 대조적으로 풍만해 보였다. 여러 가지 눈치로 혜라는 나를 원하고 있는 걸 알 수 있었다. 내 잠재된 욕망 때문이 아니라 그녀의 입을 열게 하기 위하여 그녀가 필요로 하는 만큼 나는 따라갈 각오였다.

"난 당신을 좋아해요."

그녀가 술잔을 입에서 떼며 이렇게 말했다.

"난 아직도 당신을 좋아할 수 없소."

"알아요."

그러면서 몸을 감싼 가운을 침대 바닥에 떨어뜨렸다. 나는 그녀를 안아 침대 위에 던졌다. 눈부신 육체였다. 수건 한 장이나 얇은 옷 한 장으로 가리기에는 너무나 알맞게 빠진 육체였다.

꿈틀거렸다. 모든 걸 내맡긴 여인의 숨결은 자꾸만 높아갔다. 내 몸속에서도 계산된 뜨거움 말고 이상스런 뜨거움이 살아났다. 그녀는 나를 힘주어 끌어안았다. 탄력 있는 몸매였다.

누가 누구의 사슬에 얽매어가는지 알 수 없는 뜨거운 시간이었다. 그녀는 마치 선녀춤을 추듯 보드랍게 움직였고 나는 씨름판에 나선 선수처럼 격렬한 몸짓을 했다. 그리고 뜨거움은 마지막 지점에서 두 사람의 숨을 멈추게 했다. 참으로 뜨거운 밤이었다. 그녀는 흐느끼듯 목청을 떨었다. 밤은 그렇게 깊어졌다.

죽어도 좋아

　밤 아홉 시 이십 분. 김포공항을 이륙하는 비행기 뒷좌석에 우리는 나란히 앉았다. 앵커리지를 경유하여 장장 이십여 시간을 비행기 안에서 먹고 자면서 여행을 해야 했다. 지도를 보면 지척일 터인데 최신형 비행기로 날아도 하루가 걸리는 것이 현실이었다. 갈아입을 옷과 일용품이 든 작은 가방 하나만 덜렁 든 채 비행기에 올랐다. 혜라도 마찬가지였다. 은주 누나가 마련해 준 달러와 친구 애들이 혹시 모른다면서 만들어 준 크레디트 카드와 여행자 수표가 내 소지품의 전부였다. 전기 면도기와 손수건을 빼면 거북선 몇 갑과 혜라가 준 라이터와 볼펜이 더 들어 있었다. 공항까지 따라 나온 은주 누나가 엉문 모르는 파리행에 관해 또 몇 번이나 귀찮게 질문을 했지만 나는 화장품 한 개 사다 준다는 말로 대답을 대신하고 말았다. 은주 누나의 연락을 받고 미나가 오랜만에 얼굴을 보였지만 세련된 모습의 혜라를 보자 움찔해서 자리를 피하기만 했다.

파리에 간다면 다혜를 만나게 될 터이니 마지막으로 미나의 얼굴을 한 번쯤 기억하라는 의미라는 걸 모르는 바 아니었다. 혜라는 미나의 자태를 보더니 쑥스러운 질문을 던지기도 했다. 은주 누나에겐 혜라가 여행을 안내하는 여행사 직원이라고 둘러붙였지만 믿으려 하지 않는 눈치였다.

"좀 자두는 것이 좋아요."

혜라가 어깨를 내게 바싹 기대며 말했다. 그녀의 표정은 신혼여행이라도 가는 사람처럼 행복해 보였지만 나는 최신형 비행기가 더디다고 생각하고 있었다. 꼬박 삼 일을 기다렸다. 그 삼 일 동안 나는 혜라가 묵는 호텔을 주살나게 들랑거렸다. 그녀를 놓치지 않기 위해, 그녀의 기운 마음에 행여 변덕이라도 생길까 봐 몸살 난 사람처럼 그녀가 원하는 짓을 했다. 그녀는 언제나 나를 원했고 나는 그것을 흥정이라고 생각하기로 했다. 그렇지 않으면 견딜 수가 없었다. 혜라는 적어도 다혜의 신변만은 무슨 일이 있어도 보호된다는 걸 강조했다.

그것은 나를 잡기 위해서도 반드시 지켜질 필요가 있는 거라고 했다.

"잠이 올 턱이 없지."

"억지로라도 자야 해요. 시차 극복도 해야 하고 피로도 풀어야 하고."

"나는 버틸 수 있으니까 상관 말고 자요."

"이게 우리의 신혼여행길이었으면 좋겠어요."

"쓸데없는 소리를 하고 있네."

내 대답이 섭섭했는지 창밖으로 고개를 돌렸다. 고도 33,000피트, 짙은 붉음, 석양의 빛깔을 맴돌 듯 나는 비행기, 일본에 갈 땐 몰랐던 비행기의 지리함 그리고 한시도 쉬지 않고 가슴을 휘젓는 다혜 생각. 잠들 수 없었다.

"그럼 바둑 둘래요."

"지금 내 기분 좀 알아주라."

"가만 내버려두면 돼? 말도 시키지 말고?"

"그래."

"미워해도 할 소리는 해야겠어. 한 여자를 그렇게 지독하게 도 사랑할 수 있는 남자기 때문에 내가 속을 빼놓고 좋아하는 거야. 비겁하지 않아서 좋아. 남자들 사회에서 그런 말 있지. 키퍼 없는 문전에서 공 차는 재미가 없다고. 나도 마찬가지야. 기다려보겠어. 내가 얼마나 질긴 여자인가를 보여주고 나도 남 못지않게 사랑해 봤다는 소리도 듣고 싶어."

"그것보다는 내가 어떻게 행동해야 하는지나 알켜줘."

"지금은 나도 몰라. 도착해서 연락을 하고 상황을 봐야 뭐라고 할 수가 있어."

"최소한 어떤 애들이란 거라도 알려줘. 연락할 방법도 없고……. 이젠 덜렁 나 혼자야."

"아니지. 아직은 위험해. 몰래 편지를 써서 승무원에게 맡겨도 그만이고 믿을 만한 사람을 찾아내서 쪽지로 비상 연락을 할 수도 있어. 또 앵커리지에 도착해서 나를 따돌린 채 공작을 꾸밀 수도 있어."

"지독하다."

"난 그래. 당신을 좋아하는 것도 그렇게 지독해질 테니까. 당신은 나를 피해 도망가려고 하겠지만 나는 악착같이 지구 끝이 아니라 황천 끝이라도 쫓아가서 책임지라고 할 테니까."

"독종한테 걸렸군."

"왜 겁나?"

"그래, 겁난다."

"그럼 나한테 장가들면 간단하잖아. 파리에서 내리자마자 튀면 돼."

"넌 하나만 생각하고 둘은 생각하지 못하는구나."

"뭘?"

"그렇게 되면 또 너를 납치할 거다. 근본적으로 해결되지 않는 한 내 주위에 있는 사람은 언제든지 납치되거나 불행한 꼴을 당하게 된다. 내가 지금 피하지 않고 비행기를 탄 것은 아직도 내가 뜨겁게 사랑해야 될 어머니와 여동생과……. 그래, 다혜를 위해서이기도 하지만 이 길이 나를 근본적으로 보호하는 길이기 때문에 나선 거다."

"난 언제 죽어도 좋아요. 당신이 선택만 해준다면……. 그러나 그렇게 쉽게 납치되거나 불행한 일을 당하진 않을 거야. 나만은 그렇게 못하니까."

"믿을 게 있고 믿어서 안 되는 게 있다."

혜라는 잠잠해졌다. 비디오 테이프로 상영되는 영화가 보기 싫어 승무원에게 얻은 안대를 대고 다리를 쭉 뻗었다. 장거리 여행자에겐 눕는 방법이 고안되어야 좋을 것 같았다. 제법 넓은 공간이라고는 하지만 마치 우리나라의 비좁은 고속버스 좌석에 앉아 반나절이나 시달려야 하는 것과 다를 바가 없었다. 주살나게 마실 것과 먹을 것을 나눠 주는 승무원들을 보면서 우리나라의 모든 서비스가 대한항공만큼만 되어준다면 정말 밝은 마음이 될 것 같다는 생각을 했다.

앵커리지에 도착한 시간은 현지 시간으로 열 시가 좀 넘어선 시간이었다. 김포를 떠난 것이 아홉 시 이십 분이었는데 겨우 열 시가 넘었다는 것은 시차 때문이었지만 묘한 생각이 들었다.

섭씨 영하 3도, 구름 낀 하늘과 반 뼘이 조금 넘는 새하얀 눈밭, 바닷가 가득 빙하가 넘실대는 풍경, 설악산에 폭설이 온 뒤끝에 부연 아침 햇살을 받은 것 같은, 온통 새하얀 이국 풍경이 눈에 들어왔다. 사십 분간의 공항 구경 시간이었다. 혜라는 공항 대합실에서 쳐다보이는 활주로를 가리켰다.

"온통 하양고 활주로만 까만 색깔이니까 그것도 정겹죠?"

"너 같은 여자는 이런 데서 결혼식을 올리고 싶어하겠지."

다정하게 팔짱을 낀 채 활주로를 가리키는 그녀의 마음을 읽고 있어서 이렇게 말했다.

"귀신이네."

혜라는 더 힘주어 껴안았다. 공항 뒷문으로 나가 새하얀 눈을 한 움큼 집었다. 뭉쳐지지 않는 눈이었다. 떠나온 우리나라엔 아직 눈발이 날릴 때가 아니어서 그런지 타국 땅 앵커리지가 그렇게 낯설게 여겨지지는 않았다.

산악도 온통 하얗다. 그런 속에 푸른 나무들이 줄을 맞추어 늘어서 있는 것은 신기해 보였다. 눈이 오면 앙상해져야 할 나무라는 내 인식 때문에 그런 것 같았다. 바람도 그리 차갑지 않았다. 혜라는 한시도 내 곁을 떠나지 않았다. 면세점을 한 바퀴 돌고 내려와 커피 한 잔을 마신 우리는 다시 비행기에 올랐다.

프랑스가 육안으로 보이기 시작했다. 창 너머로 해돋이가 펼쳐지는 장관이 드러났다. 저리 붉을 수 있을까? 놀라운 장관이었다. 아무리 뛰어난 채색을 하더라도 저리 오묘하게 붉은 빛깔을 흉내라도 낼 수 있을까? 색깔을 잘 다루는 화가가 저 빛깔을 보면 심정이 어떨까? 파리의 꼭두새벽, 잠자는 도시가 을씨년스럽게 보였다. 새벽의 불빛들이 잠자는 도시를 지키고 있는 것 같았다.

잠깐 사이에 도시는 하나도 보이지 않고 층층마다 아름다운 다섯 가지 색깔이 엷어지거나 무리하게 짙어지는 구름층으로 뒤덮이곤 했다. 파랑, 분홍, 핏빛 그리고 무거운 흙빛깔이 에 워싸기 시작했다. 그러다가 그 짧은 순간이 지나면 그렇게 영 롱하던 붉은 빛깔은 보잘것없는 핏빛으로 엷게 보이기도 했다. 비가 오지 않고 쾌청한 섭씨 8도의 기상이란 승무원 말을 귀 담아들었다. 이튿날 아침, 파리 시간으로 아침 일곱 시에 우 리는 파리에 도착한 것이었다. 내가 상상했던 공항이 아니라 조금은 당황했다. 크고 웅장한 반면 현대화라는 게 참 비인간 적이란 느낌을 받을 수밖에 없었다. 어디가 나가는 곳이고 어 디가 들어오는 곳이며 어느 쪽으로 가야 하는지 알 수가 없 었다. 웬만큼 외국어를 하지 못하면 엉뚱한 곳에서 헤매게 될 것 같았다. 혜라가 없다면 어떻게 움직일지를 몰라 당황할 것 같았다.

"이거 더러워서 영어 배워야겠다."

나는 주눅이 드는 걸 의식했다. 그렇다고 크고 웅장한 모습 에 대한 저항감이 없는 건 아니었다.

"여긴 영어가 안 통해. 미국 알기를 똥 친 막대기쯤으로, 역 사와 전통도 없는 벼락부자 취급을 하니까. 사실이 그렇고. 돈 있다고 다 양반이 되는 건 아니거든."

"이 자식들은 어떻고? 식민지 많이 가졌던 나라치고 야만스 럽지 않은 놈들이 어디 있어. 그게 진짜 야만족이 아닌가? 미 국이야 신판 야만인 족속이고, 이 녀석들은 왕년의 야만족이 지, 뭐."

"얼추 말이 되는데."

"이제 벙어리 한 놈 데리고 왔으니 말을 해줘도 될 때 아니야?"

에스컬레이터 앞에서 나는 슬쩍 말을 놓았다.

"좀 차분해 봐요."

"여긴 서울이 아니고 파리야. 아는 놈 하나도 없고 말 한마디 못하는 벙어리 같은 신세야. 네 눈치만 보면서 살아 있어야할 딱한 사내라구. 이젠 약속대로 말해야지."

"숨 좀 돌리고 시작할 수 없어요?"

"지금 숨 돌릴 시간이 없어. 파리 시가지가 보이는 순간부터 나는 가슴이 정신없이 뛰고 있어. 내가 비행기에서 무슨 생각을 했는지 알아? 다혜가 어디 있는 것만 알면 비행기에서 그냥 뛰어내리려고 했을 거다. 아니면 이놈의 파리 시가지를 쑥밭으로 만들어버리거나."

"참, 당신은 독해요. 그렇게 사랑해요?"

"이건 사랑 이전에 내 자존심의 상처야. 나는 죽음과 자존심을 놓고 저울질을 안 하는 성미야."

"차차 따져요."

매몰차게 한마디 하고 성큼성큼 앞서 걸었다. 그녀를 놓치면 나는 미아처럼 말 한마디 통하지 않는 거리에서 방황할 수밖에 없었다. 입국 수속을 마치고 밖으로 나왔다. 한눈에도 느긋한 도시라는 인상을 받았다.

새벽의 공항 근처는 신선한 내음으로 가득 찼다. 택시를 잡고 뒤따라 탄 나는 앞좌석의 불쑥 튀어나온 괴상한 물체 때문에 깜짝 놀랐다. 운전석 옆자리에 털투성이인 개새끼가 아주 느긋한 표정으로 나를 쳐다보았다.

"웬 개새끼야?"

"운전석 옆자리엔 사람이 안 타요. 가장 위험한 자리니까."

"그럼 죽을 때 개부터 죽어달라는 건가?"

"사랑하는 개죠."

"기분 나쁜데."

"여긴 나한테 직접적인 피해만 없으면 무슨 짓을 하든 간섭하지 않아요."

"어디로 가는 거야?"

"우선 호텔로 가야 돼요. 거기서 다시 연락을 해야니까요."

"날 죽이고 싶으면 빨리 죽여달라고 해. 난 성질이 급해서 죽는 것도 급하게 굴 테니까."

"차암…… 여긴 파리야."

"파리든 날파리든 난 가리고 따지지 않아. 난 다혜를 만나러 왔지 관광하러 온 게 아냐. 알아?"

"알아요. 멋대가리 없는 남자 같으니."

"아직 멀었나?"

"아직 멀었어. 아직 시내에 들어서지도 않았으니까."

"빌어먹을……."

택시는 느긋하게 달리고 있었다. 시간과 거리 병산제이기 때문에 꽤 많은 요금이 나올 것 같았다. 밋밋한 들판만 계속되고 있었다. 마치 평야 위에 나라가 선 느낌이었다.

혜라는 불어를 우리말 하듯 운전사와 지껄이기도 했고 프랑스가 지닌 몇 가지 특성을 말해 주기도 했다. 별로 깨끗한 나라처럼 느껴지지 않는 이유며 국민성이 느긋한 이유도 말해 주었다. 파리 시내를 관통하면서 혜라는 방사선형으로 도심이 꾸며지고 모든 건물이 조각품처럼 보이는 설계를 한 것은 나폴레옹 3세 때 파리의 오스만 시장이 십팔 년간에 걸쳐 설계하고 건설했다는 얘기도 해주었다. 한두 해에 시멘트로 얼렁뚱땅 해치우는 우리나라의 그 머리통 나쁜 시장들에 비하면 꽤 배짱 있는 시장이었던 모양이었다. 신시가지 하나도 몇 해 안 가며, 때려 부술 만큼 개판을 쳐놓는 친구들은 국민의 세금 알기를 제 호주머니 속의 용돈 알 듯했다는 게 드러나는 것이었다.

지금도 집 지으려고 임시 전기를 끌어다 쓰느라고 공탁해 놓은 돈을 술값이라는 명목으로 내주지 않고 닭아먹는 공직자가 수두룩하고, 돈 몇 푼에 불법 건물을 눈감아주는 공직자가 도처에 깔려 있고 오늘 준공검사해 준 건물을 내일 헐어버리는 속수무책의 공직자가 질펀한 마당에 무슨 도시계획이 잘 될 턱이 있을까?

그런 걸 모를 리 없는 고위층이란 작자들이 게슴츠레 눈감고 있는 것은, 그럴 리야 없겠지만 사 년에 한 번씩 선거 직전에 선심용으로 양성화해 주려는 훌륭하고 지당한 미래에 대한 통찰력으로 그러는 것이나 아닌지 모르겠다. 더더구나 그럴 리 없겠지만 부하들이 챙겨먹은 돈들이 뭉텅이 돈으로 환산되어 자신의 호주머니 속으로 들어오게 된다는 계산된 행위는 설마 아니겠지. 모르지, 하도 잘 챙겨 잡순 친구들만 뻔뻔스럽게 잘 사니까 어느 친구인들 애써 잘 못살기를 바랄까?

서울 땅 팔아먹은 시장 녀석이 아직도 큰소리치며 살고 있다는 세상이고 서울 변두리고 노른자위고 가리지 않고 핥아 댄 고위층이란 날샌 녀석들이 발바닥에 흙 안 묻히고 제비처럼 날아다니며 사는 세상이라니까 먹고 보자는 심리가 그리 팽배했을 것이다. 하기야 조무래기들 탓해서 무엇할까? 한입에 털어먹는 친구들은 쌩쌩하고, 흘린 떡고물이 입가에 묻어서 탄로 난 친구들만 죽사발이 되는 판이니.

"센 강예요."

도심 사이로 돌둑을 쌓은 좁다란 강을 가리켰다. 얼핏 보아도 깨끗하거나 시구에서 늘 듣던 대로의 아름다운 풍경은 아니었다. 크고 작은 배들과 한눈에도 유람선처럼 보이는 배가 보였다. 강변을 따라 늘어서 있는 나무들이 겨우 강다운 운치를 보여주었다.

"흙탕물이잖아."

"비가 왔었을 거예요."

"한강보다 형편없는데, 뭘 그래."

"그렇긴 해요. 그걸 보면 서울은 무지하게 복받은 도시예요. 한강만 잘 꾸며놓아도 그게 바로 관광자원이죠. 강폭도 얼마나 넓고 탁 트였어요. 여긴 한강에 비하면 도랑이죠. 저쪽을 봐요. 울창한 숲이 있죠. 강의 운치는 숲길과 배와 다리의 모양새뿐이죠."

"이 나라는 깡통을 오려서 차를 만들어 타고 다녀도 상관없나?"

내 시야에 여러 번이나 들어온 자동차는 일인용이라고 해야 할 만큼 작은 자동차가 모두 깡통을 두드려 펴 붙인 것 같은 갖가지 모양을 넣은 것들이었다.

"문화는 다양성으로부터 시작되는 거잖아요. 제멋에 겨우면 무슨 짓을 해도 상관이 없죠. 남에게 객관적으로 피해감을 주지 않을 경우에지만요."

"그런 도시에서 내가 죽을지 모르지. 내가 만약 죽거든 넌 반드시 나를 고향에 묻어야 한다. 난 한 줌의 흙으로라도 돌아가야 돼. 알았어?"

"왜 죽는 생각부터 하지?"

"그런 예감이 든다."

"그렇다면 지금이라도 늦지 않았어. 돌아가면 돼."

"그것이 너와 내가 다른 점이다. 나는 한 여자와의 약속을 위해 죽을 수 있는 놈이다. 그것이 비록 가치 있는 일이 아니라 하더라도 내 스스로와의 약속, 내 자신과 약속한 사랑을 위해서 죽을 수가 있다."

"참 지독해."

고개를 돌리고 이렇게 말했다.

"분명히 해둘 게 있다. 만약 다혜가 죽는다고 해도 난 너를 사랑하게 되지 않아."

"좋아하긴 하겠죠."

"어려울 거야. 나 같은 사내에겐 기대를 거는 게 아냐."

"나도 어지간한 여자예요. 그렇게 쉽게 물러설 여자가 못 돼요."

"나를 언제 봤다고 사랑한다는 거야?"

"첫눈에 미치기도 하는걸요."

나는 대꾸하지 않은 채 차창으로 변하는 파리 시가를 구경하기만 했다. 흘러가는 풍경이 예술품 같았다. 그러다가 느닷없이 거리 풍경이 현대식으로 변하기 시작했다. 거대한 조각품 전시장을 지나 비로소 시가지에 들어온 느낌이었다. 옛 도시를 보전하기 위해 신시가를 건설한 곳이라고 했다. 똑같이 생긴 건물은 하나도 없었다. 모두 개성을 가진 독특한 건물들이었다.

라데팡스의 펜타 호텔 앞에 택시가 멎었다. 원으로 우뚝 솟은 건물이었다. 파리 시내에서 호텔들은 증개축을 할 수가 없어서 백 년도 넘은 옛 건물 그대로의 호텔이어서 여러 가지로 불편하다는 혜라의 실명에 수긍할 수밖에 없었나. 미리 연락이 되었는지 육층의 열쇠를 받아든 혜라가 씨익 웃었다. 안내하는 사내 녀석과 알아들을 수 없는 불어로 지껄이고 난 그녀의 표정은 아주 당당했다. 내 팔짱을 끼고 엘리베이터 있는 쪽으로 걸었다.

"신혼여행 왔으니 전망 좋고 조용한 방을 달라고 했어."

"진혼곡이 울릴 텐데."

"제발 쓸데없는 소리 좀 그만해. 말이 씨가 된대잖아."

"이판사판이란 걸 좀 알아."

"성질 급한 거야 소문난 사실이지만 황천 가는 일까지 그렇게 급할 필요는 없잖아."

"이왕 급하게 살 작정을 한 놈이니까 내 성질대로 살게 내버려두라고."

"신혼여행 와서 그러는 게 아냐. 새 신부 입장도 좀 생각해야지."

"사람 참 할 말 없게 하네."

라데팡스의 아침 풍경은 초겨울 날씨처럼 스산해 보였다. 원형 건물인 펜타 호텔에서 내려다보이는 시가지가 부옇게 보였다. 개를 데리고 산책하는 늙은이들과 출근 전의 부산한 사람들 모습이 내려다보였다.

"샤워하고 한숨 자두는 게 어때?"

"그럴 여유가 내겐 없어."

"너무 닦달하지 않는 게 좋아. 당신한텐 시간 버는 게 더 급한 일이야. 여긴 서울이 아니잖아."

"여기가 어디든 간에 나는 장총찬 그대로다."

"내 얘길 잘 들어. 한숨 자두라는 건 피로를 풀라는 뜻이고 그런 뒤에 이곳 지리나 환경을 익혀둘 필요가 있어. 그 사람들과 상대하려면 적어도 파리라는 도시가 어떻게 생겼는지쯤은 알고 있는 게 좋아. 그들을 당황하게 해줄 필요가 있어. 여기가 처음이라는 걸 그들은 알아. 또 조금 전에 도착했을 거라는 것도 알고 있잖겠어."

"그렇게 치자면 난 그들 앞에 발가벗겨져 보인 셈이고 그들은 정장을 한 채 나를 구경하고 있는 셈인데……. 내가 이런 창피를 계속 당할 순 없잖아."

"그렇게 따지면 그래."

"내가 이렇게 당하고만 있으란 말야? 내가 누군데?"

"한국에서 온 장총찬이지."

"이게!"

"때릴 거야?"

"성질 같아선 정말……."

"부탁이야. 그 성질 좀 눕힐 수 없어. 이번 일만은 내가 하자는 대로 따라서 좀 해줘."

"너를 믿으란 말야? 나를 옭아 넣을 저승사자 같은 너를 말야?"

"나중에 알게 돼, 내 진심을."

"나중에 따지지 말고 지금 좀 네 진심을 알자. 죽일 작정이면 이렇게 질질 끌고 다니며 죽이지 말고……."

"난 당신을 살리기 위해서 이 고생을 자청한 거야."

"알 수 없군."

"그래. 나 같은 여자는 내가 생각해도 알 수 없을 때가 많아. 그러나 한 가지 확실한 게 있지. 사람을 볼 줄 알고 사랑을 쟁취하기 위해 무슨 짓이라도 할 수 있다는 걸 말야."

정말 알 수 없는 여자였다. 어찌 보면 내 편인 것 같고 또 어찌 보면 나를 잡기 위해 단수 높은 술수를 쓰는 여자로 느껴지곤 했다. 그러나 분명한 것은 나를 사랑하고 있다는 사실이었다. 내가 그녀에게 매달릴 수밖에 없는 입장이지만 오히려 그녀 쪽에선 내 마음을 잡으려는 눈치였다.

"나도 분명한 게 있지. 난 다혜 이외의 어떤 여자도 사랑하지 않는다는 사실이다."

"알아. 그러나 인간은 누구나 흔들릴 때가 있지. 그리고 변할 때도 있어. 사람은 늘 변하며 사는 동물이지. 더구나 사랑이란 건 오묘해서 말야."

"너 같은 여자는 누구라도 좋아할 수 있어. 인물 좋고 똑똑하고 그러면서도 애교도 많으니까."

"잘못 봤어. 누구한테 지지 않을 만큼 예쁘다거나 똑똑하단 소리는 질리게 많이 들었어. 그러나 나 같은 여자는 누구를 쉽게 좋아하지 않아. 또 쉽게 받아주지도 않고. 그렇지만 한번 좋아하기로 결심하면 반드시 이루지. 목숨을 내놓는 한이 있더라도 말야. 나는 아직까지 갖고 싶은 걸 갖지 못한 적이 없어. 당신도 마찬가지일 거야."

"넌 독한 여자구나."

"맞아. 난 보통 독한 여자가 아냐. 내가 갖고 싶은 건 무슨 짓을 하든 갖지. 최후에는 내가 죽거나 당신이 죽거나 할지도 몰라. 나는 당신의 시신이라도 차지하려고 할지 몰라."

분명이 보통 여자는 아니었다. 그녀가 말한 대로 실천을 할지 못 할지는 접어두고라도 그렇게 말할 수 있을 만큼 확실한 면이 있는 여자라는 건 인정하고 있었다.

"그런데 한 가지 물어보고 싶은 게 있다."

"말해. 감출 만한 것이 아니라면 다 얘기하겠어. 나 같은 여자가 오히려 솔직하다는 건 알아야 해."

"왜 그들과 손이 닿았지?"

"좀 어렵군. 그렇다고 못할 말은 아냐. 망한 집안 형편 때문이었고 오빠를 살리기 위해서였어."

"그러면 그들은 집안을 살리고 오빠를 살릴 만한 힘이 있겠군."

"그렇지."

"그만한 가치가 있었나?"

"첨엔 충분히 있었지. 내가 몸을 팔아서라도 해결하고 싶었었거든."

"지금은?"

"조금쯤 후회가 없는 건 아냐. 그렇다고 내 인생을 돌아보면서 그렇게 후회하고 싶진 않아. 그 상황에선 최선의 선택이었으니까."

"구체적으로 말 좀 해봐."

"차차 말할게. 우리 집안의 부끄러운 일면이기 때문이야. 우선 좀 쉬어요. 오후엔 돈도 바꿀 겸 파리 시내 구경 겸 나가야 돼."

"난 예민해서 쉽게 잠들지 않아."

"그럼 날 사랑해 주면 되잖아."

"싫어."

"결국 우리 운명은 그렇게 될걸요. 두고 봐요. 내가 어떤 여자인지."

만만하게 볼 여자가 아니었다. 웬만해서는 나를 단독으로 만나러 오기도 어려웠을 터인데 파리까지 마음대로 끌고 다닐 만큼 배짱도 큰 여자였다. 그녀가 우리 운명이란 말을 했을 때 나는 섬뜩한 느낌을 받았다. 운명이란 미리 점지된 대로 끌려가는 것인데 혜라는 서슴없이 우리 운명이라고 했다. 그녀는 마치 내 운명까지도 알고 있는 것처럼 당당하게 말했다.

"네가 지금이라도 마음을 돌리면 해결될 수 있지 않을까?"

"늦었어. 그들은 그렇게 녹녹한 상대가 아냐. 나를 묶어두기 위해선 인질이 필요했지. 나라도 그랬을 테니까. 우리 부모는 미국에 있어. 내가 배신을 하면 우리 부모는 수모를 당하게 되어 있어. 우리 부모에겐 약점이 있으니까. 그리고 어떤 의미로 보면 우리 오빠를 살려준 은인인 셈이지. 물론 계산된 은인이지만."

"흔히 문제가 있으면 핑계를 삼듯, 그런 핑계는 아니겠지."

"사람 잘못 봤어."

"그럼 얘기해 줄 수 있겠지. 네 말처럼 어차피 우리 운명이라면 그 정도는 알아야잖겠나?"

"글쎄."

그녀의 눈빛은 갑자기 어두워지기 시작했다. 밝은 때보다는 차라리 어두울 때가 더 매력적인 여자였다. 섬세한 그녀의 표정마다에서 각기 다른 매력을 느껴온 터지만 심각한 모습에서 그렇게 차가운 매력이 물씬 풍기리라곤 상상조차 안 했었다. 빼어난 외모란 까딱하면 아주 천박해지지만 자기 고뇌를 열심히 정리해 가며 살면 그렇게 아름다워지는 것인지 모른다. 뛰어난 외모를 가진 여자들이 거의 천박해지는 것은 외모 때문에 받는 시선들이 쉽사리 합리화되지 않는 까닭인지 모른다.

"말해. 언제 죽을지 모르는 사내니까 창피할 것도 가릴 것도 없잖아. 그게 내 운명이라면 난 피하지 않겠어. 하긴 그게 운명이라면 피해질 리도 없겠지만."

다소곳이 라데팡스의 시가지를 내려다보고 있던 혜라가 천천히 걸어와 침대 모서리에 걸터앉았다.

"부끄럽긴 하지만 당신한테만은 말하고 싶어. 아무리 가까운 사이라도 고백해 본 적이 없어. 그러나 좋아하는 사람한데만은 비밀을, 가장 중요한 비밀을 털어놓고 싶은 것인가 보지."

"사실 난 네 정체를 알고 싶어. 어떻게 내 앞에 왔는지, 왜 왔고 오지 않으면 안 될 어떤 사연이 있는지를 말이다. 그럴 수밖에 없었던 상황을 이해하고 싶은 거지, 난 너를 좋아할 수는 없지만 너를 미워하기도 싫어. 더 솔직하게 말하자면 계략적인 생각이 더 앞섰다는 걸 숨기지 않겠다. 물론 너같이 빼어난 미인인 경우에 옷을 벗기고 싶은 경우가 있지. 그것은 감정적인 욕망일 뿐이지만……. 어쨌거나 난 네 비위를 맞추어서라도 이 상황을 빠져나가려는 계산된 행동을 했어. 그러나 네겐 뭔지 모르지만 진실한 게 있다는 생각이 들었어. 그래서 너를 이해하고 싶었어."

"당신 맘 알아. 그렇게 솔직하게 말하는 뜻도 알고, 이제까지 나를 좋아하는 사람은 많았지만 솔직한 사람은 별로 없었어. 더구나 내가 이렇게 자존심을 팽개쳐가면서까지 좋아한다고 달려든 적은 없었어."

"그럼 얘길 해봐. 내가 옹졸한 놈은 아니니까 걱정 따윈 하지 말고."

"이해를 바라거나 당신한테 사랑을 가로채기 위해서가 아냐. 그러려면 적당히 거짓말을 해서 당신 마음을 흔들어놓을 수도 있었어."

"알아."

혜라는 돌아앉아 편한 옷으로 갈아입었다. 비행기 안에서 이십여 시간을 잠 한숨 자지 않은 채 왔기 때문에 피곤할 텐데도 우리는 말짱한 기분이었다. 그녀는 잠옷 비슷한 야들야들한 가운을 입고 침대에 비스듬히 누웠다.

"편하게 말할게."

"그래."

"우리 아버지는 이름만 대면 누구라도 대번에 알 만한 그런 지위도 있었고 그만큼 실력자였기도 했었어. 부족한 거 없고 아쉬움 모르고 살았지. 그러나 우리 아버지는 시대를 잘못 만났든, 사람을 잘못 알았든 하루아침에 거덜이 났어. 알겠지만 전엔 그런 사람이 꽤 많았잖아. 특히 자랑할 만한 자리에 있던 사람들이 우리나라에서 하루아침에 병신되던 그 케이스지. 그래서 아버지도 미국으로 도망 비슷하게 간 거야. 그 당시에 오빠는 일본에서 유학하고 있었고 아버지가 망하면 그 자식도 같이 망하는 세상였으니까 우리 오빠도 별수 없는 신세가 됐지. 짐작할지 모르겠네. 우리 집안 분위기를……. 참 가관이었지. 남부럽지 않게 떵떵거리다가 당하고 나면 그처럼 처절할 수가 없는 거야. 하루아침에 서늘한 세상인심과 맞닥뜨리면 인간은 누구나 그렇게 참혹해지는 걸 거야. 그런 데다가 오빠가 그런 세상인심에 대응하지 못하고 마약 중독자가 됐고 설상가상이라고 하나, 우리 오빠는 죄악의 구렁텅이에 빠졌어. 그것도 차마 설명하기 어려운 지경까지. 아버지가 참다못해 자식을 구하기 위해 움직였고 그것이 아버지를 구렁텅이에 떨어뜨렸지. 아버지는 알다시피 체면을 목숨처럼 생각하는 사람이야. 대개 그렇잖아."

"아버지 이름은?"

"짐작을 해. 한때 산천초목이 떨었다는 사람이었으니까."

"산천초목이 떨었다면 굉장한 실력자였겠군. 이를테면 그 말 한마디가 법처럼."

"그래요."

"그럼 혜라의 본명이나 성씨는 가짜겠군."

"아뇨."

"그럼 누구 딸인지 알 만하군."

"그래. 세상 부러울 게 없었던 그런 애였으니까."

"그렇다면 그놈의 체면 때문에 딸내미가 이렇게 되도록 내버려두었단 말야?"

"그건 아니지. 우리 집안에서 몰랐으니까."

행사할 수 있는 자리도 사람에 따라 달라지는 것을 우리는 숱하게 보아왔다. 그러나 어떤 것이 막강한 자리의 근본인가를 모르는 사람은 없을 것이다. 나라 일에 어떤 자리라는 것은 몇 개 되지 않는 것이고 그 자리는 국민이 국민을 위해 달라고, 대신 심부름을 해달라고 맡겨놓은 자리일 뿐이다. 그런데 우리는 숱하게 맡겨놓은 자리 때문에 피해자가 되어버리는 불운을 겪곤 했었다. 혜라의 아버지도 그런 인물 가운데 하나라는 사실을 모르고 있는 것 같았다. 하긴 모르기 때문에 말하고 있는지도 모른다.

"네 아버지가 우리나라 역사에 어떻게 기록될지 짐작하고 있냐?"

"알아."

딱 부러지게 대답했다.

"어떻게 될 것 같애?"

"국민을 기만한 지도자겠지."

"잘 봤어."

"그렇다고 해서 우리 아버지가 후회하고 있진 않아. 차라리 전성기 때를 회상하면서 아쉬워하고 있을 거야."

"너는 어떻게 아버지가 그럴 거라는 생각을 했지?"

"자식이지만 아버지가 어떻다는 걸 모르진 않거든."

"국민을 우롱한 자의 자식들이 너 같기만 했어도……."

"치켜세우지 마. 내 마음은 더 아프니까."

"그래서 어떻게 됐어."

"아버지는 미국으로 갈 때 많은 재산을 놓고 갔어. 어떻게 번 돈인지는 굳이 설명할 필요가 없겠지만 분명한 것은 아버지 몫이었지. 그런데 아버지는 남겨둔 재물을 가져가기 위해 손을 썼고 오빠는 오빠대로 손을 썼어. 그러다가 일부의 재산을 가져가는 데는 성공했지만 오빠는 범법자가 되어 피신하게 됐지. 결국 오빠는 씻기 어려운 구렁텅이에 빠져버렸어. 아버지는 그런 오빠를 구하려다가 도리어 올가미에 걸렸어. 국세직으로 큰 망신을 당할 찰나에 내가 흥정거리가 된 거지."

"네가 그만한 가치가 있었나?"

"그들 판단이었겠지. 삼 개 국어에 능통하고 어디다 내놓아도 빠지지 않는 외모와 아버지의 후광 때문에 사교계의 신데렐라였으니까."

"그런 네가 이렇게 초라해졌군."

"겉보기는 그렇지만 오히려 나는 좋아. 당신 같은 사람을 사랑하고 있다는 게 말야."

"네가 그들이 원한 만큼 부모와 오빠의 죗값을 탕감할 만큼 그들에게 공을 세워줬을까?"

"충분하다고는 못해도 웬만큼은 해냈어."

"뭘?"

"굵직한 것들이지."

"나를 언제 알았어?"

"일본에 있을 때."

"그럼 일본 애들과 연관이 있냐?"

"있어."

"누구?"

"놀라지 마. 흑장미한테 들었어. 전설적인 그런 여자와 만나게 된 건 기연이긴 하지만 내가 존경할 만한 여자 가운데 한 사람이야. 그러더군. 흑장미의 한쪽 가슴이 없다는 사실을 당신은 알 거라고. 난 그때 놀랐어. 그만한 여자가 당신이란 남자를 흠모하고 있다는 사실을. 난 그때까지 얼핏얼핏 당신 이름을 들었지만 한국인이란 사실, 시골 출신이고 일류대학은 근처에도 못 가보고 별로 가진 것 없는 그냥 그런 괴상한 남자일 거라고만 생각했었어. 그런 차에 먼 빛으로 두어 번 당신을 봤어. 그래서 결심했어. 당신을 갖자고."

"나를 가져?"

나는 피식 웃고 말았다. 화류계의 대모라고 하는 주 여사가 나를 먹겠다고 공언하고 다녔다는 얘기를 듣고 묘한 기분이 되었던 기억이 났다.

"그래. 그런 마음을 다져먹고 있던 차에 이런 일이 생겼고 나는 자청하기로 했어. 어차피 이런 일이 생긴 이상 누가 나서도 나설 일이었으니까. 조금 두려웠던 건 사실이야. 그러나 또 이것이 기회라고 생각했어."

"기회는 기회였지. 내가 옷을 벗었으니까."

"나는 쉽게 당신을 정복하리라고 생각했어. 다혜라는 여자를 그렇게 사랑하리라는 건 짐작했지만……. 그러나 난 물러서지 않아. 내가 죽는 한이 있더라도 말이야."

"겁난다."

솔직한 심정이었다. 그렇게 달려드는 여자라면 물불을 가리지 않을 것이기 때문이다. 그러나 기분이 나쁜 건 아니었다.

에트와르 광장 옆에 차를 세운 혜라가 얼굴 좀 활짝 펴고 나와보라고 소리를 질렀다.

"이렇게 쾌청한 날씨를 보기가 어려운 곳야. 우린 복받은 거야."

"쓸데없는 소리 말고 그 친구들이나 좀 빨리 만나게 해줘라. 미치겠다."

"내가 그렇게 말했잖아. 대충 지리를 익혀두는 게 책략 중의 하나라고. 이래도 내가 당신 편이라는 걸 모르겠어?"

"아직 모르겠다."

"당신은 아직도 여자가 얼마나 무서운 존재라는 걸 모르고 있어. 겉보기엔 남자가 강한 것 같지만 여자가 한번 마음을 옹골차게 먹으면 어떻게 되는지 모르나 봐. 당신은 무조건 내가 시키는 대로만 해. 내가 분명히 말했어. 나는 이제 죽어도 당신 편이라고."

"내가 사랑하지 않는다는 걸 알잖아."

"누가 그러대, 사랑은 주는 거라고."

"내 마음 급한 거 알아?"

"알아."

"다혜가 어떻게 됐으면 너까지도 죽일 거다."

"난 내가 지킬 수 있는 약속만 하는 여자야. 언제라도 죽어줄 수 있는 여자이기도 하고."

나는 그녀의 약속을 믿을 수밖에 없었다. 그녀가 쉽게 변심할 여자는 아니지만 잘못 건드리면 아주 매몰차게 돌변하리라는 것을 짐작하고 있었다. 에트와르 광장은 파리의 한 상징으로 시내를 가르는 열두 군데 길의 중심지였다. 모든 것의 중심이라 할 수 있는 광장이었다. 오페라 쪽으로 상원의회 건물이 보이고 그 중심으로 개선문, 샹젤리제와 연결되는 리도 극장의 현란한 간판도 보였다. 샹젤리제는 1킬로미터만 번화가이고 나머지는 좌우로 아주 넉넉한 녹지 공간을 이루고 있었다.

"밤 먹고 싶지 않아?"

"여기에 밤도 있나?"

"미국에 산도 있고 나무도 있고 강과 건물이 있느냐고 묻는 것과 꼭 같애. 여긴 천지가 밤나무지. 우리나라 밤나무하곤 다르지만 밤맛은 비슷해."

"나무가 다른데 열매가 비슷하다 이거냐?"

"그래."

혜라는 땅바닥에서 금세 몇 톨의 밤알을 주웠다. 아주 다부지고 윤기 있게 생긴 밤알맹이였다.

"이게 밤나무야?"

"밤나무치곤 잘생겼잖아."

"마치 플라타너스 비슷하군."

"프랑스 밤맛이 어떤가 좀 봐."

나는 다부지고 윤기 있는 밤, 어쩐지 빤질빤질한 것이 썩 마음 내키지 않는 그 밤을 입에 대었다. 광장에 잔뜩 널려 있는 밤을 그대로 밟고 다니는 사람들 심정을 이해할 수 없다는 마음이었다. 힘주어 깨뜨렸다. 그리고 다시 한 번 깨물었다. 아주 역겹고 고약스러운 냄새가 입 안 가득 배었다.

혜라는 배를 쥐고 웃었다. 나는 혜라에게 속았다는 걸 알았다. 입 안이 얼얼할 만큼 고약한 냄새였다.

"이게 뭐야?"

"속여서 미안해."

"뭐냐니까?"

"마로니에 열매지 뭐야."

"마로니에 열매?"

"대개 괜찮은 사람만 속아. 의심 많고 매사에 주의하고 남속여본 사람은 깨무는 걸 못 봤어. 그런 거 보면 당신은 되게 순진해."

"그거 아주 더럽게 고약하다."

마로니에 열매가 약간 비뚤어진 밤알 닮았다는 사실을 까맣게 모르고 혜라에게 당한 것이었다. 아름다운 도시, 어느 건물도 비슷하지만 각기 모양이 다른 건물 양식을 하고 있었다. 그러나 상상 밖으로 휴지와 오물이 많았다. 동양인이나 아프리카인을 미개인 취급하는 그들의 콧대에 비하면 별로 문화인 같지 않은 국민인 것 같았다.

"애들도 지저분하군."

"여기 사람들은 그래요. 쓰레기통이 없으면 아무 데나 버려도 된다는 식이죠."

오른쪽으로 대궁전 그랑 팔레가 보이고 왼쪽으로 엘리제궁, 그리고 콩코르드 광장 앞엔 하원 의사당이 보였다. 그 옆으로 프랑스의 자랑이라는 루브르 박물관이 위용 있게 우뚝 서 있었다. 길가로 빠져나온 카페의 의자마다 차를 마시는 사람들로 붐비고 있었다.

"어디 가서 차 한잔 할까?"

"입 안이 깔깔해, 술 한잔 마셨으면 좋겠어."

"대낮부터 무슨 술."

"차라도 좋고."

"저쪽으로 가면 피케트 카페가 있어. 여기선 꽤 유명한 곳이야."

"차라리 출출하니까 점심부터 때울까? 원하는 대로 사줄게. 펑펑 쓰다가 돈 떨어지면 일본 측이나 소련 측 지갑을 빼내지, 머."

"미국 애들 지갑이 두툼할 텐데 그래."

"좌우간 굶게 되진 않겠지."

"여긴 내 구역야. 최고로 대하겠어. 우선 맥심 레스토랑으로 안내하지. 여기선 가장 유명한 곳이니까."

"서울의 불고기집만 해?"

"착각하지 마. 유명한 것과 잘하는 걸 구별할 줄 알아야 해. 여기선 오래된 곳일수록 쳐줘. 음식점이든, 옷가게든, 뭣이든 얼마나 오래전부터 했느냐에 따라 비싸져. 우리나라에선 피에르 가르뎅이라면 사족을 못 쓰는 얼간이들이 많잖아. 파리에선 유명할 뿐이지 잘하는 곳, 솜씨 뛰어난 곳은 아냐. 그런 걸 보면 잘사는 이유가 있긴 있어. 여자들이 오면 환장한다는 루이생토레는 세계의 유행을 쥐고 있다는 패션가이지만 변두리의 3평짜리 옷가게, 이백 년인가 대물렸다는 옷집에 명함도 못 내밀어."

"그 집에 가보자."

"바쁘다는 사람이 웬일이야?"

"네 옷 한 벌 해주려고 그래."

"우아! 한 벌에 얼마나 하는지 알기나 알아?"

"몇십만 원 하겠지."

"그러니까 명함도 못 내민다고 했잖아. 보통 원피스 한 벌이 이백만 원 정도 한단 말야."

"염병할……."

"어쩌면 나한테 옷 한 벌 해줄 기회가 있을지도 모르니까 이번엔 참겠어."

맥심 레스토랑 앞까지 왔다가 나는 고개를 흔들었다.

"난 역시 촌놈인가 봐. 차라리 변두리에 가서 뜨거운 설렁탕이나 한 그릇 먹었으면 좋겠어."

"여기선 설렁탕이 더 비싸. 먹을 데도 없고."

"여기가 파리지."

"정신 놓고 다니나 봐."

"비행기에서 하도 자주 먹을 걸 챙겨줘서 양식이라면 신물이 난다. 걸직한 김치하고 된장 바글바글 끓여서 먹고 싶다."

"사람 복잡하게 하지 마. 한식 하는 집 찾아가려면 한참 찾아 가야 돼."

"그럼 나 좀 편하자. 빵이나 사서 걸어 다니며 야만인처럼 먹자."

"진짜 파리쟝이 됐나 봐."

사실이 그랬다. 한눈에도 파리에서 가장 유명한 레스토랑이란 걸 알 수가 있는 맥심으로 들어서려니까 마음이 편하지 않았다. 한 끼의 식사를 위해 그렇게 비싼 지불을 할 만큼 마음의 여유가 없었다. 다혜가 제대로 있는지, 물 한 모금을 제대로 마시는지조차 모르면서 파리에서도 가장 유명하다는 레스토랑에 앉아 시간을 버려가며 식사를 하고 싶지 않았다. 혜라가 지불하겠지만 그런 음식을 소화시킬 배짱이 내겐 없었다. 차라리 체력이 허락한다면 술이나 실컷 마시고 싶은 심정이었다.

"점심은 간단하게 때우고 저녁엔 불고기 먹으러 가지."

혜라가 이렇게 말하고 성큼성큼 걸어갔다. 햄버거 두 개와 우유 두 병을 사 들고 양지 끝에 앉아 먹기 시작했다. 깔깔했지만 체력을 생각해서 열심히 먹었다. 혜라는 그런 내 모습이 재미있어 보이는지 연신 웃기만 했다.

"파리에 오면 루브르 박물관을 꼭 봐야 하는데…… 오늘이 화요일이라 문을 닫았을 거야."

"박물관에 가면 표창 같은 거 있겠구나."

"호오……"

혜라는 의미 있게 웃었다. 내 자신이 이 낯선 도시에 왔고 만약의 사태에 대비할 무기 한 개 갖고 있지 않아 불안해한다는 걸 눈치챈 것 같았다.

"저녁에 내가 표창을 구해줄게. 걱정 안 해도 될 만큼 해놓을게."

우리는 시테 섬 옆의 강변 서점을 주욱 훑어보고 노트르담 성으로 들어섰다. 영화에서나 보았던 성당을 눈앞에 둔 셈이었다.

"그 곱추 종지기가 아직도 있어?"

"영화에서 죽었잖아."

혜라가 재치 있게 말을 받았다.

"난 앞부분만 보고 말았거든."

센 강의 삼각지인 시테 섬에 자리 잡은 노트르담 성당은 뾰족탑이 상당히 높게 세워져서 한눈에도 그 위용을 알 수가 있었다. 겉에서 보면 적벽돌과 시커먼 유리창처럼 보이던 것이 안으로 들어서자 오색영롱한 색유리였고 찬란한 모자이크 조각 같았다. 햇살을 받아 성당 안을 기묘한 안정감으로 감싸주고 있었다. 장미 무늬의 가운데 창살문은 최후의 심판문이고 그 왼쪽은 성 안네, 그 오른쪽은 성모마리아 문이라고 했다.

"소원이 있으면 초를 사서 불을 켜고 빌어. 소원이 이루어진다는 곳이야."

혜라가 먼저 초를 집어 들고 말했다. 나도 동전을 내밀고 초한 자루를 받아 불을 당겼다. 수많은 사람이 촛불을 켜놓고 기도를 드리고 있었다. 평소 같으면 내 생리에 맞지 않는다고 거들떠보지도 않을 일이었는데 오늘은 선뜻 촛불을 켠 것이었다.

촛불을 올려놓고 맨바닥에 무릎을 꿇었다. 그리고 한참이나 미동도 하지 않았다. 천천히 일어서자 혜라가 손을 잡고 안쪽을 가리켰다. 약간 어두운 성당 안으로 들어섰다.

"내가 어떤 기도를 했는지 알아맞춰 볼까?"

나는 피식 웃고 말았다.

"그럼 내가 어떤 기도를 했는지 말해 줄까?"

"관둬."

"난 알아. 당신은 다혜를 위해 기도했을 거야."

"살려주십사 하고 기도했다. 나도 산 목숨이라고 살고는 싶어서."

"누가 죽인댔어?"

"모르겠다."

사람이 답답해지면 하느님을 찾는 모양인지 모른다. 나는 정말 간절하게 다혜의 안전과 내 생명을 보호해 주십사 하고 기도를 했다. 이렇게 간절하게 기도해 본 적은 없었다. 천국직행교의 지하실에 감금되었을 때와 유기하에게 당할 때, 또 일본 애들과 결전을 하면서 마음속으로 기도를 한 건 사실이지만 이렇게 간절했던 것 같지는 않았다. 노트르담 성당을 나와 나시 센 강을 걸었다.

한눈에도 일본 애들로 보이는 젊은 애들이 쌍쌍으로 끌어안고 관광하는 모습이 눈에 많이 띄었다. 그만큼 국력이 높다는 느낌을 지울 수가 없었다. 공원 벤치엔 노인과 갓난애의 일광욕을 위해 나온 어머니들이 앉을 틈 없이 많았다.

센 강 안쪽의 작은 공간엔 수영복 차림의 미끈한 여자들이 햇볕을 등으로 받고 있었다. 양지 끝 잔디밭에선 차마 눈 뜨고 보기 어려울 만큼 강렬하게 키스하는 젊은 사내와 계집애도 있었고, 끌어안고 뒹구는 모습도 간간 보였다.

아무도 간섭하거나 간섭받지 않는 풍경 같았다. 초미니 차림의 계집애는 한주먹 거리도 안 되는 속옷 한 개가 펄렁일 때마다 훤히 보이는데도 괘념치 않고 사내와 잔디밭에서 마냥 뒹굴었다. 못 볼 것을 잔뜩 본 기분이기도 했고 조금은 쑥스러운 기분도 들었다. 우리는 다시 차를 세워두었던 곳으로 나왔다. 길가의 주차장에 세워놓았던 자동차 뒷부분이 움푹 패어 있었고 와이퍼 밑엔 노트 한 장 찢어서 쓴 메모지가 꽂혀 있었다.

"뭐야?"

"자동차를 쳐서 미안하대. 이건 연락처고, 보험증서 번호가 적혀 있어."

"어쩌라는 거야?"

"여긴 흔한 일이야. 보험회사라고 할 만큼 제도적으로 잘 돼 있거든. 앞 차가 막아서서 빠져나가기 어려우면 두어 번 받아서 나갈 길을 트고 빠져나가기도 해. 양쪽 서로 부서지거나 찌

그러지지만 보험회사에서 다 알아 처리해 주니까 싸우거나 신경질 낼 필요도 없어."

"살기 좋은 나라인지 개떡 같은 나라인지 모르겠다."

"이런 경우도 흔해. 친구 차가 고물일 때 튼튼한 트럭을 가진 친구가 일부러 받아서 아주 박살을 내줘. 그래서 친구에게 새 차를 받게 해주고 자축연까지 열지."

"우리나라 보험회사가 얼마나 엉터리인지를 알겠군."

자동차는 퐁피두 문화관으로 달렸다. 오래된 건물이어서 그런지 시내의 건물들은 퇴색한 느낌을 주었다. 십 년에 한 번씩 시청과 건물 주인이 비용을 반반씩 부담하여 건물 세척을 한다고 했다. 퐁피두 문화관 광장에는 우리나라의 약장사 패거리와 흡사한 패거리들이 여기저기 흩어져 묘기를 보여주고 있었다. 구경꾼들이 던져주는 동전을 한쪽에 모아가며 연신 기기묘묘한 재주를 보여주었다. 외국인이 많다는 혜라의 설명에 고개가 끄덕여졌다.

"일주일에 하루쯤만 여기에 와서 재주를 부리고 돈을 얻으면 일주일간 생활 걱정은 않게 돼."

서커스 단원만큼이나 재주가 출중한 젊은이도 있고 차력사, 마술사, 요가사 등등의 기묘한 인물들이 가지각색의 옷차림으로 사람들을 즐겁게 해주었다. 퐁피두 문화관은 모든 내장품을 건물 밖에 그대로 내보인 특징적인 건물이었다. 긴축물은 배관이나 전기, 구조물 따위를 속으로 감추어서 건물 내부나

외부에 가능하면 보이지 않게 하지만 이 건물은 일부러 밖으로 노출시켜 건물의 허상을 속속들이 보여준 것이었다. 열 살도 채 안 됐을 성싶은 계집애도 담배를 뻑뻑 피우며 박수를 치고 있었다.

"도대체 나를 이렇게 끌고 다니는 이유가 뭐냐?"

한나절쯤 돌다 생각하니 이렇게 가볍지 않은 마음으로 구경이나 하고 있는 자신이 참으로 가엾다는 생각이 들었다. 다혜가 어떤 고통을 받고 있는지조차 모르면서 이렇게 시내 구경만 하고 있을 처지가 아니었다. 혜라는 뭐라고 하든 아주 행복한 사람처럼 미소만 지었다. 그녀의 말대로 날씨까지 궁합이 맞았다는 그런 인식인 것 같았다. 며칠 동안 함께 있어본 결과로는 혜라라는 여자가 보통 여자와 다르다는 것과 나를 끔찍하게 아낀다는 것이었다. 어쩌다 부모를 구하기 위해 이런 조직과 손을 잡긴 했지만 아까운 여자임에는 틀림이 없었다. 전직 고관의 딸이라는 인식 때문에 처음에는 조금 거추장스럽고 까탈스런 여자라고 생각해 보기도 했지만 직접 붙어 있어 보니 성품도 좋고 뛰어난 감각이나 두뇌 회전이 남다른 데가 있었다. 근본적으로 착하다는 걸 알 수가 있었다.

"잠자코 있어. 다 당신을 위한 거야. 나중에 알게 돼. 지금 설명할 수가 없어서 나도 답답하기는 마찬가지야. 지금 다닌 길을 머릿속으로 그려두란 말야. 당신에게 만약 무슨 일이 생기거든 지금 우리가 움직이는 길이 어떤 루트라고 생각하고⋯⋯."

"나는 정말 민혜라는 여잘 모르겠다. 도대체 나를 언제까지 이렇게 묶어둘 거냐?"

"길지 않아. 내일이 될지 모레가 될지는 모르지만 결코 길지는 않아. 인생은 그래도 꽤 긴 거지만 당신과 내 인생에 있어선 어떨지 모르거든. 무조건 내가 시키는 대로 해줘. 나도 이러고 싶어서 그러는 건 아냐. 당신은 앞으로 오십 년이나 그 이상의 인생이 있을지 모르지만 나는 단 몇 시간일지, 단 며칠일지 모르거든."

"누구 겁주려고 이러냐?"

"아무렇게나 생각해. 제발 내 인생이 남아 있는 동안은 내 말대로 해줘. 제발 얼굴 좀 펴줘. 가소롭더라도 웃어줘 봐, 싫더라도 신혼여행 온 사람처럼 밝은 척이라도 해달란 말야. 누구는 속이 없어서 이렇게 웃고 돌아다니는 줄 알아?"

"그만 심각하자. 진짜 심각해야 할 측은 가만히 있는데 네가 왜 앞지르고 그러냐."

"나도 모르겠어."

혜라는 난폭하게 운전하기 시작했다. 심사가 편치 않은 모양이었다. 조금씩 어두워지는 길거리의 교통은 엉망진창이었다. 차선을 비워주지 않고 꽉 메워서 시내로 들어가는 길이 막혔어도 교통순경 한 사람이 없었고, 클랙슨을 누르거나 싸움질하는 사람도 없었다. 이리 삐지고 저리 삐져서 달아나는 차가 많아 조용한 상태에서 엉망진창이 되었다. 참으로 알다가도 모를 사람들이었다. 중앙선에서 마구 차를 돌려도 피식피식 웃거나 손 한번 들어주면 그만이었다. 우리는 1킬로미터쯤 빠져나오는데 사십여 분의 시간을 소비해야만 했다. 헤드라이트를 켜지 않고 스몰라이트만으로 야간 운행을 할 수 있을 정도로 가로등은 환했다. 그러니까 서로 눈이 시거나 운전 방해를 받을 염려가 없었다. 자동차를 번화가의 길가 주자창에 세우고 혜라가 말했다.

"뭣 좀 사야 돼. 그리고 저녁 먹고 어디 잠깐 들렀다 호텔로 가면 돼."

나는 그녀를 따라 내릴 수밖에 없었다. 썩 세련된 건물 앞에 섰다. 혜라는 여전히 웃고 있었다. 귀여운 여자였다.

진열 상품이 각기 다른 건물 세 채가 한 개의 백화점이었다. 우리나라의 웬만큼 큰 백화점만큼한 건물 세 채였다. 혜라는 잡화부가 있는 백화점으로 들어서더니 안내판을 보고 곧장 지하로 나를 데리고 들어갔다. 우리나라의 어떤 백화점과 체인을 맺었다는 오프렝탕 백화점 지하에는 각종 생활도구들이 즐비했다. 몇 사람에게 불어로 몇 가지를 묻더니 에스컬레이터 옆으로 돌아갔다.

"필요한 게 있을 거야. 당신이 골라."

나는 혜라의 치밀함에 빙긋 웃었다. 칼과 가위, 손톱깎이와 병따개, 족집게와 송곳, 드라이버와 펜치 따위가 각양각색으로 진열된 곳이었다. 내가 즐겨 쓰는 표창을 두고 왔기 때문에 만약의 사태에 직면하더라도 손쓸 게 없다는 걸 혜라는 눈치챈 것 같았다. 일본의 흑장미와도 가깝다는 것으로 미루어 내 신상에 관해서는 아주 소상하게 알고 있는 것 같았다. 나는 새끼손가락만 한 칼 두 자루와 뒷꼭지 부분만 잘라내어 숫돌에 갈면 내가 만들어 쓰던 조선 표창과 흡사하게 생기고 무게도 엇비슷해 보이는 병따개 스무 개, 다용도로 쓸 수 있는 묵직한 칼을 한 자루 골라잡았다. 혜라가 줄칼과 숫돌 한 개씩을 더 넣으라고 했다.

"이만하면 나를 믿겠어?"

혜라가 싱긋 웃고 물었다.

"함정일 수도 있지."

내 대답에 혜라는 주먹으로 등을 한 번 때렸다.

"당신 참 어지간해."

"그러니까 팔자가 이 모양이지."

"당신한테 사랑받는 여잔 정말 행복할 거야."

혜라는 씁쓸하게 말하고 물건 꾸러미를 챙겨 안았다. 다시 일층 잡화부로 올라가더니 넓은 가죽 허리띠를 한 개 골라 주었다. 보통 치밀한 여자가 아니었다. 허리띠 속에 표창을 만들어 감추고 양말 속과 옷소매 사이에 작은 칼을 감춘 것까지 다 알고 있는 여자였다.

어둠이 짙게 깔린 밤하늘이었지만 현란한 불빛과 가로등 때문에 초저녁 무렵처럼 먼 곳까지 익숙하게 보였다.

한식집에서 김치만 세 그릇을 더 시켜 먹은 우리는 곧장 호텔로 돌아왔다. 문을 걸어 잠근 채 우리는 표창을 만들기 시작했다. 우리가 고른 병따개는 대만제였고 뒷부분을 잘라내어 줄칼로 모서리를 쳐내고 숫돌에 날을 세우기만 하면 영락없이 조선 표창에 형형색색과 섬세한 조각을 파 넣은 표창 같았다.

"이런 생각을 어떻게 했나?"

"언젠가 그런 물건을 보았던 기억이 문득 떠오른 거지 머. 일본에 갔을 때하고 지난번 서울에서 당신의 표창을 본 적이 있었으니까 쉽게 연상할 수가 있었어."

"무게까지 비슷해. 아주 손에 익은 표창 같다."

"당신이 쓰는 것은 무쇠지만 이건 신주 같애서 얼추 비슷하리라고 생각했어. 무게가 다르면 그만큼 고리 속에다 납을 달아도 되고 무게가 많이 나가면 고리를 갈아내면 될 것 같았어. 여긴 대장장이가 어디 있는지도 모르지만 아무리 설명해도 당신 맘에 들게 만들어내지는 못할 것 같았어."

"고맙다."

"몇 년 더 있다가 인사를 하지 그랬어? 싱겁게 들리는데."

"그들은 성능 좋은 무기를 가졌겠지. 기관총이라든지……."

"나도 그쯤은 전화 한마디로 구할 수 있어. 그러나 그건 정말 위험해. 총으로는 당할 수가 없어. 숫자로도 상대가 안 되고 솜씨로도 안 돼. 총을 지니면 언제라도 뒤통수를 갈길 수 있는 사람들이거든. 그러나 맨몸으로 나서면 방심하거나 여유를 주게 될 거야. 그럴 때 당신에겐 기회가 되는 거야. 내 말이 맞을 거야."

"그건 그래."

"내가 당신에 대해서 너무 잘 아는 것 같지 않아?"

"그래 겁난다."

"한 가지 명심할 게 있어. 결정적인 때, 나는 당신에게 매몰차거나 배반하게 돼. 그러나 그게 연극이란 걸 당신은 알아야 돼. 그럴 때 삐지면 안 돼. 그리고 아무리 고통스럽더라도 시간이 해결한다고 생각해야 돼. 이건 만약의 경우를 생각해서 하는 얘기야."

"어째 좀 으스스하다. 금방이라도 누가 기관단총을 들고 문을 부수며 들어와 나를 염라대왕 앞에 데려갈 것 같기도 하다."

"나하고 있는 동안은 안심해도 돼. 그들은 내가 연락하는 대로 움직이게 돼 있어. 그들에게 긴장을 풀 시간적 여유를 줘야 돼. 그래서 기다리고 있다고 생각해. 아니면 내가 당신을 설득하느라고 시간이 걸릴 거라고 믿을지 몰라. 내가 아까 저녁을 먹으며 연락을 했더니 대뜸 한다는 소리가 설득됐느냐는 거야. 거의 돼가는데 아직 못 믿을 게 있다는 연막을 쳐뒀으니까 아마 나를 믿고 기다릴 거야."

"난 뭐가 뭔지 모르겠다."

"차차 알게 돼."

우리는 손발이 맞아 두어 시간 만에 표창 스무 개를 만들었다.

"실험해요."

"조오치. 나는 표창 던질 때마다 가슴속이 다 시원해져. 그것도 진짜 던질 일이 생길 때마다."

나는 표창을 들어 침대 모서리 나무 부분을 눈으로 쏘아보았다. 그리고 연달아 표창을 날렸다. 정확하게 스무 개는 이열종대로 침대 모서리에 박혔다.

"역시 당신야."

혜라가 탄성처럼 소리 질렀다. 스무 개의 표창을 빼내어 허리띠 속에 차근차근 자리를 잡아 넣었다. 든든했다. 웬만한 기관총이라도 맞서보고 싶은 그런 응어리가 펄펄 숨 쉬기 시작했다.

"나는 이제 준비가 다 됐다. 붙여만 다오. 한주먹으로 해결하마."

"아직 때가 일러. 초조해하지 마. 다혜는 멀쩡해. 내 목숨이라도 걸 수가 있어."

할 말이 없었다. 혜라의 행동이나 말은 처음부터 일관성이 있어서 믿어보는 도리밖에 없었다. 밤이 이슥했지만 잠자리에 들기가 겁났다. 그녀는 잠자리에 들기만 하면 나를 어떤 방법으로든지 유혹해 내고 말았다. 충분히 그럴 수 있는 매력이 그녀에겐 있었다. 어찌 보면 그녀는 잠자리에서만은 세상을 급하게 살려고 마음 다져먹은 사람 같았다. 그녀의 말이 자꾸 귓

전에 남아 나를 괴롭히곤 했다. 자신의 인생이 아주 짧을지 모른다는, 그래서 살아 있는 동안 나를 조금이라도 더 소유하고 싶다는 말을 여러 차례나 했었다. 마치 그녀는 죽음을 눈앞에 둔 여자처럼 서두르기도 했고 모든 걸 각오한 사람처럼 달관한 듯한 행동을 하기도 했다. 그 부분에 관해서는 그녀는 실체를 짐작조차 할 수가 없었다. 어떤 때는 금방 죽게 되기라도 할 것처럼 고향 땅에 묻어달라는 간곡한 부탁을 하다가도 어떤 때는 화장하여 한 줌의 재를 널찍한 강 아무 데나 뿌려주고 자신이 죽은 날만은 정말 잊지 말아달라고 애원하듯 말하기도 했다. 알 수 없는 여인이었다.

그럴 때의 나는 이상하게 그녀에게 약해졌고 그러지 말자는 다짐에 녹아버리곤 했다.

"내가 만약 당신 때문에 죽는다면, 그날, 내가 죽은 날마다 당신이 나를 기억하고 슬퍼해 줄 수 있을까?"

혜라는 밤이 깊어지고 잠자리에 들 무렵이 되자 또 이렇게 시작했다. 나를 마음 약하게 해서 유혹하려는 것인지 아니면 그녀가 자주 말하듯 정말 죽어버릴 것인지를 가늠하기 힘들었다. 어쩌면 죽음을 예견하고 있는 것이 아닌가 하는 생각, 내 편의대로 나를 위해 죽을 각오까지 했는지 모른다는 그런 묘한 생각이 들게 했다. 그녀를 이해하는 일은 상당한 시간이 흐른 뒤에야나 가능하디 는 생각도 들었다.

"왜, 꼭 죽어야 할 일이라도 있나?"

"그냥 해본 소리지, 머. 인생이란 늘 그렇게 왔다가 그렇게 가는 거니까 말야."

"혹시 그 조직을 배반하면 네가 죽게 되는 거야?"

"나를 누가 죽여?"

"그럼 왜 그런 재수 없는 소릴 계속 하지?"

"재수 없는 소리가 아니라 재수 있으라고 하는 소리야."

"알다가도 모르겠다. 도대체 네가 죽으면 내가 어떻게 해주기를 바라냐? 기탄없이 말해 봐. 지킬 만하면 지켜주지, 머."

"그리 어렵진 않을 거야."

"그러니까 말해 보라잖아."

"내가 길거리에서 그냥 시체로 발견되더라도 그건 당신을 위해 죽었다고 믿어줄 수 있어?"

"믿는다 치자."

"물론 시간이 지나면 알게 돼. 그러나 당분간은 나를 못 믿게 될까 봐 그래."

"죽는 여자가 별 걱정을 다하는구나. 믿어줄게."

어떻게 얘기의 꼬리가 흘러가는지도 알기 위해서 이렇게 물고 들어가보았다. 혜라의 그럴 때 표정은 숙연하고 너무 진지해서 속지 말자고 다짐하다가도 어느 틈에 꼼짝 못하고 그녀의 덫에 치이곤 했다.

"내가 만약, 분명히 만약이라고 했어. 정말 만약 죽게 되면 어떻게 처리를 하겠어.?"

"해달라는 대로."

"그럼 화장을 해서 재를 우리나라로 가져가."

"그러고는?"

"당신 고향 근처에 금강이 있잖아. 본적이, 우리 집안 본적도 그쪽이니까 거기다가 뿌려줘."

"무슨 신파극 같다."

"그러면 어때."

"그거야 쉽지."

"그 뒤가 문제야."

"또 있냐?"

"내 죽음을 기억해 주는 사람이 있어야 할 거 아냐."

"내가 살아 있는 한 기억은 하겠지."

"그게 아니고 아주 슬퍼해 줘야 돼."

"상복 입고 한 삼 년 초막 짓고 울어주랴?"

"그럼 더 좋고."

"사람 잡을래?"

"부탁야. 다른 날은 몰라도 내가 죽은 날만은 금강가, 내 재를 뿌린 그곳에 와서 하루만이라도 나를 생각해 줘. 만약 다혜와 결혼하더라도 그날만은 나를 생각해서 하루만 허비해 줘. 아무리 사랑하는 사이라도 그날만은 사랑도 하지 말고. 그날은 나만 생각해 줘. 강가에 와서…… 그래, 지금 죽으면 우리나라도 추운 겨울이니까 아주 두툼하게 입고 술이나 한 병 들고 와서 내 영혼과 부라보라도 해가며 하루를 보내면 되겠어. 난 그 정도로 만족할 수 있어. 그러나 더 이상은 양보할 수 없어. 이게 내 자존심이고 이게 나로선 최상의 양보야. 당신이 죽을 때까지 그래주면 좋지만 난 그렇게 욕심을 안 부려. 앞으로 십 년간만이라도 말야. 내가 지나친 걸까."

"모르겠다."

"그러면 내가 당신을 위해 죽어줄 수 없잖아."

"네가 왜 나 때문에 죽냐?"

"만약이라고 했잖아."

"정말 나를 위해 죽었다면 그렇게 할 수 있지."

"약속할 수 있지?"

"한다."

"그럼 됐어. 만약 당신이 약속을 지키지 않으면 나는 귀신이 돼서라도 당신을 못살게 굴 거야."

"독하구나."

"난 내 사랑에 대해서만은 승부를 보고 죽어야 되니까."

"분명히 말했잖아. 난 너를 결코 사랑하지 않는다고."

"알아. 내가 사랑하면 되는 거니까."

"정말 넌 죽게 되냐? 더구나 나 때문에?"

"그럴지 모르지."

"왜 나 때문에 죽어야 하냐? 살 길은 얼마든지 있잖아. 나를 넘겨주고 가도 되고 내팽개치고 가도 네 입장은 그만 아니냐.

군이 죽음을 무릅쓰고 나를 지켜줄 필요가 없지 않느냐 이거다."

"당신은 사랑에 대해 너무 몰라. 난 그 부분만은 질겨."

"나도 그 부분만은 질긴 놈이다."

"그러니까, 내가 그렇게 좋아할 수 있지."

"널 사랑하지 않는데도?"

"언젠가는 돌아설 거야. 당신은 다혜와 결혼까지 하진 못해."

"두고 보자. 악착같이 같이 살 거니까. 나도 한번 한다고 마음 다져먹으면 무서워지는 놈이다."

"당신은 무지무지하게 행복한 사람야. 나 같은 여자가 이렇게 다 내팽개치고 사랑할 정도면……."

"나도 뭐가 뭔지 모르겠다. 올해 토정비결 보니까 여난이 씌어 있더라."

"당신이 날 사랑하지 않아도 좋아. 다만 내가 얼마나 끔찍하게 사랑하는지를 알아만 주면 돼. 나도 이렇게 당신한테 빠질 줄은 몰랐어. 이래 보여도 난다 긴다 하는 총각들, 우리나라에서 어디 내놓아도 제값 높은 고관대작의 자식이나 재벌 이세들이 하나둘 나를 쫓아다닌 줄 알아? 다 거절하고 당신을 선택한 거야. 이건 내 운명야."

나는 그녀의 진지한 말에 대꾸하지 않았다. 금세라도 울 것 같은 눈망울이었다. 그녀는 무너지듯 내게 안겨왔다.

나는 그녀를 거절할 수가 없었다. 뜨겁게 달아오는 그녀의 몸을 안았다. 어쩌면 이것이 내 운명인가 하는 생각도 했다. 거절할 수 없는 핑계를 나는 가지고 있었다. 이 여자를 붙잡고 늘어지지 않으면 다혜를 구할 수 없다는 것이었다. 물론 핑계라는 걸 알고 있었다. 잠자는 욕망쯤은 언제나 털고 일어설 수 있지만 다혜를 구하기 위해서는 무슨 짓이고 마다할 수가 없었다.

밤은 까무러지고 우린 뜨겁게 밤을 맞았다.

새벽에 펜타 호텔에서 구시가지 쪽으로 내려다보이는 거리는 참으로 한적해 보였다. 우리나라의 초겨울 새벽처럼 을씨년스럽게 보였다. 개를 데리고 산책하는 사람과 조깅하는 사람, 더러는 자전거로 광장을 도는 사람과 새벽 공기를 마시러 나온 노인네들 모습이 내려다보였다. 육교에도 유리를 다는 파리 사람들, 지하철역의 의자도 수만 개가 모두 다르고 건물도 같은 모양이 없게 만든 이 도시의 자존심을 나는 생각하고 있었다. 혜라는 곤하게 잠들어 있었다.

호텔 방에서 간단히 식사를 한 혜라는 오늘 나다니는 길도 어제와 마찬가지로 익혀두라는 말을 잊지 않았다.

"그만 좀 돌아다니자."

"그건 안 돼. 내 추억을 위해서도 안 되고 당신의 미래를 위해서도 안 돼. 어제 군말 않기로 약속했잖아. 오늘 하루만, 딱 오늘 하루만 내가 시키는 대로 해줘. 부탁야."

"믿어도 되나?"

"맹세할게."

"좋다. 무조건 따라만 다니마."

"루브르 박물관을 봐줘야 해."

"거긴 왜?"

"당신이 최후에 피신해야 할 곳일지 모르니까."

"겁주네."

나는 이미 그녀에게 이곳 파리에서의 생활을 내맡긴 처지였다. 그녀에게 다 계획이 있고 뜻이 있다는 걸 간파했기 때문에 오늘 하루도 말없이 따르기로 작정을 했다.

루브르 박물관은 수요일이어서 입장이 무료라고 했다. 화요일은 문을 닫는 대신 수요일엔 모두 공짜로 입장을 시킨다는 그들의 관용과 멋진 구상이 기분 좋았다.

"여긴 위대한 프랑스가 아니라 위대한 전리품, 치사하게 훔친 보물들 전시장 같다."

한 작품, 한 작품 설명을 들으며 내가 대번에 느낀 것은 바로 루브르 박물관의 소장품들이 전쟁과 힘의 우위를 이용해 찬탈해 온 것들이란 인상이었다.

"그건 잘 봤어. 그러나 빼어난 예술품을 꽤 많이 가진 나라이기도 해."

비너스 상 앞에 우뚝 서더니 혜라가 눈을 찡긋해 보였다.

"어때?"

"훔쳐 가고 싶다."

"그럴 줄 알았지. 그만큼 대단한 예술의 나라라는 것도 한편으론 인정해야 돼."

160캐럿짜리 다이아몬드도 있었고 내 팔목보다 굵은 순금 지팡이도 있었다. 무지무지한 양의 보석과 금붙이도 있었고 희랍에서 강제로 훔쳐온 진귀한 보물과 피라미드의 머리 부분까지 진열되어 있어서 프랑스는 예술품의 도둑 나라올시다 하는 인상도 지울 수가 없었다.

"옛날 사람이 저렇게 작았나?"

미라를 가리키며 물었다. 육 척도 채 안 될 크기의 미라들이었다.

"아냐. 내장하고 골을 드러내고 일정 기간 두었다가 미라를 만들었기 때문에 줄어든 거래."

어쨌든 수탈의 문화를 부정할 수는 없었다. 그렇게 진귀한 외국 민족의 보물들을 그렇게 악착같이 모은 것을 보면 프랑스의 선조들이 어떤 족속이었는지 알 수 있을 것 같았다. 힘있는 나라에 현재도 힘없는 나라는 문화재 아닌 정신까지 빼앗기고 있는 현실을 생각하니 울화가 치밀기 시작했다.

수탈의 문화라고 하더라도 너무나 엄청난 규모와 널리 알려진 진귀한 것들이 많아 넋을 잃고 구경하는데 혜라가 내 팔을 살짝 쳤다.

"쟤들 조심해."

"집시잖아."

"저렇게 서너 명씩 떼 지어 다니다가 밀치고 넘어지면서 주머니를 털거든."

"심심한데 잘 걸렸다."

나는 일부러 그쪽으로 끼어들었다. 깜찍하게 예쁜 나이 어린 계집애가 찰싹 몸을 붙였고 그 옆의 사내 녀석이 일부러 나를 안고 비틀대는 사이에 계집애가 재빨리 내 주머니를 뒤졌다. 나는 내 지갑과 여권을 움켜쥐고 쓰러졌다. 실패했다는 걸 안 그들은 미안하다는 표정으로 설렁설렁 걸어갔다. 표정의 변화가 전혀 없는, 아주 경쾌한 발걸음이었다. 나는 눈 크게 뜨고 혜라 앞에 사내 녀석과 계집애의 작고 앙증맞은 지갑을 흔들어 보였다.

"어머! 같이 못 놀겠네."

"쟤들 좀 불러줘. 얘길 해줘야겠어. 그런 솜씨로 어떻게 밥 먹느냐고."

"신 나는데."

혜라가 뛰어가 잽시 애들을 불러 세웠다. 내 손에 들려 있는 앙증맞은 지갑을 보더니 두 손을 번쩍 들어 졌다는 흉내를 냈다.

"얘들한테 이렇게 말해. 한국인 호주머니에 손대면 손목이 잘려지는 거라고. 한국 사람 가운데엔 특수한 물건을 지갑에 부착한 사람이 있어서 몰래 손을 넣었다가는 씩둑 질리는 거라고. 내 지갑에도 그런 장치가 있어서 일부러 애들 손목을 보호하려고 잡은 거라고 말해."

혜라는 방실거리며 집시 애들에게 말을 했다. 집시 애들은 호들갑스럽게 말대꾸를 하며 나를 흘끔 쳐다보았다. 내가 일부러 무섭게 인상을 썼다.

"당장 손목을 자를 것이로되 한국인을 앞으로 다시 건들지 않는다고 하느님께 약속하면 그냥 보내주겠다고 해."

혜라가 통역하는 사이에 녀석들은 내 눈치를 살피더니 그러겠다는 시늉을 했다.

"폼 잡는 녀석들 많잖아, 임마. 일본 애들, 미국 애들, 소련 애들⋯⋯. 당장 무릎 꿇고 빌라고 해."

집시 녀석들이 무릎을 꿇더니 두 손을 깍지 낀 채 중얼거렸다. 혜라가 연신 웃었다. 녀석들은 혜라의 말을 듣고 뒤가 마려운 것처럼 도망질했다. 우리는 소리 내어 웃었다.

위인들만 묻히게 된다는 팡테옹을 스쳐 지나가며 루소, 볼테르, 위고, 졸라, 수플로 같은 위대한 인물이 묻힌 곳이라고 말했다.

"우리나라에 저런 게 있으면 볼만하겠다. 죽어서 그런 곳에 묻히려고 별의별 짓을 다하겠지. 아마 진짜 위인은 엉뚱한 산에 묻히고 아주 지능적인 사기꾼들, 고도의 위선자들, 뛰어난 가짜 애국자들만 자리 다툼을 하겠지. 아니면 투철한 아부주의자들이나 탁월한 사대주의자들 말야."

"정말 그럴 거야. 우리나라는 좀 별난 게 있어. 진짜는 늘 말이 없는데 가짜는 늘 떠들썩하고 살아생전에 대우를 받는 것 같애. 가짜들은 죽을 때도 요란하게 죽고 묻힐 때도 요란하거든."

"왜 가짜가 판치는지 아냐?"

"우리 아버지 같은 사람 때문이지."

"대충은 맞췄다. 상식이 통용되지 않는 사회 탓이겠지만 힘으로 뭐든지 해결하려는 멍청이들이 우글우글해서 그래. 해방되고 나서 주욱 말이다."

"강대국들 지랄에 비위 맞춰가며 사는 얼빠진 지도층 인사들의 의식은 어떻고."

"그만 두자. 그래도 난 우리나라를 사랑할 테니까 말이다. 너처럼 뭐 좀 있다 싶으면 국적 바꿔가지고 한국인이 아닌 걸 자랑으로 삼는 부류는 악착같이 안 될 놈이다."

"할 말 없게 만드네."

혜라는 머쓱해했다.

"생각해 봐라. 우리나라 지도층이란 친구들 가운데 이중국적자가 한둘인 줄 아냐? 정치합네, 행정가입네, 법조인이고 종교 지도자고 교수고 경제인입네 하는 친구들 가운데 부지기수로 이중국적자가 많다는 사실을 아냐? 그런데 그 친구들이 왜 이중국적자가 됐는지를 알면 더 기절초풍할 거다. 전쟁이 나면 혼자라도 살겠다 이거지. 괜찮다 싶은 사람 자식들이 왜 그렇게 많이 미국이다 일본이다 유럽이다 하고 뺑소니쳤는지 알아? 물론 정상적으로 공부하기 위한 것이 더 많지만 속셈이

따로 있는 사람도 만만찮다 이거지. 전쟁? 그게 그리 쉽게 날까? 6·25가 그렇게 쉽게 터진 전쟁이 아니다. 그런 거 있지. 동네 꼬마들 노는 거 보면 힘 센 녀석이 저보다 힘 약한 애들 불러놓고 괜히 말 걸어서 심심하면 쟤가 너 이긴다더라 쟤한테 질 수 없잖느냐라고 쌍방에다 성질을 돋구어놓고 싸움질시켜서 은근히 말리는 척하는 거……. 그러면 힘 약한 애들은 비슷한 또래에게 당하기 싫어서도 강한 녀석에게 누룽지나 껌 같은 걸 쥐가며 잘 보이려고 하기 마련이지. 국제 정치사를 보면 힘없고 조그만 나라가 큰 나라한테 깝신거리고 덤빌 땐 더 크고 힘센 나라가 부추겼다는 사실을……. 약소국가는 그래서 억울한 거지. 이스라엘 사람들이 전쟁 나니까 유학생들마저도 제 나라로 돌아가 총을 들었다는 얘기 들은 적이 있는데 과연 우리나라에 만약 전쟁이 터지면 어떻게 될까를 생각해 봐. 물론 많은 사람들이 이스라엘보다 더 적극적으로 달려올 건 틀림이 없지만 꽁무니를 뺄 가짜 애국자들이, 가짜 지도자들이 얼마나 많겠느냐 이거지. 생각만 해도 끔찍하다. 더 한심한 것은 이중국적자가 그렇게 많다는 것을 알면서 눈 딱 감고 자리 맡기는 친구들이지. 용감하게 그 잘난 놈의 나라 국적을 왜 못 버리는지 생각 좀 해봐라."

혜라는 말없이 듣기만 했다. 그리고 한참 만에 멋쩍게 웃었다.

"만약 내가 죽거든 내 일기장과 내가 쓰던 노트를 당신에게 남겨주고 싶어. 그 안에 정말 나라는 여자가 어떤 여잔지 잘 정리되어 있을 거야. 난 남이 볼지 모른다는 가능성 때문에 일기를 거짓으로 쓰는 여자가 못 돼. 당신이 해결할 문제도 많겠지만 당신에게 도움되는 일도 많을 거야."

"자꾸 사람을 으스스하게 만들지 마라."

그녀가 자꾸 죽음을 얘기할 때마다 나는 섬뜩함을 지울 수가 없었다. 내 예감은 자꾸만 그녀의 죽음이 연상되는 쪽으로 기울기 시작했다. 처음엔 장난처럼, 내 마음을 떠보기 위해 장난치는 거라고 여겼었지만 시간이 지나면서 결코 장난처럼 느껴지지 않았다.

에펠 탑 근처를 돌아 나폴레옹이 안치된 묘역과 군사박물관을 차례로 둘러보았다. 사람 많이 죽인 사람이 영웅 대접을 얼마나 극진히 받는가를 느꼈고, 군사박물관에선 대포 하나 총 하나하나에까지 조각을 해 넣은 그들의 예술 감각이 차라리 비인간적으로 느껴졌다. 사람 죽이는 무기에 예술적 조각을 담는다고 해서 그게 도대체 무슨 의미가 있단 말인가? 원자탄을 피카소의 그림으로 포장을 한들 무엇하며 미사일을 미켈란젤로의 조각품으로 포장을 한들 어쩌겠다는 것인가? 사람 죽이는 무기의 포장은 차라리 해골로 하는 것이 솔직한 표현일지 모른다.

거리에서 연설을 해대는 노인의 열변을 혜라가 귀담아듣고 피식 웃었다. 가로 옆 벤치의 잔디밭에 노인들과 호기심 가득 찬 어린이들과 여행객들이 앉아서 박수도 치고 야유도 해가며 열심히 경청하는 모습도 꽤 가슴 뿌듯해 보였다.

"수상이 사회당 출신인데 한마디로 수상이란 작자는 코미디언이라는 거야. 고만 웃고 싶으니까 조용히 물러나서 쓰레기 하치장의 두목이나 하라는 거야."

혜라가 들리는 대로 통역을 했다.

"안 잡혀가냐?"

"우아, 당신도 웃길 때가 있네. 왜 잡아간다고 생각하지?"

"수상을 어떻게 욕하고 그러냐?"

나는 짐짓 어리석은 체하고 이렇게 물었다.

"국민이 심부름 잘하라고 시킨 거니까 욕할 수 있는 권리도 국민에게 있는 거 아냐?"

"그래도 그렇게 높은 사람을 어떻게……."

"얼굴에다 토마토케첩도 내던지는걸."

"거 어디 더러워서 수상 해먹겠냐."

"그러니까 쪼다가 할 짓은 아니지."

"나도 프랑스로 와서 이중국적자가 될까 부다. 그래서 아침 든든히 먹고 나와서 이튿날 새벽까지 수상이란 작자 욕만 실컷 할까 부다."

"난 또……."

그제서야 내가 장난으로 말을 걸고 있다는 걸 알고 씨익 웃었다.

그리고 보니 우리나라에서 없어진 것 가운데 정말 아쉬운

게 하나 있었다. 어떤 공원 안에서 열혈 청년과 열혈 노인들이 정부의 잘못을 입에 거품을 물어가며 신랄하게 비판하던 그 작은 모임을 없앤 것이었다. 어떤 소갈머리 없는 친구가 얼마나 출세에 눈이 뒤집혀서 그랬는지 모르지만 정말 아쉽기 한이 없는 것이었다. 그런 장소, 그런 사실을 남겨둠으로 해서 얼마나 멋지고 아름다운 정경이었을까를 생각하면 참으로 한심한 일이었다. 그 장소에서만은 무슨 말을 하든 무슨 욕을 하든 내버려두는 그 포용력이 없이 어찌 우리나라가 아름다운 땅일 수 있을까? 서양에서 바보제라고 해서 일 년 중 일정한 기간 동안엔 그 겁나는 법황이나 황제나 군주들까지도 실컷 욕하고 비판하는 축제가 있었다고 했다.

우리나라가 그걸 그냥 두었더라면 후손들에게 얼마나 멋진 조상을 두었는가 하는 자랑이 되었을 터인데 왜 그런 걸 소갈머리 없이 없앴을까? 아마 뒤가 구려서이겠지. 바보제가 없어진 것도 뒤가 구린 법황이나 황제나 군주들의 계략 때문인 것으로 미루어 정치한다는 그 가짜들 짓이겠지.

에라, 이 천하에⋯⋯.

하느님, 그러고 보면 당신도 꽤 시시한 양반이오. 뒤도 구린 것 같고. 당신이 당신 비판하고 욕하는 걸 안 참으니까 덩달아 소갈머리 없는 친구들이 그러는 기 아닙니까? 당신을 비판하면 당신 패거리들이 뭐라고 하는 줄 아쇼? 그게 바로 당신이 시시하다는 증거올시다.

하느님, 그래서 졸개는 잘 둬야겠습니다. 졸개들 하는 짓 보면 두목 하는 짓 쉽게 아는 법입니다.

하느님도 말입니다. 지금이라도 늦지 않았으니까 삼각산이든 남산이든, 백두산이나 한라산이나, 한국인들 귀찮으면 후지산 꼭대기든지 알프스산이든지, 좌우간 어디든지 장소를 정해서 그 자리에서만은 하느님 욕을 하든 마귀들을 존경한다고 악을 쓰든 내버려 두는 아량쯤은 가져줄 용기는 없으슈?

내가 이렇게 지껄이면 또 그 소갈머리 없는 졸개들이 나한테 눈 부라리고 되바라지게 악쓰고 할지 모르지만 하느님을 위해 진정으로 하는 소리라는 것 좀 알고 졸개 단속 좀 잘해 두쇼.

내가 이런 얘기할 때까지 그 생각 못했다니 하느님도 참 너무하쇼.

하느님 우리도 몽땅 소갈머리 좀 갖게 해주십쇼. 나부터 말입니다.

사악한 흥정

혜라의 욕심처럼 우리는 많은 것을 보고 지치다시피 호텔로 돌아왔다. 밤이 제법 으슥해질 무렵부터 빗방울들이 창문을 가볍게 때렸다. 마치 보슬비 같기도 했다. 얼핏 잠들었을 무렵에 전화 소리가 정적을 깨뜨렸다. 혜라가 재빨리 전화기를 잡았다. 상대는 굵직한 남자 목소리였고 혜라는 불어로 속삭이듯 말했다.

내가 자지 않고 불을 켰다는 것을 알면서도 일부러 내가 잠든 것처럼 보이게 하기 위해서 그러는 것 같았다. 말하면서 입술에다가 손가락을 가볍게 대는 것으로 보아 내가 곯아떨어졌다거나 욕탕 안에 있다고 둘러 붙이는 눈치였다.

제법 길게 전화를 통해 두 사람은 말을 나누었다.

"뭐야?"

"연락이 됐어. 당신을 수면제 먹여 재웠다고 했더니 이것저 것 지시를 했어. 내일을 디데이로 하자고."

"전쟁하러 가는 거냐, 디데이 어쩌구 하게."

"그럴지도 모르지."

"어디야?"

"이상해. 파리 시내가 아냐. 나도 예상하지 못했던 일야. 그 들이 그런 곳으로 장소를 정하리라곤 상상조차 하지 못했어. 내 불찰야."

혜라는 몹시 난감한 표정을 짓더니 이내 머리를 세차게 흔 들었다.

"어디냐니까?"

"여기서 한 이백여 리 길 될 거야. 나도 두어 번 갔었지만 정 말 그쪽 길은 깜깜해. 퐁텐블로라는 궁인데 루이 14세 때 지은 궁이야. 아침에 차를 보내겠대."

"난 상관없어. 거기가 모스크바든 지옥이든 갈 테니까."

내 마음은 변할 수 없는 것이었다. 무엇인지 모르지만 일이 뒤틀리고 있다는 생각은 들었지만 맞부딪친다는 사실만으로 도 나는 흥분할 수 있는 일이었다.

"퐁텐블로는 넓은 지역야. 더구나 그들은 망원 감시 장치도 있고 망원 조절이 가능한 총도 가졌어. 더 큰 문제는 내가 가 동할 수 있는 장비나 인원이 손쓸 수 없는 곳이야."

"그렇다면 뭔가 눈치를 챘다는 얘기잖아?"

"글쎄…… 나를 믿을 텐데."

"같이 움직이는 게 감시됐겠지."

"그건 각오했던 문제야."

"다른 건?"

"동태와 심경이 어떠냐는 거였어. 편하게 말해 줬어. 지금 그게 문제가 아니고 퐁텐블로 근처의 지도부터 구해야 돼."

혜라가 뛰어 내려가더니 휴대용 지도를 구해가지고 올라왔다. 프런트에 비치된 관광 지도이지만 퍽 상세한 것이었다. 혜라는 그 자리에서 몇 군데 전화를 걸어보더니 머리를 더 갸웃거렸다. 내 마음은 혜라의 표정만큼이나 복잡해졌다. 무슨 일인지 짐작조차 할 수 없는 일이었다.

"퐁텐블로 직원들이 스트라이크를 일으켜서 일부만 문을 연다는데…… 그렇게 되면 관광객도 별로 없을 테고…… 아주 한적하겠지…… 수상해."

걱정할 만한 일이라는 생각이 들었다. 직원들이 스트라이크를 일으켜 출입이 제한되면 관광객도 없는 데다 루이 14세가 사냥을 했다는 숲 속으로 나를 불러들이면 지리를 전혀 모르는 내가 그들을 감당하기는 어려울 일이었다. 더구나 그들은 나를 맞을 준비를 계획적으로 했을 터이고 우리나라 산악과 아주 다른 평원 같은 숲 속이어서 은폐는 되어도 엄폐물이 마땅찮다는 사실을 뒤늦게 안 셈이었다.

"차라리 그게 좋다."

나는 가슴 죄기 싫어 이렇게 오기를 부려보았다.

"오기 부리지 마."

"이젠 너도 상관할 거 없다. 나 때문에 괜히 신세 망치지 말고 편한 대로 해라. 약속 시간과 정확한 장소만 알려줘."

"함부로 목숨 연습하는 거 아냐. 명분 없이 목숨 내던지는 건 바보들이나 하는 거야. 내가 예비로 차 한 대를 준비할 테니까 여차하면 이쪽 도로로 해서 숲길로 도망쳐. 그냥 도망치면 안 되고 상대 가운데 한 사람을 생포해서 싣고 가야 돼. 그럼 그 패들이 추적하겠지. 그 뒤는 내가 맡을게."

"분명히 얘기하겠는데 난 너를 믿지 않아."

"왜?"

"지금까지 입 다물고 있었어."

"나를 믿어야 돼. 그렇지 않으면 다혜도 당신도, 또 나까지도 죽게 돼."

"이젠 믿게 해줄 때가 됐잖냐."

"그래."

혜라가 지도를 접어 내게 내밀고는 핸드백 속에서 작은 메모지 하나를 꺼냈다. 거기엔 또박또박 쓴 연필 글씨로 '귀하신 몸' '일본의 대화 그룹' '기타'라고 씌어 있었다.

"짐작한 대로구나."

"더 있어. 내가 알고 있는 선이 그 정도고 일본 애들은 국제적인 조직과 손을 잡고 있어. 심지어 소련 애들까지도, 대화 그룹이 떠맡았다가 다른 조직한테 인계했을 거야. 그 조직은 나도 몰라."

"꽤 비싸게 거래됐겠구나."

"그럴 거야."

"네 식구들도 대화 그룹한테 당했냐?"

"그런 셈이지. 그 안에 한국인들이 정보를 제공해서 먹고사는 패들이 많으니까."

"동족 잡아먹는 애들 말이지?"

"그래."

"짐작은 가냐?"

"이태리 애들 아니면 소련 애들일 것 같애. 완벽하게 하고 값싸고 잔인하니까."

"날 팔아넘긴 애들 명단은?"

"귀하신 몸과 대화 그룹 애들야."

"그랬겠지."

나는 부르르 떨리는 가슴을 진정하기 어려웠다. 그렇게 연결이 되었다는 걸 진작에 알았던들 그 녀석들부터 박살을 내고 볼 일이었는지 모른다. 이미 때는 늦었다. 부딪쳐서 해결하는 수밖에 없었다. 그들이 나를 불러내어 일을 해결하려는 속셈도 얼추 읽을 수 있었다.

"굳이 나를 불러낸 이유는 뭐냐?"

"확실히는 모르지만 여러 가지 상황으로 짐작해 보면 당신을 필요로 할지 몰라. 다혜를 살려놓고 당신도 가능하면 살려둔 채 일을 해결하려는 의도가 아마 그럴 것 같애."

"그렇다면 귀하신 몸들은 어떻게 되냐? 불리할 텐데."

"자신들의 이익이라면 그 정도 배신쯤은 누워서 떡 먹기지."

우리는 새벽녘까지 입 아프게 내일 벌어질 상황을 분석하고 대책을 세웠다. 잠들 수 없는 밤이었다. 가슴이 마구 뛰고 있었다. 현장에 다혜가 나올지도 모른다. 그렇게 되면 우리가 밤이슥도록 세운 계획은 취소해야 할 일이었다. 눈앞에서 다혜를 죽게 하거나 곤욕을 치르게 할 수는 없는 노릇이었다. 혜라는 약도와 메모지를 여러 장이나 만들어 핸드백 속에 꼼꼼하게 감추었다. 아마 자구책으로 어떤 조직과 연결을 해두려는 계획인 것 같았다.

아침이 되었다. 무섭게 음울하게 느껴지는 신시가지의 모습이 창문 너머로 보였다. 조용조용 내린 어젯밤 빗발 때문인지 거리는 다른 날보다 더 말끔해 보였다.

"데리러 오려면 아직 멀었어. 식사도 간단히 하고 마음도 단단히 먹어야 돼. 서두르지 말고 가능하면 내가 시키는 대로 해줘. 난 당신 편야. 무슨 일이 있더라도 나를 믿어야 돼. 당신은 아직도 나를 믿지 않고 있어. 그러면 안 돼. 무조건 믿어줘야 돼."

그러더니 손톱 다듬는 작고 예리한 가위로 팔목을 힘껏 찍었다. 붉은 피가 솟구쳤다. 나는 얼른 혜라의 팔목을 잡았다.

"믿겠다."

"그럼 됐어."

흐르는 피를 멈추게 하기 위해서 시트를 찢어 붕대 감듯 죄어 묶었다. 나는 혜라가 어떤 여자인가를 새삼 느꼈다. 자신의 확실한 믿음을 위해 자해할 정도로 강한 신념을 엿볼 수 있었다.

순환도로를 빠져나와 고속도로로 접어들었다. 수로가 많은 평원 같은 나라라는 걸 알 수 있었다. 드넓은 전원 풍경 속에 얌통머리 없어 보이는 농부들의 아파트가 드문드문 보였고 저장탑 겸 감시탑이 고속도로 주변에 연이어 있었다. 운전하는 사내는 말 한마디 없었지만 백미러로 가끔 나를 감시하는 듯한 눈초리로 쳐다보았다. 한국인이라는 걸 알 수 있는 건 혜라의 말을 알아듣는 것과 대답할 때 우리말로 쉽게 대답하는 모습 때문이었다. 혜라도 손가락으로 한국인이라고 시트 위에 천천히 글씨를 써 보였다.

"당신들이 납치한 여자는 잘 있소?"

한참 만에 내가 물었다.

"아주 잘 모셔놓은 걸로 압니다."

정중한 대꾸였다.

"당신도 한국인이구."

"그렇습니다."

"자랑스럽소?"

"……."

사내는 대답하지 않았다.

"한국인이라는 게 자랑스러우냐고 물었소. 내 말 알아듣소?"

"대답을 꼭 해야 합니까?"

사내가 반문했다. 혜라가 말하지 말라는 시늉을 했다.

"나중에 내 말을 기억했다가 혼자 대답을 한 번쯤 해보쇼."

"그러지요."

사내는 갑자기 명랑하게 대꾸했다. 퐁텐블로 전경이 멀찍이 보이기 시작하자 혜라는 손가락 글씨로 이렇게 썼다.

'나를 꼭 믿어.'

나는 가볍게 고개를 끄덕여주었다. 가볍게 웃는 혜라의 눈빛 속에 이상스럽게도 슬픈 빛이 엿보였다. 나는 그 순간에 내 죽음을 연상해 보았다. 정말 내 한 목숨이 죽는다면 이 세상 모든 것이 물거품일 것 같았다. 한 여자를 위해 이렇게 엄청난 모험을 해야 하는가도 생각해 보았다. 사랑하는 여자, 내 목숨을 바쳐서라도 그녀의 사랑만은 획득해야 한다고 믿었던 여자, 내 인생을 걸고 사랑하겠다는 각오를 수없이 했던 다혜였지만 이렇게 목숨을 걸면서까지 그녀 한 사람만을 사랑해야 할 가치가 있으며 내가 죽고 나서 그녀가 내 절절한 사랑만큼 나를 기억해 줄까를 생각하면 아득한 기분이었다. 내가 그녀를 위해 죽을 수 있듯이 그녀가 나를 위해 죽어줄 수 있을까?

착잡한 가슴이었다.

그러나 그녀가 나를 위해 죽어줄 수 없더라도 나는 그녀를 위해 죽어줄 수 있다는 게 내 결론이었다. 내가 사랑했으므로 내 사랑에 충실하기로 작정했다. 물거품이라도 좋았다. 내가 이 세상에 태어나 내가 사랑한, 진실로 사랑한 그 값만큼은 책임을 지고 싶었다.

"어디로 가죠?"

혜라가 물었다.

"장원입니다. 내가 안내하죠."

사내가 앞장서며 말했다.

"누구누구예요?"

"가보면 압니다."

궁을 비켜 장원과 연결되는 샛길로 들어섰다. 낙엽이 발목을 덮을 만큼 질편한 샛길로 들어서면서부터 널찍한 장원과 강물 같은 수로, 조각처럼 만든 다리, 그리고 역대 왕들이 말을 타고 사냥을 즐겼다는 숲 속을 세심히 관찰하며 걸었다. 어디선가 망원경 달린 성능 좋은 총구가 내 가슴이나 머리통을 겨냥하고 있을 생각을 하니 등골이 오싹했다.

이러다간 손 한번 써보지 못한 채 한 방에 갈 것만 같았다. 성큼성큼 긷던 사내가 호수의 끝을 손가락으로 가리켰다. 색바랜 잔디 위에 몇 사람의 신사가 등을 돌린 모습으로 앉아 있었고 그 옆 아름이 넘는 고목나무 옆에는 몇 사람의 여자들이 의자 위에 앉아 있었다. 약간 쌀쌀하게 느껴지는 날씨였지만 가슴이 찌르르 하니 더워졌다.

"혼자 가셔야 합니다. 미스 민은 여기 있어야 하고요."

"통역해야죠."

혜라는 그 순간 당황했다.

"통하게 됩니다. 회장님이 그렇게 시시하지 않다는 걸 미스 민도 알잖아요."

"내가 해줄 얘기가 있어서 그래요."

"조금 있다 무전기를 드리죠. 할 얘긴 그때 하세요."

혜라는 할 수 없다는 듯이 내게 주먹을 몰래 쥐어 보였다. 나는 말없이 호수 끝을 향해 걸어갔다. 뒤통수가 뜨뜻했다. 무방비 상태로 그들의 제물이 될 수도 있는 순간이었다.

잔디밭에 앉아 있던 사내들이 돌아섰다. 까만 양복의 사내가 손을 내밀었다. 나는 가볍게 악수를 했다. 나머지 세 명의 사내들은 경쾌한 캐주얼 차림이었지만 풍기는 것이 건달 같지 않고 귀한 집 자식들 같았다.

"이렇게 모셔서 죄송합니다. 다혜 씨는 저렇게 안전합니다."

고목나무 옆을 가리켰다. 얌전하게, 무표정하게 앉아 있는 다혜의 모습이 볼록렌즈로 확대된 것처럼 눈에 들어왔다. 나를 모르는 체하는 것인지 넋이 나간 것인지 알 수가 없었다. 내가 그쪽으로 발걸음을 돌리자 신사복의 사내가 앞을 막았다.

"모시고 가라. 장 형은 우리하고 긴 얘길 해야 합니다. 다혜 씨가 아무 탈 없이 보호되고 있다는 걸 보여드린 겁니다."

"다혜하고 잠깐 말하고 싶소."

"말할 수 없게 되어 있습니다."

"사람을 이런 식으로 대하겠소?"

"언성을 낮추시죠. 장 형을 겨누고 있는 사람은 많습니다."

나는 섬뜩했지만 그렇다고 이런 감정으로 그들의 말을 따라가긴 싫었다.

"난 이미 죽을 걸 각오한 사람이오. 적어도 장총찬이란 놈을 이런 식으로 대하진 마쇼. 당신이 두목요?"

"회장님은 나중에 따로 만나게 됩니다. 말씀이 좀 지나치시군요."

"사람을 데려왔으면 예의상 당신들 두목이 나와야지."

"정말 끝까지 이렇게 나가시겠소?"

"다혜를 돌려보내라. 그리고 얘길 하자. 너희들도 그 정도 예우는 할 수 있겠지."

"우리 얘긴 아직 끝나지 않았소. 얘기가 끝나면 우린 그 순간에 다혜 씨를 돌려보냅니다."

다혜는 스쿠터 같은 것에 태워져 벌써 호수 밖의 정원 쪽으로 사라져가고 있었다. 다혜를 호위하는 애들은 모두 여자애들이었다.

"뭐냐?"

"반말은 우리가 해야 합니다. 우리가 참는 것은 장 형을 극진히 모시라는 회장님의 특별 지시 때문일 뿐입니다."

"얼마나 극진히 모시나 보자."

"차암……."

신사복의 사내는 내 태도가 한심했던지 이렇게 코웃음을 보였다. 다른 상황, 다혜가 잡혀 있지 않은 상황이라면 나는 다혜가 사라지는 것을 그냥 보고 있지는 않았을 것이고 사내들은 한순간에 해치웠을 것이다. 이들이 다혜를 보여만 주고 재빨리 빼돌리는 것은 다혜를 인질로 잡고 있어야만 나를 조종할 수 있다고 믿기 때문이었다.

"회장님을 만나려면 선결해야 할 게 있습니다. 첫째 무기 소지 여부를 확인해야 하고 둘째는 끝까지 신사답게 나와야 한다는 약속입니다. 겁주는 게 아니고 우린 완벽한 사람들입니다. 수틀리면 한 방으로 해결하고 감쪽같이 여길 떠나면 그만입니다. 흔적도 없습니다. 무슨 말인가 아시겠죠?"

"안다. 내가 여기까지 왔을 땐 빈 손으로 올 수밖에 없었고 인질로 잡혀 있는 여자를 구하러 왔기에 약자 입장일 수밖에 없다. 네가 두목이라면 내가 당연히 깍듯이 대할 거다."

"그래도 검사를 해야 합니다."

"내 몸에 손대면 팔목을 부러뜨린다. 쇠붙이라곤 라이터, 볼펜, 허리띠의 장식, 그리고 호신용 칼이 전부다. 난 다혜를 구하러 온 놈이기 때문에, 너희들에게 함부로 덤빌 놈이 못 된다. 내가 수틀리게 나가면 한 방에 내가 갈 것도 알고 다혜까지 잃는다는 걸 안다. 그러니 그냥 가자."

"그건 좋습니다."

사내가 손을 벌리자 다른 사내가 휴대용 트랜지스터 라디오만 한 감지기를 멀찍이에서 내 몸을 향해 작동시켰다. 허리띠 속의 표창이 감지되지 않는다는 걸 나는 알고 있었다. 쇠붙이만 감지되기 때문에 놋쇠로 만든 표창이 감지되지 않을 걸 알고 한 말이었다.

"됐습니다. 가십시다."

"또 어디로 가냐?"

"숲 속에 주안상이 마련되어 있습니다."

"난 그런 격식을 즐겨하지 않는다."

"거기서 회장님이 기다리십니다."

"왜 하필 숲 속이냐?"

"서로 보호돼야 하니까요."

"미스 민은?"

"먼저 가서 기다리고 있을 겁니다."

나는 사내를 따라 스쿠터 같은 괴상한 차를 탔다. 속력은 빠른 편이 아니지만 소음이 적은 승용기구였다. 바람막이가 없어서 찬바람이 귓불을 때렸다. 얼핏 시계를 들여다보았다. 점심 시간이라는 걸 알았다. 스쿠터는 숲 속의 오솔길로 들이서서 얼마쯤 더 달렸다. 뒤따라오는 스쿠터 두 대엔 무전기를 든 사내와 소음기 달린 중형 소총을 든 사내가 나누어 타고 있었다. 우선 눈에 띄인 사내만 해도 열 명 가까이 되었다. 혜라 말로는 잠복해 있는 애들도 꽤 많을 거라고 했다. 검은 신사복과 캐주얼 차림의 사내 말고는 검둥이와 흰둥이들이었다. 우악스럽게 생긴 모습이며 살기가 번뜩이는 눈빛이 영 개운치 않은 맛을 남겼다. 그들은 물불을 가리지 않는 졸개들일 터이고 두목의 명령이 떨어지면 가차 없이 나를 없앨 무리들이었다.

숲길에서 내렸다. 분지처럼 야트막한 풀밭이 나왔다. 고사리처럼 생긴 풀이 잔뜩 나 있는 풀밭 가운데엔 사슴 한 마리가 통째로 구워지고 있었다. 풀밭 언저리에 돌로 만든 식탁이 늘어서 있었고 가장자리엔 머리가 짧은 동양인 한 사람과 털 많은 노랑머리칼의 서양인 한 사람이 앉아 있었다. 그 가운데에 미스 민의 굳은 모습이 애처롭게 보였다.

내 자리인 듯한 빈자리를 동양인이 가리켰다. 대뜸 일본 사내라는 걸 직감할 수 있었다. 서양 사내는 국적을 알 수 없었지만 다부진 몸매를 보니 예사 녀석은 아닌 것 같았다. 까만 신사복의 사내가 나를 미스 민과 마주 보이는 자리에 앉혀주었다.

"초대한 사람들예요. 인사하세요."

혜라가 의미 있게 나를 쳐다보며 두 사람을 소개해 주었다. 나는 악수하자고 내민 손을 일부러 힘주어 잡았다. 일본 사내는 아픈 표정을 지었지만 서양 사내는 가볍게 웃었다.

"식사하면서 천천히 얘길 하재요."

혜라가 통역 역할을 맡은 때문인지 이렇게 말했다.

"밥 먹을 여유 없다고…… 용건부터 말하라고 해."

"침착하게 사세요. 제발."

"이 새끼들 이름부터 말해."

"이쪽은 그냥 큐라고 해요. 저쪽은 유다라고 불러요. 이들 본명을 아는 사람은 없어요."

일본 사람은 큐라고 불리었고 서양 사내가 유다라고 했다. 본명이 밝혀질 리 없다는 건 내가 먼저 아는 일이었다.

"일본 앤가?"

"그래요."

"얘는?"

"나도 여기서 처음 인사했어요. 소련 사람이래요."

"살다 보니 별놈 다 만나네."

"이왕이면 말조심 해요. 나한테도요. 여기 있는 사람 가운데 우리말 알아듣는 사람이 서너 명쯤 될 거예요. 우선 식사부터 하세요. 경계 인원은 이십여 명쯤 되나 봐요. 무조건 이들의 조건을 수락하는 체해요."

"빌어먹을……."

내가 무슨 말을 하든 혜라가 만들어서라도 유리하게 통역을 하리라는 걸 알았다. 내가 '빌어먹을'이라고 욕지거리를 헸는데도 큐와 유다가 껄껄거리며 웃는 것은 혜라의 장난일 것이 틀림없다.

"유다라면 예수 팔아먹은 이름 아냐?"

"그렇죠. 무서운 사람이래요. 비밀 요원인가 봐요."

"이 자식들이 나를 어쩌자는 거야?"

"식사가 끝나면 본론이 나오겠죠. 식사하며 늘어놓는 얘기는 내가 알아서 받아넘길 테니까 눈치 안 채게 주위나 살펴줘요. 생각한 것보다는 경계가 삼엄하지 않아요."

"다혜는?"

"만나지 않았어요?"

"약 먹인 것 같았어. 말 한마디 않은 채 멍하니 나를 바라보다가 실려 갔어."

"일본 애들이, 큐 부하들이 보호하고 있대요."

"어떻게 되는 거야?"

"아직은 나도 잘 모르겠어요. 우선 식사를 해요."

우리는 소화되지 않을 것 같은 식사를 했다. 연한 고기와 맛있게 조리된 음식은 입맛에 맞았지만 그 맛을 즐길 기분은 전혀 아니었다. 식사하는 동안 큐와 유다는 내게 일상적인 얘기를 물었고 나는 그들의 신상에 대해 이것저것 따져 물었다.

식사가 끝나고 후식으로 나온 과일을 먹다가 나는 불쑥 이렇게 말했다.

"성질 급해서 더는 못 참겠다. 후딱 용건을 말하라고 해."

"알았어요."

혜라가 내 말을 전하는 것 같았다. 큐와 유다가 모두 불어를 썩 잘하는지 계속 한마디도 알아들을 수 없는 불어로만 지껄였다. 하긴 영어로 지껄이든 일본말이나 소련말로 지껄인들 내가 알아들을 주제는 아니지만 그들과 직접 말할 수 없다는 게 가슴 답답한 일이었다. 통역이 중간에 끼면 말을 길게 하지 못하고 조리 있게 끊어서 해야만 했다.

"먼저 부탁이 있대요. 당신의 솜씨는 소문으로만 들었지 본적이 없대요. 그러니 흥정하기 전에 솜씨를 보재요."

"솜씨 자랑하러 온 거 아니라고 해."

"언성 높이지 말아요. 자극해서 좋을 거 없어요. 당신을 없애주는 조건으로 십만 달러를 선불로 받았대요. 없애려면 감쪽같이 없앨 수 있었지만 당신 솜씨가 아까워서 지금까지 살려둔 거래요. 상대는 가라데의 일인자와 소련에서 격투의 일인자라는 친구 둘이래요."

"이 새끼들 정말 웃기고 있네."

"자신 없으면 포기해요."

"두 놈 다, 한꺼번에 붙자고 해. 시간 급한 놈이다."

혜라가 걱정스런 눈으로 내 눈치를 살피더니 말을 전했다.

"그럴 수는 없대요. 소련의 격투 일인자는 유럽 전역에서 소문난 사람이고 일본의 가라테 일인자는 세계에서 최고의 실력자래요."

"귀찮아. 둘을 한꺼번에 상대하겠어."

"모독하지 말래요. 불쾌하다고."

"마음대로 하라고 해. 후회하지 말고."

"서로 후회하기 없기라는데."

혜라가 유다의 말을 받아 이렇게 말했다.

"내가 이기면 조건으로 다혜를 풀어주라고 해."

"이미 십만 달러를 선불로 받았대요. 계약을 취소하면 이십만 달러를 배상해야 하는데…… 두 사람을 묶어서 계약했기 때문에 그럴 수는 없대요. 대신 큰 혜택을 주겠대요."

"그게 뭐야."

"지금 말할 순 없대요."

"내가 십만 달러짜리밖에 안 되나?"

"지금 그런 거 따질 때가 아녜요."

"걱정 마. 내가 장총찬이고 한국인이다. 그냥 장총찬이 된 거 아니다. 무초 스님이 나를 받아들였을 땐 그만한 까닭이 있었다."

"하여간 조심해요. 다혜 씨 생각하고 또 내 생각도 해요. 당신 혼자 죽는 게 아니라 우리 모두와 우리나라가 당하는 거니까요."

"모처럼 옳은 소리 했구나. 저 새끼들 힘 있다고 우릴 깔본 거 숱하지. 교과서, 일제 34년 11개월 19일과 6·25, 38선과 칼기와……. 난 혼자라도 일본과 소련을 쳐들어가고 싶었던 놈이다."

그들이 나를 시험하기 위해 고수를 불러다 맞붙인다는 걸 알면서 나는 참지 않기로 했다. 내 실력을 테스트하기 위해 마련된 자리에 나서본 적도 없었고 그런 자리에 나설 나도 아니었다. 쌓아온 실력을 무초 스님 앞에서 보인 적은 있어도 누구와 비교하기 위해 이렇게 테스트 받기는 처음이었다.

웃옷을 벗어 식탁 위에 놓고 풀밭으로 나갔다. 먼저 상대할 자가 가라테의 고수라는 걸 알 수 있었다. 그는 가운처럼 생긴 옷을 벗고 도복을 입은 채 내 앞에 섰다. 나는 그 순간에 고목나무 중간 가지 위에 기관단총을 들고 앉아 있는 스포티한 차림의 사내를 보았다. 일본 녀석 같았다. 가라테의 고수는 정중하게 인사를 하고 한 번 빙긋이 웃었다. 아마 무도에 있어서는 자신이 세계에서 제일이라고 믿는 것 같았고 조금 후에 내가 얼마나 가엾게 패했는지 보여주게 되어 미안하다는 표정 같았다. 나는 쓰게 웃었다. 고수라면 마음만 먹으면 급소를 때려 한방에 혼절시킬 실력인 것을 나는 알고 있었다. 그의 눈빛은 빛나기 시작했다.

그것은 참으로 무서운 것이었다. 웬만한 실력자라면 맞수라고 생각될 때 눈빛이 그렇게 빛나진 않는 것이었다. 조금이라도 상대를 두려워하면 눈빛에 강한 빛이 뜨이기 마련인데 이사내는 아주 동정적인 빛이 엷은 웃음과 함께 표출되었다.

아무리 보아도 한주먹으로 해결할 수 있는 사내는 아닌 것 같았다. 그의 유연한 동작으로 미루어 가라테뿐 아니라 다른 분야에서도 고수인 것 같았다. 도복 사이로 감추어진 자세에 빈틈이 전혀 없었다.

선제공격을 하는 척하면서 방향을 바꾸었다. 사내는 유연하게 몸을 틀었을 뿐 처음 밟았던 그대로였다. 나는 그를 유인하여 급소를 가격하기는 틀렸다는 생각을 했다. 이럴 경우엔 정면 승부밖에 생각할 게 없었다. 잠시 숨을 깊게 마신 뒤에 스스로 혈을 짚어 내 급소를 끊었고 통증을 제거하기 위해 다른 혈을 또 짚었다. 장총은 몰라도 사정거리가 짧은 권총쯤은 살에 박히지 않을 만큼 두 개의 혈을 깊게 짚었다.

순간 사내는 당황하는 기색을 보였다. 내 몸의 변화로 내가 내 혈을 자연스럽게 짚는 것을 눈치챘는지도 모른다. 그는 또 재빠르게 아까처럼 태연해졌다. 그의 손바닥과 손끝이 칼날처럼 느껴졌다. 그냥 정통으로 급소를 맞으면 예리한 칼로 자른 듯 살점이 떨어지거나 철판처럼 그 부위가 굳어져버리는 신기는 느꼈다. 몇 번인가 그런 얘기를 전해 들었고 실제 고수나 다름없는 녀석들의 기막힌 솜씨를 목격한 적도 있었다.

서너 합이 어우러졌다. 나는 일부러 그의 매서운 손매를 받아주었다. 몇 번이나 나를 가격했지만 멀쩡하게 움직이자 당황하는 빛을 감추지 못했다. 몇 합이 더 진행되는 사이에 나는 사내의 취약한 부분을 발견할 수 있었다.

얏!

정공법으로 들어오는 사내의 비수 같은 손바닥을 받으며 나는 사내의 겨드랑이 급소를 한 팔로 끊어 쳤다. 사내는 비명도 지르지 못한 채 나무토막 쓰러지듯 일자로 누웠다. 나는 그 순간에 녀석의 혈을 강하게 짚었다.

"너, 멧돼지 같은 놈 나와."

내가 손바닥을 털며 말하자 혜라가 유다에게 뭐라고 지껄였다. 나보다 두어 뼘은 커 보이는 격투의 일인자라는 사내가 성큼성큼 풀밭으로 나왔다. 가라테의 고수가 그 지경이 되었는데도 두려움이 없었다. 그에게 잡히기만 하면 꼼짝없이 어디가 부러져도 부러질 게 뻔했다.

단 한 대로 눕혀놓자는 생각을 했다. 대결의 양상이 달라야만 했다. 그는 목을 잔뜩 낮추더니 오른손을 치켜들었다. 나는 공중회전을 하며 자리바꿈하듯 그의 등 위를 밟고 돌았다. 그만한 덩치에 그렇게 빠른 동작을 취할 수 있을까 싶을 만큼 그는 나를 낚아챘다. 간발이었다. 나는 이 사내와 또 다른 정면 승부를 생각했다.

쉬잇!

내 주먹이 바람을 가르자 사내는 움찔 피했다. 그 순간 뒤꿈치로 매섭게 사내의 복부를 끊어 챘다. 사내가 부동자세로 넘어졌다. 손바닥을 털고 식탁을 향해 돌아섰다. 큐와 유다의 입가에 미소가 감돌았다. 혜라 얼굴도 긴장이 풀린 환한 얼굴이었다.

"살려줄 수 있냐고 물어보래요."

"살려줄 수는 있지만 영원히 그 솜씨는 볼 수 없다고 해."

"그럼 차라리 내버려두래요."

"죽이자는 건가?"

"가치가 없을 테니까요."

"가치 없으면 죽여도 되나?"

"이 사람들 율법은 그래요."

"그래 그래야지."

나는 차갑게 말하고 두 사내가 숨이 끊어진 것을 확인시켰다. 큐와 유다가 그 앞에 서서 묵념을 했다. 나는 그들 몰래 두 사내의 생혈을 아주 깊게 짚어 한 시간쯤 후에 살아날 수 있게 해주었다. 고수는 없애는 법이 아니었다. 그들이 소련인이고 일본인이라곤 하지만 국적과 상관없이 고수는 살려주어야 했다. 나는 살생하지 말라는 무초 스님의 명령을 어길 수도 없었다. 그들이 깨어나서 다시 나를 만나게 되고 내가 그들을 살려둔 탓에 내 목숨이 위태롭더라도 그들을 죽여놓고 갈 수는 없었다. 나는 한쪽으로 밀어놓고 그 위에 낙엽을 쏟아붓는 사내들을 유심히 살펴보았다. 불을 지르지는 않을 것 같았다.

숲 속에서 연기가 나면 사람들이 달려올 것이기에 사람 그림자 하나 없는 이 숲 속에 그냥 놓아두면 곧 부패하여 흔적이 없어지거나 야생동물의 밥이 되리라고 생각한 것 같았다. 쓸모가 다 되었다고 생각하는 순간부터 물건처럼 버릴 수 있는 것이 이들의 율법이라면 이들 주변에서 얼마나 많은 사람들이 희생당했는지 알 수 있을 것 같았다.

"이제 할 얘기를 하겠다고 해요."

내가 자리에 앉자 혜라가 큐의 말을 받아 이렇게 전했다.

"흥정이겠군."

나는 가볍게 대꾸했다.

"일을 맡아달래요. 조건은 일을 끝내면 다혜는 물론이고 당신도 편하게 해주며 적어도 오십만 달러 정도는 주겠대요."

"뭐야?"

오십만 달러란 돈은 귀에 들어오지 않았지만 다혜와 나를 사슬에서 풀어준다는 말에 귀가 번쩍 뜨였다. 그들은 내가 그만한 값을 해낼 수 있다고 믿는 것 같았다.

"뭐라고 대답할까?"

"흥정을 해요."

"다혜를 먼저 보내주면 하겠다고 해."

"지금은 당신 목숨이 더 중요해요."

"일단 얘길 해."

"하나 마나죠. 당신을 붙잡아둘 확실한 게 그것뿐이니까."

"답답해 미치겠다."

말 한마디 통하지 않으니 답답할 수밖에 없었다. 웬만큼 말이 통하면 터놓고 말이라도 해보겠는데 전혀 대화가 안 되니 답답한 것은 나 혼자뿐이었다. 혜라는 혜라대로 나를 그녀의 계산대로 끌고 가려는 속셈인 것 같았다.

"일이 끝나면 우리 율법답게, 이 사람들 율법답게 깨끗하게 계산하고 깨끗하게 관계를 정리하겠대요. 약속 하나는 철저하게 지키는 사람들예요. 그만한 약속과 그만한 의리 없이 국제적으로 놀 순 없어요. 믿어도 될 거예요."

"그럼 나더러 흥정을 시작하라는 거냐? 믿어도 돼?"

"믿어도 돼요."

"좋아."

내 말이 끝나고 혜라가 그들과 메모지를 펼쳐놓고 진지하게 얘기하는 사이에 세밀하게 좌우를 살펴보았다. 삼엄한 경계였다. 이미 두 녀석은 해치운 셈이었고 나머지 열댓 명 정도를 표창으로 간단히 해결할 방법이 생각나지 않았다. 이들을 해치운다 해도 다혜를 찾을 길은 막연해지는 것이었다.

"비행기 납치와 특수차량 탈취, 둘 중에 자신 있는 것 하나를 선택하는 거예요."

"뭐라구?"

나는 너무나 엄청난 일이라 이렇게 되물었다.

"항공기는 대략 경비원 네댓 명 되지만 바로 뉴스의 초점이 되는 대신 일이 간단해요. 무기를 소지할 수 없기 때문에 특출한 실력으로 해결해야 돼요. 비행기 자체의 보안 요원이 더 위험한 상대죠. 그러나 특수차량 탈취는 경비 요원이 많고 삼엄하고 위험부담이 더 커요."

"어느 게 좋겠어?"

152

"내 생각은 차량 탈취예요."

"그렇게 말해."

"좋대요."

"도대체 무슨 물건이야?"

"현금, 보석 그리고 마약예요."

"얼마치야?"

"값으로 따질 게 아니라 국제적으로 패권을 쥐느냐 망하느냐 하는 중대한 결정예요."

"상대는?"

"말할 수 없대요."

"장소는?"

"아직 확정되지 않았지만 비행기 납치를 포기할 경우 이들이 구상하는 것은 정보를 흘려 비행기 수송을 막은 뒤에 배 편으로 옮기게 하는 거예요. 그 뒤에 특수차량으로 이송하는 사이에 탈취해야 하겠죠."

"그래도 대충 짐작할 수 있잖아."

"아마 희랍 아니면 영국 배를 이용하게 만든다면 두 나라 가운데 하나일 가능성이 높아요. 영국은 비행기 아니면 배 편이고 희랍은 비행기가 아닌 경우에 육로로는 멀고 위험해요. 더구나 유다의 주무대가 희랍 쪽예요. 이건 짐작일 뿐예요."

"언제 시작돼?"

"촉박한가 봐요. 저쪽에서 움직이나 봐요."

"우선, 조건이 있다고 해. 다혜와 말해 보고 싶어. 안전한지, 아까는 왜 넋을 놓고 있었는지, 어떤 대접을 받았는지 확인해 보고 싶어."

"만나는 건 아직 안 되고 무전 연락은 해주겠대요. 부탁인데 너무 다혜한테 매달리는 모습을 보이지 마세요. 당신은 약점이 없을수록 유리해요."

"알아."

내가 생각해도 꽤 안달을 한 것 같았다. 그러나 내 입장이 돼보면 안달하지 않고 배길 수가 없을 것이다. 성질대로 할 수 없다는 게 내 가슴을 더 답답하게 했다. 무전기를 열고 신호를 보내던 사내가 내게 손바닥만 한 무전기를 내밀었다.

"나다. 총찬이, 들려?"

"들려."

다혜의 목소리가 분명했다. 가슴이 뛰었다.

"주위 생각 말고 확실하게 말해. 괜찮아? 불편하면 불편하다고 말해. 내가 무슨 짓을 하든 해결할 테니까."

"난 괜찮아. 감시당하는 거 외엔 불편하지 않아. 나 때문에……. 미안해."

"쓸데없는 걱정 말고, 정말 괜찮아? 말해야 돼. 내가 결심해야 할 일이 있기 때문야."

"정말 아무 일도 없어. 지금까지 대우는 잘해 줬어. 정말야."

"옆에 우리말 알아듣는 애들 있어?"

"응."

"곤란하면 응하고 괜찮으면 예라고 대답해."

"예."

명료하게 망설이지 않고 대답했다.

"난 틀림없이 널 구한다. 내가 죽더라도…… 반드시."

"알아, 서두르지 마. 난 정말 잘 있어."

"아까 왜 말 안 했냐?"

"찬이한테 해가 될지 몰라서."

"몸도 이상 없지? 건강 말야."

"응."

"마음 굳게 먹어."

"그럴 테니까 내 걱정 말고 찬이나 조심해. 난 찬이를 믿어."

"믿어도 돼."

무전은 끊겼다. 할 말이 무진장 많았지만 더 계속할 수가 없었다. 나는 딱 한마디, 사랑한다는 말을 하고 싶었는데 그럴 겨를이 없었다.

"계약서예요. 사인을 해야 돼요."

혜라가 불어로 된 계약서를 내 앞에 내밀었다.

"무슨 얘긴지 난 하나도 모르겠다."

"아까 말한 대로예요."

"해야 돼?"

"해요."

나는 대책 없이 사인을 했다. 큐라는 사내가 악수를 청하고 계약서를 안주머니에 찔러 넣었다.

"이제 가면서 얘기하재요."

"어디로?"

"바르비종이라고 있어요. 내가 그쪽으로 가자고 우겼어요. 그쪽에 은신처가 있을 거예요. 아마 마약 거래는 대개 한적한 그곳에서 조달하거나 거기서 거래가 이루어질 거예요. 밀레가 그림 그리던 집이 그 근처에 있어요."

"내게 기회를 주게 해."

"아직 일러요."

우리는 숲을 빠져나와 퐁텐블로 주차장으로 갔다. 대기하고 있던 벤츠, 검정색의 고급스러운 승용차 속으로 들어갔다. 네 사람이 뒷좌석에 앉아도 될 만큼 넉넉한 공간이었다.

하느님. 잘하면 평생에 꿈도 꾸어보지 않은 비행기 납치범이 될 팔자가 될 것 같고, 그렇지 않으면 특수차량 탈취범으로 명성을 얻을 것 같습니다. 나는 불어를 몰라 계약서 내용에 무엇이 어떻게 명기되어 있는지 모르지만 살다 보니 내가 제일 싫어하는 일본 놈과 소련 놈의 앞잡이가 될 판입니다. 내가 어려서부터 감쪽같이, 사람 한 명 다치지 않은 채 한국은행을 털어봤으면 했지만 내 사주팔자에 납치범이니 탈취범은 언감생심이었습니다. 이왕 일을 시키시려거든 미국의 제일 큰 은행을 털게 하든지 소련의 극비 문서를 몽땅 털어 오게 할 일이지 이게 뭡니까? 지난 이른 봄인가 토정비결을 보니까 연말쯤에 귀인을 만나 만방에 꽃을 보리라더니 도대체 이게 무슨 꼴입니까.

하느님, 억지가 사촌보다 낫다는 말이 있습니다. 억지 한번 써볼 테니 나 좀 편히 살게 해주쇼. 차라리 우리나라에 가서 금고털이를 하는 게 낫지 이게 무슨 꼴입니까.

어쨌거나 다혜를 살려주십쇼. 한국인이라고 깔보지 좀 마십쇼. 이성계가 칼을 들고 자리 뺏어서 잘 된 게 뭐가 있습니까? 힘자랑해 봤자 몇 조금을 갔으며 아무개란 사내가 총 차고 한강 건너서 자리 차지하더니 죽을 때 어떻게 죽었습니까? 제발 힘자랑하는 친구들한테 말 좀 해주쇼. 미국 애들이든, 소련 애들이든 한국인이든 가리지 말고 볼기를 매우 쳐서 버르장머리를 가르치라 이 말입니다. 힘 있는 자에게 하느님만이라도 제발 빌빌대지 마시라 이 말입니다. 벼락 됐다가 정말 콩 볶아먹을 참입니까?

빨간 담쟁이가 인상적인 밀레의 화실과 바르비종의 고색창연한 거리, 멀쩡한 사람도 그 동네에 살면 화가가 저절로 될 수밖에 없을 것 같은 자연경관, 마치 밀림이 평지에 펼쳐진 것 같은, 하늘이 보이지 않는 울창한 숲 속의 오솔길, 밑동이 서너 아름에 키가 4,50미터쯤 되는 굉장한 고무나무들, 하느님의 존재를 인정하지 않고는 배길 수 없는 자연의 웅장함이 바로 바르비종의 경관이었다. 다혜와 둘이 오붓하게 여행하는 길이라면 아름다운 바르비종 거리를 깡총거리며 걸어보련만 지금은 반쯤 납치된 상태에서 그들의 일방적 계획대로 움직일 수밖에 없었다.

혜라는 밀레네 집에 들어가 모작 한 점을, 휴대할 수 있을 정도의 소품 한 점을 사 주었다.

"그럴 가치가 있겠어?"

"당신은 반드시 살아 돌아갈 테니까."

작은 소리로 의미 있는 한마디를 했다. 나는 웃기만 했다.

작은 찻집으로 들어섰다. 나무로만 평이하게 장식된 찻집 구석엔 그림 그리는 꼬마들이 옹기종기 모여 앉아 재잘거리고 있었다.

본격적인 흥정은 시작되었다. 이렇게 아름다운 속에서 이렇게 추악한 흥정을 할 수 있다는 게 신기할 만큼 흥정은 깊어갔다.

내게 주어진 숙제는 너무 엄청난 것들이었다. 공중 납치를 포기할 경우엔 비행기로 먼저 그리스의 아테네에 도착해서 해상으로 들어오는 국제적 조직을 가진 폭력 단체의 귀중한 물건을 탈취해야만 했다. 다혜를 납치한 그룹과 숙적 관계에 있는 그 조직은 오히려 큐나 유다가 인솔하고 있는 단체보다 조직이 탄탄하고 재력이 충분한 지하조직체여서 섣불리 건드릴 수 없는 조직이라고 했다.

그들이 비밀리에 수송하고 있는 물건을 값으로 환산하면 수백억 달러의 가치가 있는 것으로 두 조직의 판도를 일시에 바꾸어놓을 만한 엄청난 보물단지인 셈이었다. 결국 나는 큐와 유다의 마수에 걸려들어 국제적 지하 전쟁의 제물이 될지도 모른다. 일본의 비밀 조직과 소련의 지하조직이 협력하기로 합의한 이면에는 막대한 이해가 얽혀 있어서 지하 전쟁에 총력을 쏟을 수밖에 없었다.

지하 전쟁.

이 무섭고 잔악한 전쟁에 나를 끌어들이기 위해 음모가 나도 모르게 진행되고 있었다는 걸 이제야 알게 된 것이었다. 일본의 지하조직끼리 얽힌 지하 전쟁에 내가 끼어들어 그들의 무자비한 살상을 목격한 적은 있었지만 이렇게 거대한 지하 전쟁에 총알받이로 등장하리라곤 상상조차 해본 적이 없었다. 다혜를 납치할 때부터 신중하고 계획적으로 총알받이를 할 수 있는 걸물들을 모집했다는 것도 짐작할 수 있었다. 나 말고도 고수라고 하는 사내들을 유인하여 실력을 테스트했고 몇 갈래로 지하 전쟁에 투입하여 완벽한 승리를 모색하고 있다는 것을 알 수 있었다.

나는 그 가운데 가장 비싸게 채용한 외인부대였고 선봉장이었다. 자체의 조직력 외에도 외부에서 백여 명의 실력자를 고용해서 완벽하게 요소요소에 배치했고 최선봉인 내 움직임에 따라 이번 지하 전쟁에 거의 천여 명의 요원이 일사불란하게 움직이게 짜여 있었다. 브리핑 차트에 나타난 무기만 해도 해상과 육상을 통해 최신 특수 병기가 동원되며 헬리콥터만도 지휘탑과 함께 다섯 대가 동원되는 어마어마한 작전이었다.

외국영화에서나 볼 수 있었던 전쟁을 방불케 하는 치밀한 조직과 자금과 인력이 투입되는 지하 전쟁이었다. 내가 선봉장으로 탁월한 실력자가 누구인가를 가려내어 최종적으로 작전 계획을 짰기 때문일 것 같았다.

이 지하 전쟁은 선봉장이 탈취에 성공하고 물건을 작전반에게 인계만 하면 그 순간에 끝나는 것이었다. 그러나 실패하면 현장에서 쌍방이 모두 치열한 난투를 벌여 수많은 요원들이 죽음을 당할 수밖에 없었다.

일본과 소련이 기회만 닿으면 손을 잡고 전 세계를 삼키려는 무서운 정치적 음모의 한 단면을 보는 듯한 기분도 들었다. 큐와 유다가 협력을 해서 지하 제국의 판도가 바뀌면 또 큐와 유다가 지하 제국의 패권을 쥐기 위해 다툼을 하게 될 것도 연상이 되었다. 상대는 미국과 유럽 지역을 중심으로 삼는 세계 최강의 지하 제국의 왕자격인 킹단이라고 했다. 역시 지하조직들도 국력이나 국제적으로 음모를 잘 꾸미는 강대국 속에서 왕초가 탄생한다는 것을 알 수가 있었다.

킹단이 눈치를 채기만 하면 큐와 유다의 지하조직은 작전을 개시하기도 전에 박살이 날지도 모른다.

내 머리는 정신없이 회전하다가 갑자기 한 가지 묘책에 우뚝 멈추었다. 작전이 개시되기 전에 두 지하조직 사이에 정보를 흘려줄 수만 있다면 지하조직끼리 전쟁을 붙여놓고 나는 다혜를 데리고 탈출할 수가 있을 것 같았다. 그러나 한 가지 문제는 어떻게 정보를 흘리며 어떻게 킹단과 연결을 할 수가 있는가 하는 것이다. 그러기 위해서는 큐와 유다에게서 많은 정보를 얻어야 하고 다혜가 어디에 감금당해 있는지를 알아야만 했다.

그러나 나는 그 순간에 나 자신에 대한 미움이 생겼다. 아무리 내가 큰 수모를 당하더라도 이간질을 시켜 살아나는 식의 졸렬한 방법을 선택하려는 내 옹색함이 싫었다. 더구나 강대하다는 미국 애들에게 정보를 주어 얄밉고 졸렬하기는 마찬가지인 일본과 소련 애들에게 치명타를 안겨 더 강대하고 더 방자하고 더 교활해지는 것을 두고 볼 수는 없었다.

미국 애들이란 겉으로 신사인 것 같아도 강대하다는 힘 때문에 더 지능적으로 교활해질 수 있는 무리라는 걸 나는 알고 있었다. 차라리 두 개의 교활한 무리를 박살 낼 수 있는 방법을 강구하는 것이 상책이었다. 그러나 내겐 그럴 만한 힘이 없었다. 또 그만한 조직력이나 막대한 경비를 충당할 재간이 없었다. 그렇다고 당하고 있을 수는 없는 노릇이었다.

나는 혜라에게 솔직한 고백을 할 수밖에 없었다.

"당신에게 필요한 것은 다혜지."

"물론 우선이다."

"당신과 다혜가 살 수 있는 길은 얼마든지 있어. 그러나 대신 누군가가 당신들 대신 죽어줘야 돼. 적격자는 나야. 그래도 당신들만 살 길을 선택하겠어?"

"……."

나는 대꾸할 수가 없었다. 그녀의 말이 사실일지 모르기 때문이었다.

"미안해. 당신이 너무 다혜만 생각하는 것 같아서 심통이 났었나 봐."

"심통치곤 좀 고약하다."

"아무튼 쉬운 일은 아냐."

"나도 쉬우리라고 생각하진 않아."

"지금 어떻게 하자는 계획을 세울 수가 없어. 그쪽 작전 계획이 구체화되면 그때 가서 방법을 연구해야지."

"이미 작전 계획은 다 선 거 아냐?"

"대강 큰 줄기만 섰지 세부 계획은 아무도 몰라. 모두 맡은 부분 이외엔 알 수 없게 되어 있으니까. 물론 그쪽 심복들은 여러 갈래의 세부 계획을 알고 있겠지만 발설하면 죽는다는 걸 알기 때문에 어느 누구라도 입을 열진 않을 거야."

"큐 쪽야 유다 쪽야?"

"큐 쪽였어."

"대충 얘길 해라. 우린 이제 동지니까. 한솥밥 먹는 지하조직의 같은 파 아니냐."

"굳이 따지자면 그렇게 되겠네."

혜라는 금세 명랑하게, 그녀의 독특한 성격을 읽을 수 있을 만큼 쾌활하게 전후 사정을 말하기 시작했다.

"세계적인 지하조직 중의 하나가 큐가 이끄는 대화단이지. 동남아 일대는 거의 대화단이 쥐고 흔든다고 해도 과언이 아냐. 그들은 충분한 경제력으로 쉽게 동남아를 파고 들었어. 우리나라도 예외는 아냐. 일단 대화단의 신임을 받으면 도피도 시켜주고 일본에 데려다가 자유롭게 지내도록 뒤를 봐주거든. 충분히 즐길 수 있게 해주는 데다 돈이 많으니까 사업 자금도 겁나게 밀어줘. 대신 대화단의 명령은 목숨을 내놓고 지키게 만들어. 대화단 뒤엔 일본의 보수파 거물들이 있어서 대화단이 동남아 각지는 물론 세계적인 지하조직으로 성장하도록 뒷바라지를 하고 있어. 미국에서도 대화단을 무시하진 않아. 우리나라 교포들은 강도들에게 당하거나 깡패들에게 당하면 움츠러들고 마는데 일본 애들은 지하조직을 통해 반드시 보복을 하게 만들어. 그래서 일본 교포들을 가능하면 건들지 않게 됐어. 어떤 때 가만히 생각하면 정당한 방법은 아니지만 우리나라 사람들도 당하면 악착같이 보복을 했으면 좋겠어. 그래서 우리나라 교포를 건들지 않는 풍토가 됐으면 싶어."

"우리나라에 제법 칼 잘 쓰고 총 잘 쏘는 친구들이 많은 편인데⋯⋯. 우리나라 역사를 한번 살펴봐라. 뭐 좀 합네 히는 친구들, 국민을 위해 제 깜냥에 일 좀 한다던 친구들, 우리나라의 장래를 위해 저 아니면 안 된다면서 기를 쓰고 자리 차지하려던 친구들……. 그 걸레들을 모두 쓸어다 미국에 던져놓으면 불과 얼마 안 가서 아예 통째로 미국을 먹어치울 수 있을 테니까. 아직도 잘 먹고 사는 그 걸레들을 수출하면 되지 않을까? 선량한 우리 교포들도 보호하게 될 테고 머지않아 그 걸레들이 미국을 먹어치우면 미국을 우리나라 식민지로 삼으면 될 테고……. 그 걸레들은 어쨌거나 벌려진 입으로 우리나라를 위해 한 목숨 바친다던 친구들였으니까. 하긴 그 걸레를 믿었다가 이 꼴이 됐지만 말이다."

"나도 그런 사람 딸야. 그런 얘긴 그만하지그래."

"열이 나서 그런다. 생각해 봐라. 엊그제 우리나라 신문 안 봤냐. 그런 걸레들이 정치인가 국민 위해선가 뭘 하겠다고 꼴갑들 떠는 모양이더라. 수챗구멍에 거꾸로 처박아도 시원찮을 그 걸레들이 머, 국민을 위해 뭘 하겠다고……. 걸레는 빨아도 걸레라는 걸 모르고 ……."

"그만하자니까 그래. 나, 얼굴 빨개지겠어."

"그만하자. 얘기나 계속해."

"그런 대화단이 우리나라에도 깊숙이 들어왔어. 내 생각엔 일본이 새로운 침략의 일환으로 우선 그런 지하조직을 이용하는 것 같애."

"우리나라 지도자라는 친구들이 너만큼도 모르고 있으니 답답한 노릇 아니냐."

"어쨌거나 대화단은 세계의 지하조직을 거머쥐려고 소련하고 손을 잡을 거야. 유다파도 마찬가지 욕심이 있지. 미국 애들 제압하기 위해 우선 대화단과 손을 잡은 거야. 귀하신 몸들이 마침 당신을 없애달라며 거금을 내놓겠다는 제의를 하자 대화단은 당신이 이 거사의 적격자라는 걸 알고 수락해 버렸어. 얼마나 해놓을 수 있는지 버텨보니까 의외로 십만 달러까지 올라는 갔겠다, 당신 실력은 이미 일본에서 파다하겠다, 밑져야 본전이라고 생각한 거지. 그리고 당신을 후려내는 적임자로 날 생각했고."

"그 정도는 짐작을 하겠다. 킹단이 그렇게 어리숙하진 않을 거 아니냐."

"아냐, 지금이 호기야. 그쪽엔 자체 내의 내분 때문에 정신이 없어. 두목이 죽자 후계자 문제로 격렬한 내분이 일었는데 전 세계의 지하조직을 움직이기 위해서는 킹단의 보물단지를 먼저 소유한 팀이 유리해지게 되어 있어. 그걸 먼저 탈취한 팀이 일정한 기간, 내분이 평정될 때까지 어딘가에 감춰둬야 하고 상대팀은 그걸 빼앗기 위해 혈안이 되어 있어. 그 찬스에 큐는 유다를 끌어들였어. 서로 조건이 맞았겠지. 그 보물단지는 시가로 계산하기 어려울 만큼 어머어마한 가치가 있는 거고 그 안엔 킹단의 미래를 움직이게 될 마약의 상세한 루트와 거래 방법, 접선 상세도와 각종 관련 인물에 관한 방대한 자료가 있고 각계 거물과 연결되어 있는 비밀장부도 있어. 말하자면 전

두목만이 알 수 있는 그 암호 문서를 해독할 때까지만 버티면 보물단지를 가지고 있는 팀이 패권을 쥐게 되는 거야."

"알 만하다."

"당신한테 한 가지 밝힐 게 있어. 이 작전이 끝나면 당신의 약점이 잡힐 거고 결국 당신은 살기 위해서 큐의 오른팔 노릇을 하게 될지도 몰라. 내가 알고 있는 유사한 인물이 몇 명이나 있어. 우리 아버지도 그런 식으로 발목을 잡혔지만……."

"그래서 난 탈출하기로 결심한 거다. 내가 무슨 짓을 못해서 일본 놈 앞잡이가 되나?"

"일단 굴복하는 체해. 자세한 작전 계획이 떨어지면 그때 가서 방법을 생각해야 돼. 그리고 다혜 걱정은 안 해도 돼. 철저하게 보호할 수밖에 없어. 당신을 끌어들이기 위해선 차라리 다혜에게 극진하게 대우한다는 걸 알아야 돼. 당신 마음이 나중에 흔들릴 만큼 좋은 대우를 하고 있으니까. 감시하는 사람도 모두 일본 애들과 우리나라 사람으로만 시킬 정도니까."

"그렇다고 무작정 기다리냐?"

"아닐 거야. 지금 급한 마당야. 킹단이 급하니까 이쪽은 더 급해. 우린 그냥 이곳 지리나 익혀두면서 기다리는 수밖에 없어. 하루나 이틀뿐일 거야. 저쪽 움직임이 심상찮거든."

나는 한심한 생각이 들면서도 일말의 기대를 품고 있었다. 이들이 쉽게 나를 해치진 않을 거라는 확신 때문이었다. 나는 그들에게 있어서 값진 선봉장이었다. 지하 전쟁이란 늘 그런 것일 테고 언제나 결정적인 순간에 등장하는 인물은 가장 큰 위험부담을 안아야만 할 것이다. 다혜와 내가 살 수 있는 길은 아직도 모호하기만 했다.

정체를 확연하게 알 수 없는 여자, 헤라에게 매달리는 수밖에 없었다.

아침부터 보슬비가 흩날리기 시작했다. 우리는 무선전화기가 달린 고급 승용차 한 대를 배정받았다. 큐와 유다가 작전상 우리에게 편의를 제공할 필요가 있어서였을 것이다. 어차피 기다려야 할 시간이라면 차라리 싸돌아다니는 게 마음 편할 것 같았다. 아침에 베르사유 궁을 들렀다가 몽마르트르 언덕으로 차를 몰았다. 30만 평의 대지 위에 1만여 평이나 되는 베르사유 궁전은 나폴레옹이 너무 화려하다 해서 사용하지 않을 정도로 그 규모가 어마어마했고 황홀하리만큼, 정말 궁전다운 궁전이 어떠한 것인가를 알 수 있었다. 부르봉왕조의 전성기에 지은 이 궁전은 문양 하나, 벽면과 장식 하나, 천장이나 문고리 하나까지 모두 국보급 예술품으로 인정을 받을 만큼 섬세하고 찬란한 위용을 지니고 있었다.

물론 그 화려한 궁전은 모두 그 당시 국민의 고혈이라는 건 말할 필요도 없는 것이었다. 그런 못된 왕을 떠받든 조상 탓에 오늘의 프랑스 국민은 영광스러운 것이다. 헤라클레스의 방과 접견실, 비너스의 방과 아폴론 신의 빙도 휘황했지만 칠 개국 정상회담이 열렸을 때 외국의 원수들이 기가 죽었다는 거울의 방은 아폴로의 방이나 평화의 방 따위와는 비교도 할 수 없을 만큼 찬란했다. 현대에 와서 아무리 억만금을 써서 장식을 한다 해도 감히 흉내조차 낼 수 없을 만큼 보석과 황금과 진귀한 장식으로 꾸며진 방이었다. 르브룅이 그렸다는 천장의 벽화는 신의 경지라는 평판을 받는다고 했다. 내가 언젠가 피카소의 미술 전시회를 보고 훔치고 싶어 안달을 한 적이 있었는데 이 벽화에 대면 피카소의 작품들은 아주 보잘것없는 소품에 지나지 않는 것이었다.

왕비의 방은 국민들이 더 이상 참지 못하고 혁명에 가담할 수밖에 없었다는 걸 느낄 만큼 호사스러운 방이었다. 프랑스 왕정사에서 남성 편력의 대명사처럼 이름이 오르내리는 마리 앙투아네트 왕비가 마지막까지 기거하던 방이라고 했다. 성난 군중이 혁명 대열에 가담하여 공격해 올 때, 모두 도망가도 혼자서 폭동군을 바라보던 간 큰 여자는 결국 단두대의 이슬로 사라졌다고 한다. 하긴 우리나라엔 간 큰 여자가 너무 많아서 그 왕비더러 간 크다고 하기엔 좀 쑥스러운 노릇이었다.

"이 나라에선 경찰차라도 결코 교통 위반을 할 수가 없어."

혜라가 몽마르트르 언덕으로 가면서 이렇게 말했다.

"당연한 거 아냐?"

나는 슬쩍 말꼬리를 잡았다.

"우리나라는 안 그렇잖아. 경찰차는 으레 안 그래도 되는 차고 심지어 시청의 청소차까지도 무슨 큰 빽 가진 것처럼 차선

무시하고 멋대로 달리는 판인걸. 오물이 바람에 마구 날려도 꺼떡 없이 쌩쌩거리고 말야."

"우리나라 좋은 나라라 그런다. 외국 녀석들이 타고 다니는 자동차는 아무리 위반을 해도 딱지조차 뗄 수 없단다. 세상에 남의 나라에 와서 개판질 치는 외국 녀석들을 딱지 하나 못 떼다니 말이 되냐? 이태원에 가봐라. 에스(S) 번호판 단 차들이 아무 데나 차 세우고 술 처먹고 삐뚤삐뚤 운전을 해도 우리 경찰관들은 말 한마디 못하게 되어 있단다. 세상에 이런 불공평이 어디 있냐? 돈벌이 시원찮은 택시는 손님 내려주다 껌빽해도 딱지 떼면서 그 자식들은 외국인이라는 이유 하나만으로 별짓을 다해도 되는 놈의 세상이니 말이나 되냐? 세상에 주권이 있는 나라 체면이 뭐고 그렇게 더러운 꼴을 당하며 사는 국민은 뭐냐 말이다. 못 잡는다고 위반하는 놈들이라는 게 천하에 못 배워 처먹은 놈들이긴 하지만…… 그러면 우리나라 국민이 미국에 살면서 마음대로 위반해도 건들지 말든지…… 힘세다고 저희들 맘대로 군다면 그게 소갈머리 없는 잔챙이 깡패나 할 짓 아니냐 이 말이다."

"세계에서 '양키 고 홈' 안 한 나라는 우리나라뿐이잖아? 그렇게 착하고 도와준 걸 고마워하는 나라의 국민이라고 그렇게 깝신대는 그들 채신머리도 알아줘야지."

몽마르트르 언덕 위의 화가들의 광장엔 두툼한 옷차림의 무명화가들이 수백 명쯤 흩어져 앉아 그림을 그리고 있었다. 피카소도 무명 시절에 바로 이 장소에서 그림을 그려 찾아오는 손님에게 한두 점씩 팔아 연명했다고 한다. 칠순이 넘은 노화가에서부터 새파란 젊은이까지 층층으로 모여 앉아서 그림을 그리고 있었다. 한쪽 구석엔 술 취한 거지들이 사진 찍는 관광객에게 포즈를 취하고 돈을 받는 모습도 인상적이었다. 집시들과 히피들도 떼로 몰려다니고 있었다. 혜라가 그림 한 점을 사주며 씨익 웃었다.

자신을 루마니아 출신이라고 밝힌 사십 대의 무명 화가는 연필로 사인을 해주고는 혜라에게 악수를 청했다. 며칠 만에 겨우 한 점을 팔아서 배부르게 빵과 커피를 마실 수 있게 되었다는 것이었다. 가난한 예술가들을 위해 정부에서는 기거할 방을 제공해 준다고 했다. 그만큼 예술을 아끼고 대접하는 나라이기 때문에 떵떵거리며 사는 것인지도 모른다. 몽마르트르 언덕의 햇볕 잘 받는 남향받이에 포도밭이 경사대로 늘어서 있어 공간 처리를 참 예쁘게 했다는 인상을 받았다.

환락가 피갈은 스쳐 지나기만 했다. 차창 밖으로 섹스숍과 누드쇼의 간판과 프리섹스를 상징하는 선전물들이 너무나 노골적으로 전시되어 있는 거리였다. 일본에서 느꼈던 것과 양상이 다른 것이었다. 일본은 아무리 노출했다 해도 동양적인 느낌이었고 이곳은 너무 노골적이어서 차라리 불결해 보였다.

풍차가 상징인, 세계적으로 너무나 유명한 극장식당 물랑루즈도 차창으로만 구경을 했다. 파리에 오면 한 번쯤 들러 구경을 해도 괜찮다는 물랑루즈를 눈앞에 두고도 구경할 수 없는 처지였다. 하긴 한 사람의 입장료와 술값이라면 뼈만 앙상하게 드러난, 해골만 남은 듯한 이디오피아의 어린이 열 명에게 한 달간이나 영양식을 시킬 수 있는 액수였다. 그렇게 흥청거리면서 그 뼈만 앙상한 어린이들에게 하룻밤 술값을 선뜻 내놓을 사람이 없는 이 몰인정이 바로 냉혹한 현실이며 인간성을 부르짖는 잘사는 나라 사람들의 이중성인 것이다. 전 세계 기독교인 숫자가 그리 많으면서 어째 이웃을 그렇게 팽개쳐둘 수 있으며 그것이 어찌 사랑의 실천이란 말인가?

우리나라에서 그리도 잘났던 어떤 목사가 구두 속에 숨겨가지고 도피하려던 이 엄청난 외화, 들통이 나지 않았을 뿐이지 교묘한 방법으로 숱하게 돈을 빼돌린 지도급 인사라는 거물들의 속주머니에서 일부만 떼어내도 뼈만 남은 그 어린이들은 그렇게 떼죽음 당하지 않았을 것이다. 아니 그런 어린이가 비단 못사는 나라에만 있는 게 아니다. 우리나라의 구석구석을 살펴보면 헐벗고 굶주리는 사람이 적잖을 터인데……. 하긴 번 만큼 자신을 위해 쓰는 걸 아무도 나무랄 권리는 없다. 그렇더라도 이웃을 그렇게 모지락스럽게 팽개쳐두는 게 아닐 것이다.

저녁을 먹고 호텔로 들어오는 차 안에서 무선전화를 받은 혜라가 긴장된 표정으로 말했다.

"내일 아침 비행기래."

"어디야?"

예견하고 있던 일이지만 가슴이 울렁거렸다.

"그리스."

혜라가 무겁게 대꾸했다.

"어디 가서 술 한잔 하자."

"좋아."

내 답답한 심정을 아는 혜라가 쾌히 말하고 오던 길로 차를 돌리게 했다. 피갈 지역의 길가 주차장에 차를 세우고 운전하던 녀석을 돌려보낸 뒤 우리는 크지 않고 오붓하게 술을 마실 수 있는 집으로 들어섰다. 혜라는 일부러 그러는지 먼저 샴페인 한 병을 시켰다.

"우리끼리 축하를 미리 해두자는 거야."

"무슨 축하냐?"

"산다는 것과 죽는다는 거 말야."

"술맛 가시게 하지 말고……."

"당신 기분 이해해요. 갈림길에 서서 인간은 갈등을 느끼는 게 정상일 테니까."

"내가 만약 탈취를 못하면 어떻게 되냐?"

"아마……, 여러 사람이 죽겠지."

"탈취를 하면?"

"더 많은 사람이 죽겠지."

"뺑소니를 치면."

"여자만 죽겠지."

"이래도 죽고 저래도 죽는다 이 말이냐?"

"이미 그런 운명으로 엮어졌어."

"누가 우리들의 운명을 그렇게 엮는 거냐?"

"그냥…… 바람일지도 모르고 공기일지도 모르지. 인생은 얽히고 풀어지고 하면서 살아지는 건지 모르잖아. 난 취하고 싶어. 어쩐지 인생에 있어서 마지막 밤 같애."

"마지막이라……."

할 말이 없었다. 그녀는 늘 마지막이란 말을 해온 편이었다. 어쩌면 같이 죽겠다는 표현처럼 들릴 때도 있었다. 그러나 그녀의 진지한 표정, 그런 말을 할 때마다 엿보이는 우수에 찬 표정을 보면 혼자, 나를 위해 언제라도 죽겠다는 열의처럼 느껴지곤 했다.

엄숙한 분위기에서 술을 마셨다고 하는 표현이 옳았다. 혜라도 그랬고 나도 침울한 기분이었다. 아무리 이런저런 작전을 짜보았지만 어느 것 하나 확실성이 있는 것은 없었다. 부딪쳐 보는 방법뿐이었다.

계산하려고 일어선 혜라가 불어로 항의를 했다. 몸짓이 유들유들하고 인상이 험한 흑인 두 녀석 손에 쇠사슬이 들려 있었고 프랑스인처럼 보이는 백인 두 녀석 손엔 날 선 칼이 들려져 있었다.

나는 대뜸 이들이 외국인, 특히 키 작고 피부색이 누런 동양인을 상대로 험악한 표정을 보여 돈을 뜯어먹는 장사치라는 걸 알았다. 물론 이런 부류는 어느 나라에나 있기 마련이고 나라의 체면이라든지 민족의 긍지와는 담을 쌓은 채 자신들의 목구멍만을 생각하는 치사한 패거리라는 걸 알았다. 말이 통하면 점잖게 타이르기나 해보련만. 하긴 말로 통해질 녀석들이라면 이런 짓을 할 턱이 없겠지.

"왜 그래?"

내가 얼른 혜라를 밀어붙이며 물었다. 금방이라도 쇠사슬이 혜라의 목덜미를 감아챌 것 같았다.

"삼천 프랑을 내래."

"날강도들이군."

"더러 이런 치들이 있다는 소리를 듣긴 들었지만……. 기가 막혀서."

삼천 프랑이면 삼십만 원이 넘는 금액이었다. 바가지도 보통 바가지가 아니었다. 우리나라에서도 종종 바가지를 씌우는 경우가 있지만 이런 식으로 무식하게 씌우진 않는다. 술이 흠씬 취했거나 술 따라주는 계집애가 장난을 치거나 해야 덤터기를 쓰는 법인데 이건 아주 내놓고 쇠사슬과 날 선 칼을 들고 삼천 프랑을 강탈하는 것이었다. 밖에 세워둔 자동차와 혜라와 내 차림 따위로 아마 강탈할 액수를 정한 모양이었다. 우리나라에서의 삼십만 원 정도와 비교할 수 없게 큰 돈으로 취급되는 삼천 프랑을 돈이 남아서 썩고 썩어도 줄 수 없는 노릇이었다.

"한 대씩 먹여도 되겠지."

내가 혜라에게 물었다.

"자신만 있으면 날 새도록 패도 돼."

"이 자식들 알아듣게 통역이나 좀 해줘라."

"통역해 가며 맞아보는 재미를 우리가 안 주면 누가 주겠어."

"좋아. 영광을 주자."

내가 자리에서 일어나 쇠사슬 쥔 검둥이에게 히죽 웃어 보였다.

"살이 좀 검지만 고릴라만큼 귀엽다고 해줘라."

혜라가 통역을 끝내자마자 검둥이가 쇠사슬을 치켜들었다. 그러나 그 순간, 그 짧은 순간에 검둥이 둘은 비명도 지르지 못한 채 탁자 위에 거품을 쏟으며 누웠다. 날 선 칼자루를 떨어뜨린 백인 두 녀석은 그 순간에 무릎으로 기었다. 나는 멱살을 잡아 소파 위에 앉혔다.

"이 탈색 인종들의 국적이 어디냐고 물어봐라."

"불란서 토종이래."

"불란서의 미래를 위해 애들을 용서하는 게 어때?"

"조오치. 용서하는 방법이 여러 가진데 일단 조금 아프게 해주지."

"물론이지. 프랑스의 자존심과 명예를 걸고 맞아달라고 해."

"한 번만 봐주면 다시는 이런 짓 않고 피해 보상을 하겠다고 사정하는데."

"대프랑스 제국 만세를 세 번씩 외치라고 해. 그럼 살살 때려주겠다고."

두 녀석은 두 손을 높이 들고 알아들을 수 없는 소리로 만세를 불렀다. 내가 시키는 대로 한 것이었다.

두 백인 녀석은 개처럼 바닥을 기어 다니며 울었다. 흑인을 고용해서 이런 비열한 돈벌이를 하는 주인과 종업원 두 녀석은 흑인의 발바닥을 혓바닥으로 핥기 시작했다. 바깥이 시끄러워지기 시작하더니 불량기가 있어 보이는 사내들이 쏟아져 들어오기 시작했다. 주인과 종업원 녀석을 작신 밟아놓고 앞장선 녀석부터 차례로 바닥에 눕혔다. 더도 덜도 아닌 딱 한 방씩으로 녀석들은 개거품을 쏟아놓았다.

카운터에 벌벌 떨고 앉아 있던 노랑머리 계집애가 얼른 고개를 숙였다.

"술값 얼마냐고 물어봐."

더듬더듬 계집애가 말했다.

"사십팔 프랑이래."

"원가는?"

"십팔 프랑쯤……."

"그럼 이십 프랑이면 되겠군."

나는 십 프랑짜리 두 장을 계집애 손바닥에 올려놓고 밖으로 나왔다. 피갈 지역의 건달들이 밖에도 이십여 명이나 있었다. 입구에 쇠막대를 들고 휘두르는 녀석들을 공중회전으로 한꺼번에 걸어차자 나머지 녀석들은 쏜살같이 사라져버렸다.

사람 사는 땅 어디에도 이런 부류들은 있는 모양이었다.

아침 비행기를 타기 위해 서둘러 펜타 호텔을 빠져나왔다. 일요일 아침이어서 공항까지 가는 시간이 꽤 걸릴지도 모른다는 것이었다. 우리 일행을 감시하기 위해 따라붙은 사내가 서너 명쯤 되는 것 같았지만 태연하기로 작정을 했다.

비행기가 하늘을 나는 동안에 나는 줄곧 다혜를 생각했다. 지금 내가 타고 있는 이 비행기에 혜라가 아닌 다혜가 타고 그리스로 일을 꾸미기 위해 가지 않고 유적지를 구경하기 위해 가는 거라면 얼마나 좋을까를 생각했다. 나 때문에 그간 수모를 당하고 있을 것을 생각하면 가슴이 아팠다. 나를 알지 않았더라면 편하게 공부를 하고 있었을 것이다.

하느님. 다혜를 무사하게 제자리로 돌아오게만 해주신다면 다혜와 결별을 하라 해도 감수하겠습니다. 지구 끝까지 다혜와 함께 갈 결심이지만 다혜가 나와 헤어지지 않고는 해결되지 않는 일이라면 차라리 제가 물러날 테니 그녀를 편케 해주십시오.

하느님. 물러나라면 물러날 테니 다혜에게 시련을 안기지 마시고, 시험에 들게 하지 마세요. 가엾지도 않습니까. 그녀에게 무슨 죄가 있습니까.

지하 전쟁

비행기에서 내려다보이는 아테네 공항과 민숭민숭한 나무 없는 야산과 하얀 색이 주종을 이루는 도심의 색깔이 퍽 단조롭게 느껴졌다. 나무가 자랄 수 없을 만큼 온통 대리석으로 뒤덮인 산세는 그렇다 치더라도 찬란한 문명의 발생지답지 않은 위용인 것 같았다.

탁 트인 바다와 공항이 맞물고 서 있는 것이 그래도 섬의 나라, 바다의 나라답다는 생각을 했다. 기후 때문에 게으른 국민성을 갖고 있다는 나라, 관공서도 오전 근무만 하고 은행은 두 시 이후에 사용해야 하며 물건을 사려면 세 시 이후, 그것도 화요일 목요일 금요일 세 번뿐이며 낮잠을 자야만 하는 풍습까지 있는 나라였다. 그러나 유럽에서 못사는 축에 끼이면서도 국민소득은 사천오백 달러라고 했다. 조상을 너무 잘 만나서 잘 먹고 잘 사는 나라인지도 모른다.

곳곳에 보이는 그리스 정교회당의 모습은 인상적이었다.

"저 교회당 신부들은 굉장한 부자야."

"세상에……. 우리나라 부자 목사들이 탐낼라."

"여긴 태어나는 순간부터 죽을 때까지 모든 게 교회와 연결이 되어 있어서 신부가 부자일 수밖에 없어. 이름도 지어주고 결혼 신고도 해주고 사망신고까지도 다 책임지니까."

"그렇다고 성직자가 부자 돼서 뭘 어쩌겠다는 거야? 장가나 갔으면 몰라도."

"간 사람도 있어. 결혼한 뒤에 신부가 돼도 그만이니까."

"소문내지 말아야지……. 우리나라 사람들 떼로 몰려올까 겁난다."

"더 재미있는 건 결혼할 때 여자 쪽에서 집도 사가지고 가고 자동차도 사가고…… 남자는 침대만 사면 되는 제도야."

"우아, 소갈머리 없는 우리나라 사내놈들 벌 떼처럼 몰려오겠다."

"대신 재산상속은 모두 여자에게 하게 되어 있어."

"그러면 그렇겠지."

사회보장이 잘되어 있어서 초등학교부터 대학까지 모두 공짜로 다닐 수 있고 장학금 혜택이 풍부해서 생활비와 문화비까지도 충당할 수 있는 나라였다.

내가 공항에서 숙소까지 달리는 동안 차 안에서 본 데모대의 행렬과 구호를 써 붙인 현수막을 목격한 것도 열댓 건은 넘었다. 학생은 물론이고 비행기 조종사나, 은행원, 공무원이나 교수들까지도 마음 놓고 데모를 할 수 있는 나라라고 했다. 정기적으로 미국 추방 데모가 열리는데 그리스 시민 가운데 미국 시민권 가진 자가 백만 명이 넘는다는 사실은 이 나라의 정치가 불안하다는 징조를 잘 나타내주고 있는 것이었다.

"그래도 그리스는 도둑과 거지가 없는 나라야. 십육 면짜리 신문에 도둑에 관한 기사가 거의 나는 일이 없고 도둑을 잡았다면 거의 외국인 소행이야. 얼마나 일하기가 싫으면 껌까지도 외국에서 수입해다 씹는지 알면 이해가 갈 거야. 부활절이면 이 주일간 휴무고 법정 휴가도 여름엔 한 달야."

"기분 나쁠 만큼 살기 좋은 나라구나. 어째서 우리나라엔 그런 혜택을 빼놓았을까?"

"다른 복을 주기 위해서였겠지."

극장 앞엔 오토바이 행렬 위에 책가방이며 옷가지들을 그냥 늘어놓은 채, 자물쇠도 채우지 않고 팽개쳐둔 것들이 수두룩했다. 그렇게 한 달을 두어도 그냥 그 자리에 그대로 있다는 것이었다. 가로수의 과일들은 그냥 땅바닥에 떨어져 썩고 있지만 아무도 거들떠보지 않는다고 했다.

"여기 사람들은 내 물건이 아니면 거들떠보질 않아. 대문이고 창문이고 죄다 열어놓고 살아."

"어쨌든 기분 좋은 나라다."

하수도가 없어서 비가 오면 길바닥이 엉망진창이 된다든지, 늦가을쯤 되어야 비가 오고 봄과 여름엔 비 한 방울 볼 수 없는 나라이지만 왠지 비행기에서 내려다볼 때와는 다른 썩 기분 좋은 나라라는 생각이 들었다.

잘사는 나라들 속에 있는 강탈과 도둑질과 살인과 비열한 행위들에 비하면 조금 못살더라도 이들처럼 인간답게 사는 것은 정말 기분 좋은 삶인 것 같았다. 어쩌면 이들처럼 사는 것이 기분 좋은 삶이 아닌가 싶었다. 올리브 나무가 많은 것은 박토인 그리스에 알맞은 나무이기 때문이었다.

우리 일행은 미리 대기하고 있던 안내원으로부터 도시락을 받았다. 작전 개시가 어떻게 될지 몰라서 예약된 호텔로 가지 않고 방향을 바꾼다는 것이었다. 어디로 가는지 알 수는 없지만 바닷가로 시원하게 뚫린 길을 달리고 있었다. 희랍 조각처럼 윤곽이 또렷하고 큰 눈망울을 한 스무 살 남짓 된 여자가 앞자리에 앉아 유창한 불어로 혜라와 얘기를 주고받았다.

"조금 가면 고린도 운하가 나온대. 그 근처에서 도시락을 먹고 커피 한 잔쯤 할 시간이 있을 거래."

겨울인데도 바닷가에는 수영하는 사람들이 꽤나 많았다. 기껏 추워야 영 도 정도라고 했다. 봄부터 가을까지는 빗낱 한 방울 없어 죽은 듯 서 있던 초목들이 겨울이 되면 빗물을 받아 산천이 푸르러지는 이 지중해의 귀빈이라는 그리스가 차라리 부럽기조차 했다. 물론 수없이 열강에 시달려서 살아온 역사를 지닌 나라지만…….

"여기가 바로 페드라의 현장이래."

혜라가 언덕 위로 구불구불 경사가 이루어진 길가에서 낭떠러지 아래 바다를 가리키며 말했다.

"〈죽어도 좋아〉란 그 영화 말이지?"

"맞아. 희랍신화에서 소재를 얻어 현대식으로 영화를 만든 거였어."

"여주인공이 기가 막혔지."

"그 여자 주인공이 지금 그리스 문화공보부 장관야."

"현직이란 말야?"

"그렇다니까."

페드라, 〈죽어도 좋아〉. 정말 가슴 쩡한 영화였다. 희랍신화를 현대화해서 만들어진 아주 진한 사랑의 종말. 사랑해서는 안 될 사이면서 너무 진하게 사랑하므로 결국 종말을 맛보아야만 했던 그 진하디진한 사랑 이야기를 나는 기억하고 있었다. 언제고 다혜를 사랑하다가 그 영화의 주인공처럼 죽어도 좋다는 생각을 했었다.

다혜를 사랑했기에 나는 지금 평생에 가볼까 말까 한 그리스 땅, 그것도 페드라의 현장을 지나고 있는 것이었다.

죽어도 좋아. 죽어도 좋아.

나는 자꾸 이렇게 속으로 외치고 있었다.

고린도 운하 앞에 차를 세웠다. 깎아지른 절벽의 높이가 80미터나 되고 폭은 25미터, 길이가 6킬로미터나 된다는 이 웅장한 운하를 어떻게 팔 수 있었는지 상상하기 어려웠다. 대지진으로 땅이 갈라진 듯싶은 이 운하를 보면서 인간의 의지를 읽을 수 있었다.

안내하던 여자가 혜라에게 뭐라고 한참 설명했다. 불어로 지껄이기 때문에 한마디도 알아들을 수 없었지만 눈치로 어딘가에 잠깐 들렀다 가자는 것 같았다.

"아크리 고린도에 잠깐 들러 구경하는 게 좋겠대. 작전 지시가 아직은 없으니까 괜찮지 않겠느냐는데……."

"지금 우리가 구경할 정신 어디 있어?"

"그럴 정신은 만들면 돼. 무슨 뜻이 있어서 그러는 게 아닐까 싶어."

"그럼 가보자."

"고린도는 고대에 작전상 아주 중요한 위치였거든. 배가 편편한 항구에 들어와 정박하는 게 아니라 깎아지른 절벽에 배를 대면 밧줄로 끌어올려서 항구가 아닌 것처럼 위장을 했다는 곳이야. 그것보다 더 유명한 건 사도 바울이 설교하다가 잡혀와 이곳 집정관과 얘기한 곳이기도 하고……. 고린도 전서와 같은 성경은 바울이 이곳 주민들에게 편지를 보낸 것이 모아져서 된 것이래. 세계 최초의 공중변소도 있는데 수세식이래. 돌로 만들어졌다는데 수세식이라니까 궁금하기도 하잖아."

혜라는 내가 머물다 가기를 바라는 눈치 같았다. 내 조급함을 조금이라도 누그러뜨리려는 속셈인지도 모른다.

차를 세우고 고린도 언덕에 올라가 옛 도시국가 자리에 들어선 현대식 도시의 면모를 내려다보았다. 우리나라의 풍수지리설이 얼마나 현명한 논리인가를 대번에 느낄 수 있었다. 앞이 터지고 뒤를 받쳐주며 시원한 물줄기가 있는 곳이 바로 사람 살 곳이란 생각이 들었다. 고린도 지역은 지진으로 유명한 곳이어서 곳곳에 지진으로 갈라진 돌더미와 지진 피해가 역력히 보이는 곳이 많았다. 다행이라면 지반이 돌이어서 큰 피해는 없다고도 했다. 건물이나 유적지가 무너져도 부서진 그대로 보존하는 특성을 지닌 나라였다. 자연의 힘으로 무너진 것을 인간의 힘으로 다시 바로잡지 않는다는 것이었다. 프랑스는 닦고 조이고 억척스럽게 가두어놓고 손도 못 대게 하는 문화 보존형태인 데 비해 그리스는 있는 그대로 팽개쳐둔 것이었다.

하긴 프랑스는 전리품이고 그리스에 비해 월등하게 부족한 숫자에다가 문화재의 연한이 짧은 것이지만 그리스는 밟는 땅, 발에 채이는 돌멩이 하나, 풀 한 포기마저도 희랍신화와 얽혀 있거나 전성기의 문명 발생지여서 어느 것 하나 문화재가 아닌 게 없는 나라였다. 말하자면 국토 전부가, 바다와 바닷속 깊은 곳까지도 모두가 가치 있는 문화재였다. 프랑스 문화가 얼마나 좀스러운 것인가를 대번에 느낄 수 있었다.

세계 최초의 공중변소라는 곳은 요즘 생각하는 식의 수세식이 아니라 변기 밑바닥이 수로와 연결이 되어 물이 자연스럽게 흘러 깨끗하게 청소를 해주는 것이었다. 이천 년 전에 건설된 공중변소치곤 참으로 감탄할 만한 유적지였다.

"왜 여길 보여주었는지 이젠 좀 알 것 같다."

내가 안내원과 거리가 뜸해진 사이에 혜라에게 말했다.

"나도 알았어. 안내원 말에서 힌트를 얻었지?"

"그래."

"바로 그거야. 당신은 노출되면 죽어. 언덕에서 공격하고 물길을 따라 숨는 거야. 안내원은 이곳 출신이야. 그래서 당신에게 암시적으로 살 길을 터주고 싶었던 거야. 작전지역은 배 대기 좋은 곳일 테고 수송이 용이한 도로변일 거야. 당신은 노출된 상태로 접근할 수밖에 없을 거고 결국 당신은 희생타가 되는 거야. 안내원이 그랬지. 트로이의 목마를 이 언덕에 얹어놓았다고 생각하고 가장으로 전쟁극을 연상하라고. 트로이의 목마 속엔 한 사람뿐이라는 설명이 무엇을 뜻하는지 알겠어?"

"그래. 내가 게으름을 피우는 거야."

"맞았어."

우리끼리는 통하는 게 있었다. 안내원은 희랍신화와 고대 전쟁과 장수들의 전투 방식을 설명하면서 유독 우리가 느낄 수밖에 없는 몇 가지 제언 비슷한 얘기를 해주었다. 모두 함정에 빠져 죽지만 게으른 장수만은 늦게 현장에 도착했기 때문에 골육상쟁 속에서 장수로서는 유일하게 살아남아 제왕이 되었다는 얘기는 가슴 철렁한 작전 지시나 마찬가지였다. 하긴 그랬다. 큐와 유다가 나를 앞장세울 때는 총알받이로 내세웠을 것이 틀림없었을 것이다. 그래서 아수라장이 되었을 때 알맹이만 쏙 빼가면 아주 훌륭한 전쟁을 치른 셈인 것이다. 그들은 내가 살아나는 것을 달게 여길 턱이 없었다. 한두 푼도 아니고 수십만 달러를 내게 줄 까닭도 없고 일단 작전이 성공하면 나 같은 것은 오히려 귀찮은 존재일 게 빤했다. 그 약아빠진 일본 녀석과 음흉한 간계의 소련 녀석이 알토란 같은 것을 빼먹으며 나를 살려둘 이유가 있을 턱이 없었다.

"시간이 허락한다면 한 군데를 더 봤으면 좋겠대."

"어딘데?"

"미케네 유적지."

"황금 덩어리가 쏟아졌다는 데 말야?"

"그렇지."

"나도 보고 싶다."

그리스인 여자 안내원의 곱고 맑은 눈빛에서 나는 한줄기 구원의 빛 같은 걸 느끼고 있었다. 그녀도 큐와 유다의 조직원으로 일하고 있는 여자였지만 내 예견된 죽음에 대해서만은 안타까움을 가졌는지 모른다. 어쩌면 그것이 인지상정일 것이다. 인간은 누구나 선한 면이 있기 마련이고 특히 죽음을 목전에 둔 사람 앞에선 동정심이 생기는 것인지 모른다.

우리는 일부러 최고 속력으로 질주하기 시작했다. 우리는 감시하고 있을지 모를 전자 감시자들의 예리한 눈을 피할 수는 없겠지만 내게 동정심을 가지고 있는 여자 안내원에게서 신화에 얽힌 전술이나 내가 살아날 묘안 같은 걸 더 얻어내고 싶었다. 카폰으로 우리의 행방을 체크하는 전화가 금방 왔다. 헤라는 적당히 둘러붙이는 눈치였다.

계곡을 끼고 산등성이엔 삼천오백 년 전의 찬란한 미케네 문명지가 펼쳐져 있었다. 무덤 자리에서만 14킬로그램의 황금붙이를 꺼냈다는 왕릉, 트로이 전장에 나갈 전쟁 영웅들이 모여 작전을 짰다는 성곽, 왕궁의 바닥과 벽과 천장이 모두 휘황찬란한 조각과 그림으로 꾸며졌다는 내부, 바람 잘 통하고 물이 풍부한 계곡, 지금은 허물어지고 옛날의 전성기 모습이 일부만 남아 있는 궁성, 현대 장비로도 감히 들어 올리기 어려운 어마어마하게 큰 바위 덩어리의 사자상이 입구의 기둥 위에 얹혀진 불가사의한 흔적들……. 그 아래의 아가멤논 왕릉이라고 한때 소문이 났던 돌무덤의 웅장함과 그 안에서 쏟아졌다는 보화의 종류들에 얽힌 이야기가 마치 희랍신화를 활동사진처럼 보고 있는 느낌이었다.

"저 가운데 구멍 때문에 이 무덤이 발견됐대. 열쇠 구멍인데 산짐승이 뛰어다니다가 푹 빠지는 바람에 세상에 알려졌대. 발견 당시에 너무 보석이 나오니까 미케네 왕 가운데 가장 보석이 많았던 아가멤논 왕의 무덤이라고 생각했다지. 그런데 사실은 도굴꾼들이 먼저 발견해서 좋은 건 다 빼갔는데도 그렇게 무지무지하게 많은 보석이 쏟아졌다니⋯⋯."

"우리나라에도 유명한 재벌 집안이 도굴 솜씨로 문화재깨나 챙겼다잖아. 그래서 고매한 인격자 대접도 받고 품위 있는 학자 대접도 받고 말야."

"그런데 왜 여길 저렇게 강조하며 보여줄까?"

"저 구멍 때문이 아닐까?"

"슬쩍 물어볼까?"

"그래."

혜라가 구멍을 가리키며 뭐라고 물었다. 나는 그사이에 제사 지내던 방을 한 바퀴 휘 둘러보았다.

"도굴꾼들이 구멍 밖에 줄을 매고 타고 내려와 부장품을 훔쳤다는 거야. 입구를 찾아 헐게 되면 다 실어갈 수도 있지만 그렇게 되면 들키기 때문이라는 거야. 혼자 줄 타고 내려갈 수는 있지만 밖에서 돕는 사람이 없으면 어렵지 않겠느냐고 나한테 되물어. 그래서 까놓고 물었어. 그랬더니 배에 구멍이 뚫리면 어찌 되겠느냐고 또 되물어. 가라앉지 않겠느냐고 조심스럽게 말했더니 그렇게 되면 가장 소중한 것부터 옮기지 않겠느냐는 거야. 그러면서 신화에 의하면 필요 없어진 인질은 없애거나 노리개가 된다는 얘기가 있다고 말했어."

그 얘기를 하는 혜라의 낯빛이 별로 좋지 않았다. 안내원의 말뜻을 간결하게 전했지만 그녀가 짐작하는 앞으로의 상황 때문에 표정이 어두워진 것 같았다. 배에 구멍을 뚫으라는 암시는 정말 옳은 방법 같았다. 그러나 인질의 가치가 상실된 마당에 인질의 앞날이 걱정스럽다는 암시는 가슴 서늘한 것이었다. 다혜는 내가 작전에 돌입하는 순간부터 인질의 가치는 제로가 되는 여자였다. 어차피 나를 작전 도중에 죽여 없애겠다면 더더구나 쓸모가 없어진 존재였다. 쓸모없는 여자의 효용 가치는 노리개이거나 비밀을 위해 없애버릴 것은 당연한 이치였다.

"침착하자."

오히려 내가 혜라를 달랬다. 침착하게 대처하지 않으면 안 될 불리한 여건만 가진 사람들이었다. 자동차가 미케네 유적지를 빠져나와 다시 해안도로를 타고 달리기 시작했다. 길가마다 십자가를 매단 새집 같은 작은 구조물이 가끔씩 보였다.

"저건 뭐냐?"

내가 침통한 표정을 짓고 있는 혜라에게 일부러 큰 소리로 물었다.

"교통사고로 죽은 사람들의 영혼을 위로하기 위해 세워놓은 거야. 옛날엔 목동들이 일요일에 양 몰고 산에 올라가서 예배를 보던 곳인데……."

"내가 여기서 죽으면 저런 거 하나쯤 누가 세워줄까?"

"재수 없는 소리 하지 마."

표독스러우리만큼 큰 소리로 말했다. 그녀의 답답한 심정을 짐작하는 나로선 대꾸할 말이 없었다.

지중해와 바닷가, 잔잔하고 맑아서 투명한 유리 그릇에 생수를 담은 듯싶기도 하고 너무 하늘빛이 짙게 드리워져서 차라리 먹물 같은 느낌을 받기도 하는 바닷가. 카폰으로 지시된 장소는 단체 휴양객이 머무를 수 있게 꾸며진 한적한 휴양지의 나루였다. 지중해. 그 잔잔하고 널따란 바다 위엔 몇 척의 배가 나루를 향해 아주 천천히 들어오고 있었다. 바닷가엔 요트를 타는 사람들과 수영하는 사람들이 있었다. 모래밭 뒤의 아스팔트 길 위엔 세 대의 특수차와 두 대의 지프가 한편으로 들어서 있었다. 헬리콥터 한 대가 낮게 바다 위를 선회했고 국도의 중간중간에도 미니버스와 트럭, 승용차와 지프, 냉동차처럼 덮개를 씌운 차량들이 일정한 간격을 두고 늘어서 있었다. 우리는 계곡 옆에 차를 세워둔 채 돌산으로 올라서서 한눈으로 지시된 작전과 내가 짠 작전을 대조해 보았다.

　모터보트와 소형 선박이 문제의 물건을 특수차량에 나누어 실으면 국도를 따라 호위를 받으며 달릴 것이고 나는 반대 방향에서 차량 사고를 위장한 환자처럼 기다리다가 계획대로 특수차량 경비원들을 쓰러뜨린 뒤 큐와 유다에게 인계만 하면 되는 것이었다.

　이미 탈취 지점은 결정되었다. 해변을 따라 연결되는 완만한 경사의 도로는 서로 노출되는 지점이어서 우리가 선택한 것은 쌍굴이 있는 벼랑 같은 곳이었다. 멀리서 보면 길 가운데 큰 장난감 물안경 같기도 한 바로 그 쌍굴에서 번개불에 콩 구워 먹듯 작전을 끝내고 우리 측의 호위를 받으며 도망치는 것이었다.

"경비가 삼엄해."

망원경으로 사방을 살펴본 혜라가 말했다.

"역시 생각했던 대로군."

"어떻게 할 생각야?"

"쌍굴에서의 작전은 그대로야. 그러나 양쪽의 경비가 너무 삼엄해. 경비를 대폭 줄여야 되겠어."

"뭐라구?"

혜라가 놀란 눈으로 나를 쳐다보았다. 양쪽의 경비원을 줄인다는 것은 이 시점에서 터무니없는 구상이기 때문이었다.

"안내원이 준 계책야. 이쪽에서 먼저 배를 공격하게 만드는 거야. 쌍굴 가까이 차가 왔을 무렵에. 그래서 양쪽 경비가 산만해지고 서로 치열하게 붙을 때 우린 탈취해 가지고 절벽 뒤 산으로 빠지는 거야. 물론 위장된 차량은 그대로 국도를 따라 도망치게 해야지. 그러면 그 차를 따라가는 사이에 우리는 거꾸로 튀는 거지. 그리고 큐와 유다를 잡는 거야. 그러면 다혜도 구하고 물건도 챙길 수가 있어."

"누가 속을까?"

"가짜 무전을 치는 거야. 탈취해 보니까 위장 전술이더라, 물건은 하나도 없고 빈 상자더라고. 그러면서 배를 공격하라고 부추기면 큐와 유다가 포기할 수 없는 입장이니까 공격할 기고 저쪽은 저쪽대로 반격을 하겠지. 그럼 두 팀으로 붙여놓은 우린 사라지는 거야."

"그럴듯해. 하지만 물건이 보통 많은 게 아니고 사람도 우리에겐 없어. 그 물건을 어떻게 운반할 거야?"

"절벽 위로 올리기만 하면 돼. 그리고 웅덩이에 감추어놓고 우린 빈손으로 튀는 거니까 올가미에 걸려도 그 물건 때문에 막 다루진 않을 거 아니야."

"안내원……. 그래, 당신에게 그 암시를 준 거였어. 미케네 유적지에서 구멍으로 부장품 훔쳐냈다는 걸 쌍굴에서 물건을 빼내고 고린도의 군사기지에서 배까지 끌어올려 감쪽같이 위장하는 방법을 흉내 내서 위장 전술을 쓴다 이거잖아."

"또 있지. 인류 최초의 수세식 공중변소에서 얻은 힌트인데 산 위엔 강이나 물길이 없어. 그건 바로 바다로 빠지라는 암시야. 큐와 유다의 작전 지시 위치는 지도로 보면 분명 육지인데 상황으로 보면 배 안에 본부를 설치한 거야. 그러니까 내가 탈취에 성공하면 즉시 차량을 바꿔치기 한 후에 차량째 그대로 배에 싣고 다시 바다로 빠진다는 계획이라는 걸 알 수가 있어. 그것도 흐르는 물이라는 건 바로 섬과 섬 사이에 협로를 지칭하는 거야. 바로 여기와 여기에 섬이 있어. 이 지도가 엉터리가 아니라면 가장 빠르게 피신하는 방법은 섬이고 두 개의 섬이라면 감시나 방어나 공격의 사령탑이 될 수밖에 없어. 더구나 무인도 표시가 돼 있어."

"그럴지 모르지. 그렇다면 우리는 그대로 감시당하고 있어서 움직이는 대로 포착되잖아."

"그 안내원이 들려준 희랍신화와 유적지 얘기를 잘 생각해 봐. 늦게 도착한 장수가 게으른 장수가 아니라 현명한 장수라는 말."

"늦게 도착하면 일을 그르치잖아."

"아니지. 가정 먼저 나타났다가 재빨리 사라지고는 가장 늦게 나타나서 챙기는 거지. 왜냐면 우리가 너무 빨리 도착했다고 피하라는 연락이 올 거니까 우린 다시 뒤로 달리는 거야. 그래서 두 개의 섬에서 노출되지 않는 지점에서 차에다가 연막탄을 부착하는 거야. 쌍굴 앞에 도착하면 자연 차는 멈출 거고 큐와 유다는 우리가 해치운 줄 알 거고. 그리고 무전으로 속았다는 걸 알리면 공격을 개시할 테지. 그때 우리는 쌍굴로 가서 기중기로 물건을 절벽 위에 감추어놓고 차를 출발시키는 거야. 연막 속에서 이루어지기 때문에 숨겨질 거고 그렇게 되면 경찰이나 소방관이 달려오게 돼. 그땐 이미 두 팀이 노출되어 있어서 그리스 정부 대 지하조직의 싸움이 될 테지. 그 승부는 빤해. 정부 팀이 이길 수밖에 없어. 그러면 큐와 유다는 위장하기 위해 비상용 배로 옮길 거지. 그때 우린 미리 그 안에서 대기하고 있다가 간단히 목을 옭아 쥘 수가 있어."

"계획대로 되기만 하면 절묘한 작전이야. 그런데 우리 편은 당신과 나 둘뿐야. 기중기로 올려줄 사람, 다시 차를 몰고 달릴 사람이 없어. 당신과 내가 아무리 일을 나누어 해도 기중기나 특수차량 세 대를 한꺼번에 움직일 수도 없고 특수차량을 멈추게 하고 경비원을 잡을 수도 없어. 우린 둘뿐야."

"아냐, 우리 뒤엔 우리 편이 될 녀석들이 한 패거리가 있어."

"미행시켰어? 언제? 정말?"

혜라가 놀라서 물었다.

"안내원 몰래 쪽지를 보냈어."

"언제? 왜 진작 말 안 했어?"

"미케네에서, 혜라한테 말 안 한 건 그쪽의 요구였어."

"그쪽이라니?"

"큐와 유다의 부하들……."

"뭐?"

"이해가 안 되겠지. 우릴 죽 미행한 팀이 바로 퐁텐블로에서 살아난 그 친구들이지."

"살다니?"

"내가 몰래 살려났지. 생혈을 짚어서 사혈을 풀었어. 그걸 안 거지. 고수들이니까."

"놀랬네."

"그런 말을 할 시간이 없다. 서두르자."

혜라는 갑자기 밝아진 얼굴이었다.

그리스인 안내원이 엄지손가락으로 걱정 말라는 신호를 보내주었다.

무술 시합에서 패했다고, 쓸모가 없다고 해서 가차 없이 죽여 없애는 큐와 유다의 비열한 행위에 반감을 품은 그들이 우리를 미행하고 있다는 걸 안 것은 바로 파리의 뒷골목에서였다. 혜라한테 말하지 않은 것은 그들 패거리가 지켜본다는 걸 알면 다른 짓을 할지도 모른다는 생각 때문이었다. 사실 나는 혜라를 믿는 만큼 믿지 못하는 면도 적지 않았다. 오로지 나를 위해 죽음을 각오한다든지 내가 다혜에 대한 사랑이 그렇게 뜨거운데도 나를 포기하지 않는다는 것 따위는 보편적 시각으로 보면 있을 수 없는 일이었다. 큐와 유다의 조직 입장으로 보면 혜라의 행동은 죽음을 각오한 것이었다. 내게 죽음을 걸 만큼의 각오라면, 더구나 오래전부터 사귀어온 사이도 아니고 일방적인 애정의 감정뿐인 상태에서 그런 각오를 노출시킨다면 다른 목적이 있을 수도 있다는 생각이었다.

헬리콥터가 바다 위에 해변 도로를 낮게 감시하며 몇 척의 배 주위를 계속 돌고 있었다. 우리 쪽에서도 헬리콥터만 동원할 수 있었으면 우리들 작전이 보다 안전할 수 있을 거란 생각도 했다. 쌍굴 위와 엄폐된 도로 옆과 특수차량을 들어 올릴 만한 기중기를 조정할 기사와 우리를 보호할 수 있는 경비 요원들이 모두 제자리에 숨어 있다는 엄지손가락 신호를 받고 내 가슴은 또 뜀질하기 시작했다.

"한 가지 말해 둘 게 있어."

혜라가 빠른 걸음으로 걸으며 말했다. 플레어스커트에 어울리지 않는 스포츠화를 신고, 얇은 점퍼 속이 불룩한 것으로 미루어 호신용 무기를 지닌 게 확실했다. 가볍게 어깨에 걸린 가방 속에도 성능 좋은 무기가 하나쯤은 들어 있을 것 같았다.

만약 내 신변에 무슨 일이 생기면 사용할 수 있는 다목적 호신 장비를 준비할 정도로 세심한 여자였다. 그래도 내가 막판까지 믿지 않는 것은 그녀의 진정한 속셈이 어디 있는가를 판단하지 못했기 때문이었다. 성급한 생각인지 모르지만 내가 승자가 될 수 있게 뒤를 살펴준 뒤에 그 엄청난 재물을 감쪽같이 빼돌릴 구상을 하고 있을지도 모른다는 의문을 품고 있는 것도 사실이었다.

"말해."

"당신 작전이 성공해서 그 엄청난 재물을 손에 쥐면 어떻게 하겠어?"

마음속 한편이 섬뜩한 얘기였다.

"몽땅 널 줄게."

그녀가 원하는 대답일 것 같아 이렇게 말했다.

"재물이 탐나면 벌써 얻을 만큼 얻을 수 있었다는 걸 좀 알고 말해."

"나도 그까짓 재물쯤은 갖고 싶지 않아. 그렇다면 바다에 아예 수장해서 못 쓰게 해버리자."

"마약 같은 거나 비밀문서들이야 없애도 그만이지만 정말 진귀한 보물들은 어떡하지?"

"네가 가져. 시집갈 때 쓰든지……."

"그럼 결국 당신 꺼가 되겠네."

"무슨 소리야?"

"왜? 뜨끔해?"

"그래, 뜨끔하다."

"난 살아서든 죽어서든 당신 꺼니까 당연히 내 물건이면 당신 물건이지. 아마 내 혼백이라도 당신한테 시집가고 말 거야. 당신은 우습게 들겠지만 내 말 명심해얄 거야. 내가 내 욕심 채우다 죽으면 까마귀 밥이 되게 내버려두거나 고기밥으로 바다에 던져 넣어도 그만이지만 당신을 살리기 위해 죽는다면 나하고, 성한 당신 혼백하고 혼백결혼을 해줘야 해."

"지금 그렇게 낭만적인 얘기를 할 때가 아니다."

"약속해 줄 수 있어?"

"그러다가 내가 다혜한테 장가가면 네가 귀신이 돼서 밤마다 산발하고 나타날 거냐?"

"그럴 거야."

"무서워서라도 그래야겠구나."

"장가가는 건 찬성, 대찬성할게. 혼백결혼만은 해줘. 혼자라도 좋아. 맹물 떠놓고 혼자 주례 서고 혼자 신랑되고 혼자 중얼거려도 괜찮아. 어차피 난 당신이 기억해 주는 걸로만 만족하니까."

"질기다."

"난 찰고무니까."

"그렇다 치자, 죽은 사람이 뭘 아냐?"

"나중에 안 해도 그만야. 그냥 그러마고, 거짓말로라도 대답이나 해줘."

"거짓말로야 무슨 말을 못하냐?"

"그러니까 당신을 위해, 당신을 살리기 위해 죽었을 땐 그러마고 대답해 줘. 빨리."

"거짓말로 대답하마. 네 말대로 해줄게 걱정 마라."

"됐어."

별스런 여자도 다 있었다. 계속 종알거리며 악착같이 내 대답을 들으려 하는 혜라에게 나는 분명 거짓말이라는 전제 아래 대답을 하고 말았다. 이 절박한 상황 아래서 나는 살 길이 막연했고 그녀가 도와주면 살아날 가능성과 다혜를 구해낼 가능성이 더 많아진다는 것을 감지하고 있었다.

"만약 내가 죽거든 내 가슴 속에 쪽지가 있으니까 그걸 펴봐."

"내가 영화 주인공만 같다. 하도 엉뚱한 소릴 해대니까."

"주인공이 될 거야."

"그나저나 그 재물은 네가 죽고 나면 쓸모가 없잖아?"

"당신 맘대로 해. 어차피 난 그런 재물 따윈 관심도 없으니까."

"얼마치쯤 될까?"

"아마 몇백억쯤 되겠지. 우리 돈으로."

"그렇게나 많아?"

"지하조직이 그걸 입수하면 이것저것 해서 수천억 원도 더

칠 테지만 마약이나 지하조직의 비밀문서 따윈 우리에게 가치가 없는 거니까."

"그것만 한몫 잡으면 떼부자가 되는데 왜 싫다는 거냐?"

"그런 당신은 왜 싫다는 거지?"

혜라가 밝은 표정으로 물었다.

"내 팔자는 평생 돈하고 인연이 멀지. 물론 엄청나게 부자였으면 싶을 때가 없는 건 아냐. 억울하고 배고프고 돈 없어서 고통받는 사람들을 볼 경우마다 집어치우고 돈이나 벌어서 신나게 그런 사람들에게 쓰고나 죽을까 하는 생각을 하지. 그러다가도 막상 돈 벌 일이 생기면 쑥 빠져버려. 난 내 팔자를 알거든. 나를 사람 되게 해준 무초 스님이 그랬어. 네 꼴에 재물이 붙으면 큰일 날 테니까 아예 평생을 있으면 쓰고 없으면 굶는 그런 신세가 되라고. 그게 가장 마음 편한 거라고."

"그럼 이 기회에 그런 사람들한테 쓰지 그래."

"그 보물을 팔려고 해도 너무 엄청나서 팔 데도 없고 살 사람도 없겠다."

"그렇긴 할 거야. 세상에 진귀하다는 건 죄다 모아가지고 있다는 소문도 있으니까."

"우리나라에서 빼돌린 것도 있겠구나. 청자나 백자, 또는 국보급 유물 같은 거. 일본 애들이 삼십오 년 가까이를 털어먹으면서 알짜들을 훔쳐 갔으니까. 또 도굴꾼들이나 돈푼깨나 있는 친구들이 몰래 팔아치운 게 수두룩할 테니까."

"내가 듣기로도 조금쯤은 있나 봐."

"그건 악착같이 챙겨야지. 그리고 나머지 보물은 굶어 죽는 아프리카나 줘버렸으면 좋겠다. 내 것도 아니고 우리나라 것도 아니고…… 세상 천지에 탈취해서 모아진 지하조직 거니까 말이다."

"그거 아주 좋은 아이디어야. 당신 이름으로 줘버려."

"그건 싫어. 신문에 이름나는 거 좋아서 의연금 내고 성금 내는 것 보면 구역질이 나는 놈이다. 아마 이름 안 내주면 그렇게 거둬들일 수 없는 세상이긴 하지만. 예수가 오른손이 한 일을 왼손마저 모르게 선행을 하라고 했는데, 요즘 세상은 온 천하가 다 알아야만 낸다니까. 무기명으로 보내는 게 내 의사다."

"아깝지만 대찬성할게."

"잘산다고 큰소리치는 놈의 나라에서 기절하겠지. 그러나 분명한 것은 대한민국 사람으로 이름을 밝히지 않는 사람이 내놨다는 말은 악착같이 하겠다."

"좋아."

우리는 의기가 통했다.

하느님. 하느님은 혹시 배고파보지 않으셨나요? 갈비뼈가 앙상하고 뼈 위에 살짝, 정말 살짝 살가죽만 입힌 어린아이들 사진을 못 보셨나요? 도살장에서 십수 년 소의 살을 바르던 사람의 솜씨처럼이나, 인간의 모습을 그리도 흉하게 기아에 허덕이게 해놓으신 장본인이 설마 하느님은 아니시겠죠. 온 세상 일을 다 관장하시는 하느님이 설마 그러실 수가 있겠습니까. 아마도 그 어린 것들이 대역죄를 저질렀거나 하느님을 무지막지하게 모독했거나 그랬겠죠. 그것도 아니라면 세상의 인구가 너무 많으니까 나머지 인구나 편히 살라고 아프리카 쪽에다 대고 그렇게 저주하셨을 리도 만무하고…… 하느님이 인간의 생사를 좌우하시는 마당에 태어나게 해놓고 굶어 죽게 내버려두실 만큼 하느님이 모지락스러운 양반은 아니잖습니까.

하느님.

잘산다는 미국이나 일본이나 유럽의 여러 나라들, 원조하는 일에 눈의 불을 켜고 무기며 군량품이며를 억수로 제공하는 큰 나라들이 어째서 저리도 얌전해졌습니까? 그 나라에 석유가 펑펑 나오든지 핵무기 만들 때 쓰는 물건이 무진장하게 있다면 저렇게 몰라라 하진 않겠죠.

도대체 요즘의 하느님은 뭘 하시는 겁니까?

당구나 치고 계신 거 아닙니까? 아니면 백칠십육 점인가까지 난다는 그 무시무시한 팔공산 고스톱을 치시느라고 그렇게 무심하십니까? 그도 아니면 기절초풍 고스톱이라고 해서 팔공산 광 한 장 빼놓고 몽땅 쓸어다가 점수 계산하는 삼백육십 점 나온다는 고스톱을 치고 계신 겁니까.

그렇잖다면 시간 끌지 마시고 빨리 세상 돌아가는 꼴 좀 보시고 빗자루 들고 내려오셔서 쓸어버릴 것은 좀 쓸어버려주세요.

이거 매일 아침저녁 청심환하고 해구신하고 놀란 데 먹는 약과 심장 너무 뛰지 않게 하는 약을 먹어야 겨우 살아갈 세상이 아닙니까. 하느님, 하느님도 아실 겁니다. 내 꿈이 황제가 되는 것이라는 걸. 사 년이고 칠 년이고 한 번씩 출마하고 굽신거리고 눈물 흘리고 입술에 침 바르며 사기 치지 않으면 안 되는 그런 민주주의인 척하는 선거가 아니라 세세연년 해먹다가 내 자식놈이 또 죽을 때까지 해먹고 또 손주놈이 해먹고……. 그렇게 지구가 없어질 때까지 마르고 닳도록 해먹는 황제 말입니다. 대한민국 황제 말고 세계를 쥐고 흔드는 황제 말입니다. 나를 그거나 좀 시켜주십쇼.

아마 평생 기도를 하고 헌금을 하고 아양을 떨고 굽신, 꺼벅 기절초풍을 해도 들어주지는 않으시겠죠. 왜냐면 내가 그런 황제가 되면 돼먹지 않은 녀석들과 돼먹지 않은 나라들, 일테면 일본이니 소련이니 미국이니…… 그런 나라들을 싹싹 비질해서 없앨 거라는 걸 너무도 잘 아시는 까닭일 겁니다.

하느님. 부탁이 있습니다. 옛날처럼 가끔씩 팻대 좀 내십쇼.

작전 개시를 알리는 신호가 떨어졌다. 배 턱에서 짐을 부린 배들이 돌아서자 특수차량과 호위차량이 움직이기 시작했다. 산봉우리에서 가볍게 연기도 솟았다. 그것은 나와 혜라와 안내원 그리고 이제 한패가 된 사내들만이 아는 준비 완료 신호였다.

"전속력으로……."

내 명령대로 자동차는 질주하기 시작했다. 헬리콥터가 우리 차를 유심히 살피는지 한 바퀴 회전하며 사라졌다. 카폰을 내려놓고 무전기의 주파수를 엉뚱하게 맞추었다.

쌍굴 앞까지 와서 카폰과 무전기를 정상으로 돌려놓았다. 벼락같이 무전기와 카폰이 울렸다.

"너무 빠르대, 빨리 비켜서래. 눈치채지 않게."

"으흐흐……. 내가 너무 음흉했나? 그럼 당연히 피해드려야지."

내 작전이 바로 그거였다. 안내원의 말처럼 늦게 도착하기 위해 너무 빨리 달려와 버린 것이었다. 우리는 또 최고 속도로 달리기 시작했다. 카폰과 무전기는 개방한 상태였고 속도계는 150을 가리키고 있었다. 엄폐가 되는 지점에서 우리는 길을 막고 자동차가 고장 난 것처럼 수증기가 피어오르도록 조작을 했다. 둑 옆에 숨어 있던 사내들이 엄지손가락을 들어 보였다.

지프의 호위를 받으며 달려오던 특수차량들이 브레이크를 밟았다. 그 순간에 가스총을 맞은 경비원과 운전사들이 맥없이 코를 박았다. 나는 수신호로 빨리 바꾸어 타라고 신호를 보냈다. 순간의 일이었다. 우리 패거리들은 시체 같은 사내들을 계곡 쪽에 밀어놓고 태연하게 달리기 시작했다. 산불 난 것처럼 위장을 한 산마루를 감시하던 헬리콥터가 달려왔지만 고장 난 우리 차 외엔 아무 일도 없는 것 같은 현장을 한 바퀴 돌더니 다시 특수차량 달리는 방향으로 날아갔다.

"쌍굴에 도착했어."

망원경으로 쌍굴께를 쳐다보던 혜라가 소리쳤다.

"신호를 보내."

"됐어."

지프와 특수차량은 짙은 연막 속에 가려졌다. 차량 뒤에 수백 발씩 붙어 있는 연막탄이 한꺼번에 터진 것이었다. 안 봐도 상황은 뻔한 것이었다. 쌍굴 안에 숨어 있던 기중기 조작반이 특수차량 안의 재물을 재빨리 절벽 위로 옮기고 있을 것이고, 헬리콥터도 연막 때문에 접근하지 못하고 있을 것이다.

"무전을 보내. 카폰도 좋고, 잘 들리는 걸로."

"카폰이 좋아."

"그럼 아까 그대로 말해, 속았다고. 위장이라고. 정면전을 하라고. 우리 편이 유리하니까, 헬리콥터만 없애면 우리가 유리하니까 갈겨버리라고. 배는 가라앉으면 그만이니까 경찰이나 해안경비대가 오기 전에 기습하라고."

혜라는 아까 우리가 짠 대로 전화기를 잡고 일부러 성급한 목소리로 떠들었다. 큐와 유다가 망설이는 눈치였다. 혜라는 마지막 기회라는 걸 강조하는 것 같았다.

조금 뒤였다. 바다 위를 맴돌던 헬리콥터가 불더미로 변하며 추락하더니 연달아 배가 불기둥이 되기 시작했다. 언덕과 해변가에서 섬을 공격하는 포 소리가 하늘을 진동시켰다. 특수차량은 일을 끝냈는지 해안 도로를 마구 달리고 있었다. 특수차량은 속력을 일부러 더 빠르게 달리고 있었다. 섬에도 연기와 불기둥이 자욱해졌다. 쌍방이 치열하게 전투를 개시하는 사이에 우리는 천천히 쌍굴까지 갔다. 아직도 연막탄의 잔해 때문에 연기가 채 가시지 않은 쌍굴에서 무전기를 열었다.

"특수차량 뒤를 추격하래요. 해안선 저쪽에 우리 팀이 대기하고 있으니까 거기까지만 몰아붙이래요."

"알았다고 해."

무선 통화가 끝나자마자 우리는 대기하고 있던 사내에게 우리가 타고 왔던 차를 내주었다. 무전기와 카폰의 연결선을 빼내고 배터리와 송수화기를 바다에 내던져버렸다.

어느 정도 우리가 타고 다녔던 차가 해안 도로까지 빠져나가도록 우리는 숨어 있었다. 그러고는 다시 되짚어 거꾸로 달렸다. 엄폐된 지역에서 망원경으로 섬의 사각지대가 관찰되었다.

해안 경비정과 경찰 헬리콥터가 출현한 것은 이십여 분간 쌍방이 치열하게 격전을 벌인 뒤였다. 바다 위엔 수십 척의 빠른 배들이 멀리서 포위망을 좁혀오고 있는 게 보였다. 무인도를 빠져나오는 모터보트는 큐와 유다가 위장술로 현장을 빠져나오는 전략대로 해안 경비정의 눈을 피해 해안선 깊숙한 곳으로 달려가고 있었다.

내 작전대로 한 치도 틀림없이 진행된 것이었다.

우리는 해안선 풀더미 속에서 작은 고무보트, 동력이 장착

된 고무보트를 찾아내서 어선으로 위장된 해상 본부로 달렸다. 어선을 경비하고 있던 네댓 명의 경비원들은 우리에게 사격 자세를 취하고 있었다. 혜라와 나는 두 손을 들고 배에 간신히 뛰어 올랐다. 그 순간이었다.

쉭쉭쉭쉭…….

바람을 가르며 애써 만든 표창이 날았다. 방아쇠를 잡고 긴장해 있던 사내 녀석의 총구에서 총성이 울리기도 했다. 갑판에 쓰러진 녀석들에게서 총기를 회수해 바다에 던져 넣은 혜라가 망원경으로 해안선을 막 돌아나오는 모터보트를 손가락으로 가리켰다. 시체처럼 늘어진 녀석들을 선실에 처넣고 뱃머리 조종실로 들어갔다.

모터보트가 경적을 두어 번 울렸다. 나도 경적을 같은 식으로 반복해 울려주었다. 모터보트가 속력을 줄이더니 강한 후진 엔진을 동작시켰다.

보트가 어선 가까이 왔다. 선실 쪽에서 갑자기 요란한 총성이 들렸다. 모터보트가 갑자기 속력을 높여 옆으로 비켜섰다. 갑판 밑에 갇혀 있던 녀석이 무기를 찾아내어 위험신호를 보낸 것이었다. 총알이 난사되듯 갑판과 선미를 마구 갈겼다. 고성능 탄환이어서 금세 조종실이 박살이 났다. 숨어 있던 혜라가 벌떡 일어나 손을 흔들었다.

총성이 멎었다. 혜라가 갑판 가운데로 천천히 걸어갔다. 선실에 있던 녀석이 내 등 뒤를 겨냥하며 알아들을 수 없는 말을 지껄였다. 나도 별수 없이 선실 밖의 갑판 위에 혜라와 나란히 섰다. 우리를 겨냥하고 있는 모터보트의 총구가 여러 개였다. 한 방 맞으면 산산이 부서질 수밖에 없는 특수 병기 같았다.

"어쩔 수 없는 상황야. 우선 살아놓고 봐야지."

"저 녀석들이 살려줄까?"

내가 빙긋이 웃으며 물었다.

"물건이 우리 손에 있으니까."

"내가 표창을 확인하지 않은 게 실수였어. 설맞은 녀석이 있었다는 걸 몰랐어."

"선실에 무기가 있었다는 걸 몰라서 생긴 일야. 워낙 급했으니까."

"이제 어쩌냐?"

"마구 다루진 않을 거야. 야마모토가 챙겨가지고 튀었다고 우선 둘러붙여. 그리고 기회를 봐야지. 구두 밑창에 감춰둔 걸 잊지 마."

혜라가 만약의 사태에 대비하기 위해 내게 준 다목적 호신 장비를 뜻하는 것이었다.

"상대는 대여섯 명이다. 기회는 많을 테니까 몸을 아껴."

"물건 찾기 전까진 우릴 못 죽여. 그리고 총성 때문에 빨리 자리를 떠야 될 거야. 기관실이 엉망이라 이 배는 더 이상 못 움직일 테고."

"내가 기회를 얻었다 싶으면 무조건 바다로 뛰어들어. 수영엔 자신이 있겠지? 길면 십 분야. 그 동안만 떠 있어."

"내 걱정 말고……."

모터보트가 어선의 옆에 바싹 붙고 총을 든 사내들이 뛰어올라왔다. 나와 혜라를 밧줄로 묶고는 기관실을 점검했다. 모터보트엔 큐와 유다가 상기된 표정으로 우리를 노려보고 있었다. 우리를 모터보트에 옮겨 싣고 해안선을 따라 물보라를 남기며 쾌속으로 내달리기 시작했다. 혜라가 큐와 유다의 말에 뭐라고 대꾸했지만 한마디도 알아들을 수는 없었다.

"속았다고 노발대발이야. 물건은 못 찾더라도 우릴 죽여 없애겠다고 공갈인데. 야마모토가 챙겨가지고 튀었다고 해도 안 믿어. 생혈을 짚어서 살려줬다고 해도 말야."

"특수차량이 비어 있다는 걸 알 텐데?"

"그래도 막무가내야."

"우릴 어디로 데려간다는 거지?"

"아직은 모르겠어. 예비 본부가 있겠지. 어선이나 상선으로 위장된 배가 있을 거야."

"야마모토가 눈치를 챘으면 좋겠는데."

"어려울 거야. 만나기로 한 지점까지 뒤도 안 돌아보고 달렸을 테니까. 이들이 얼마나 무서운 집단인지를 그들이 더 잘 아니까."

해안선을 돌아 절벽 길 아래의 작은 휴양지로 들어선 모터보트가 갑자기 속력을 줄였다. 유람선 한 척이 휴양지의 배 턱에 비스듬히 서 있었다. 우리는 다시 유람선으로 옮겨졌다. 한 사십여 명이 탈 수 있는 갑판의 좌석과 선실이 준비되어 있는 비교적 깨끗이 단장된 배였다. 유람선에도 서너 명의 패거리가 있었다. 상대적으로 상대할 사내들이 많아진 셈이었다.

"물건이 있는 곳을 대지 않으면 다혜를 죽이겠대. 당신이 보는 앞에서 직접."

"그럼 시간은 벌겠구나."

"아니지. 한 시간 이내에 다혜를 데리고 올 수 있대."

"예상대로구나. 나를 옭아놓기 위해서 계속 끌고 다녔을 거라는 게."

"이 사람들이 누군데……."

유람선은 다시 바다 쪽으로 미끄러져 나갔다. 한곳에 오래 정박할 수 없는 이들의 사정 때문이겠지만 육지와 멀어지는 일은 우리에게 점점 더 불리해지는 것이었다.

"타협하겠대. 애초 약속한 금액의 두 배를 주고 다혜와 나까지 무사히 보내주겠대."

"그런 조건이라면 당연히 응해야지."

"어리석은 생각야. 물건만 찾으면 그 순간에 당신은 죽게 돼."

"흥정하는 체라도 해야 할 거 아니냐."

"그야 물론이지."

"다혜를 이곳으로 데려오는 게 우리에게 불리하지 않을까? 만약의 경우에 다혜라도 살아 있게 해야잖아."

"당신 차암…… 독해. 나는 그럼 죽어도 괜찮다는 거야?"

엉겁결에 던진 말이었는데 혜라가 분한 표정으로 말했다.

"그런 뜻이 아니고 우리가 행동하는 데 제약을 받지 않겠느냐 이 말이다."

"아무래도 좋아요. 다혜는 벌써 이곳으로 오고 있어요."

혜라는 시간을 벌기 위해 흥정에 응하는 척 말씨름을 하고 있었다. 그녀의 얼굴에 기관총을 겨누고 있는데도 아주 당당하게 말대꾸를 하고 있었다. 중간중간 말을 끊고 내게 딴소리를 하고는 또 그들과 말씨름을 하곤 했다. 그녀의 작전이리라.

다혜가 오면 다시 흥정을 하자는 식으로 그들은 배짱을 부렸다. 그들의 속셈을 나는 짐작하고 있었다. 내 앞에서 다혜의 옷을 하나씩 벗겨가며 흥정을 하려고 하겠지. 내가 그녀를 얼마나 사랑하고 있는지를 아는 그들이기 때문에 가장 확실한 흥정은 그것이리라.

생각만 해도 가슴이 부르르 떨리는 일이었다.

선실의 구석 쪽 구명대 보관하는 작은 방에 우리를 처넣고 문고리를 채우는 소리를 들었다. 앉은 키보다도 낮은 선반이 매달려 있어서 행동하기가 여간 불편하지 않았다.

"구두를 벗어."

혜라가 작은 소리로 말했다. 혜라의 소지품과 내 소지품은 모두 뺏고 발목까지 묶어놓아서 자력으로는 풀고 일어날 가망이 없었다. 내가 구두를 벗자 혜라가 무릎걸음으로 구두를 옮겨놓았다. 뒤로 묶인 손이 너무 조여져 있어서 손가락 움직이기도 퍽 힘이 들었다. 구두굽을 힘주어 밀어내고 혜라가 만들어 준 호신용 장비를 겨우 손에 쥐었다.

"이리 줘. 내가 먼저 해줄게."

혜라가 뒤로 묶인 손으로 내 손목을 당겨 잡고 예리한 칼질을 시작했다. 내 손목이 금세 풀렸다. 나는 칼을 받자마자 발목부터 풀었다. 그리고 차근차근하게 혜라의 몸을 풀어주었다.

"표창은?"

"그대로 있어."

"그럼 됐어."

혜라가 가볍게 입맞춤을 했다. 나는 표창을 양쪽 손에 꼬나잡고 숨소리를 죽였다.

"슬쩍 밀어봐."

내 말에 혜라는 문을 살짝 밀었다. 밖에서 문고리를 채운 게 확실했다.

"열릴 때까지 기다려야겠다. 내가 뛰어나가더라도 넌 여기서 꼼짝도 하지 마. 위험하니까."

"알았어. 어쨌든 조심해야 돼. 저들은 무서운 상대야. 아까 기관실이 박살 나는 거 봤잖아. 무서운 무기들야. 한 방이라도 맞으면 박살 나니까."

"알았어. 내 손에 표창이 있는 한 염려 없다."

"그것 보면 나도 현명했어. 당신 신상을 보고하면서 표창을 어디다 숨기는 거는 다행히 말하지 않았거든.”

그녀는 또 뜨겁게 입술을 찾았다. 평소에는 아무리 가벼운 입맞춤이라도 그녀의 입술에는 향기가 있었다. 지금은 달랐다. 사람의 입술이 그렇게 뜨거울 수 있을까 싶게 그녀의 입맞춤은 뜨겁기만 했다. 어디에서 그리도 뜨거운 것이 솟구치는 것일까? 그녀의 몸속에 있는 열기를 모두 합해도 그런 열기를 만들 수는 없을 것 같았다.

신비로운 것이었다.

칼끝을 이빨로 빼내어 밖으로 걸린 문고리를 벗겨내려고 안간힘을 썼다. 소리가 들려서는 안 되는 상황이었다. 난사하는 기관총 세례를 받으면 비명조차 지르지 못한 채 죽을 수밖에 없는 막다른 상황이었다. 안테나처럼 삼단으로 빼낼 수 있는 칼이었지만 문고리를 움직이기에는 여의치 않았다.

“표창으로 밑을 받쳐줘 봐.”

혜라가 힘주어 여닫이문을 받쳐주었다. 약한 햇살이 들어왔고 문고리가 그 틈으로 보였다. 나는 조심스럽게 고리를 벗겨냈다. 소리 나지 않게 문짝을 들어 올리고 천천히 열었다. 선실 안엔 한 사람도 없었다. 모터보트 소리가 요란한 것으로 미루어 다혜를 태운 배가 근접하고 있는 것 같았다. 화약 상자와 무기를 넣어두는 진열대가 구명대 옆에 나란히 놓여 있었다. 혜라가 기관총을 쥐고 싱긋 웃었다.

“넌 저 안에 숨어 있어. 나오면 안 돼.”

"돕고 싶어."

"방해만 돼. 싸울 땐 혼자가 편해."

"혼자서……, 괜찮겠어?"

"그래."

만약의 경우가 닥치더라도 혜라만큼은 살려두고 싶었다. 그녀에게 죄가 있다면 나를 감싸고 돈다는 것뿐이었다. 비밀도 많고 사연도 많은 여자, 빼어난 미모에 총명하기까지 한 여자였다. 어쩌다 이런 조직의 마수에 걸려 나와 동행하는 처지가 되었지만 정열적으로 사랑할 가치가 있는 여자였다.

배가 흔들리고 모터보트 소리가 사라진 것으로 보아 다혜 일행이 배에 오른 것 같았다. 나는 선실과 갑판이 연결되는 계단을 조심스럽게 올라섰다. 유람선이어서 두꺼운 색유리로 치장을 해놓은 갑판과 선실의 모습이 눈에 들어왔다. 큐와 유다는 정면의 등의자에 앉아 담배를 피우고 있었고 경비원들은 그 주위에 서 있었다. 어림잡아도 열두서너 명이 되었다. 내가 사용할 수 있는 표창의 수보다 인원이 더 많았다. 한 개라도 잘못 던지면 도리어 내가 당할 판이었다.

갑판 쪽 문을 밀면서 문 옆에 있던 두 녀석은 양쪽 팔꿈치로 급소를 때려눕혔다.

쉭쉭쉭쉭…….

정신없이 표창이 날았다. 쓰러진 녀석을 확인할 겨를도 없었다. 모터보트에서 마악 올라섰던 다혜가 납작 엎드렸다. 무기를 갖지 않은 큐와 유다만 남겨놓고 나머지 녀석들은 모두 쓰러져버렸다. 총 쏠 틈이나 움직일 사이 없이 표창이 정확하게 꽂힌 것이었다.

유다와 큐가 벌떡 일어섰다. 그 순간 등 뒤에서 요란한 총성이 들렸다. 내가 서 있던 갑판에 주먹만 한 구멍이 대여섯 개가 뚫렸다. 갑판 모서리에서 두 명의 사내가 내게 총을 겨누고 있었다. 손에 든 표창은 한 개뿐이었고 돌아선 상태에서 아무래도 총알이 빠르다는 걸 알았다. 멈칫하고 손을 들었다. 큐와 유다가 느긋하게 옆구리에서 무성 권총을 꺼내 들었다.

다혜를 세워놓은 채 원피스 자락을 부욱 찢었다. 시미즈와 속살이 드러났다. 다혜의 얼굴은 백지장처럼 하얬다.

총성이 들렸다. 나를 겨누고 있던 경비원이 쓰러졌다. 혜라가 뛰어나왔다. 그녀의 손엔 기관총이, 아직도 연기가 나는 기관총이 힘주어 쥐어져 있었다. 혜라가 뒤쪽 문을 열고 경비원들을 쓰러뜨린 것이었다.

"옷 입어요."

혜라가 소리쳤다. 다혜가 털썩 주저앉아 옷을 입었다. 내가 달려가 다혜를 안았다.

또 총성이 울렸다.

이번엔 혜라가 쓰러졌다. 그 순간 나는 한 개 남은 표창을 큐에게 던졌다. 다혜 때문에 방심한 틈을 이용해 혜라를 쓰러뜨린 것이었다. 유다가 땅에 떨어진 총을 줍기 위해 엎드리는 순간 나는 녀석의 목덜미를 되게 갈겼다.

"총을 전부 바다에 던져. 어서!"

다혜는 시키는 대로 바닷속에 주섬주섬 내던졌다. 혜라를 안아 일으켰지만 이미 숨을 거둔 뒤였다. 이마에 한 발 가슴에 두 발을 맞았다. 혜라는 말 한마디 못하고 저승길을 잡은 것이었다. 나는 그녀의 가슴을 헤집었다. 다혜가 물끄러미 쳐다보고 있었다. 메모지와 작은 열쇠 두 개가 나왔다.

다혜가 있을 만한 곳의 약도와 서울의 아파트 열쇠였다. 자신에 얽힌 비밀 노트와 부모와 오빠에 관한 기록, 자신의 과거를 낱낱이 기록한 일기장이 어디에 있는지를 밝히는 메모였다. 그 메모지 끝에는 나를 정말 사랑한다는 것과 자신의 한을 풀어달라는 내용의 간결한 얘기가 또렷하게 적혀 있었다. 열쇠를 챙겨 넣고 메모지를 다혜에게 내밀었다. 다혜는 고개를 마구 저었다. 넋 나간 사람 같았다.

왜 가슴이 이렇게 아픈지, 왜 이렇게 가슴이 찢어지듯 서러운지 알 수가 없었다.

큐의 왼쪽 어깨에서 표창을 빼고 유다의 사혈을 풀었다. 생각 같아서는 한 방씩에 저승길로 보내고 싶었지만 눌러 참았다. 내겐 할 일이 너무나 많았다. 다혜에게 통역을 부탁해 큐와 유다의 죄를 추궁하고 싶었지만 그런 절차마저 귀찮아졌다. 울고 싶었다. 혜라는 나와의 약속을 지키기 위해, 나와 다혜를 살려내기 위해 자신의 목숨을 버린 것이었다. 말로는 목숨을 던지기 쉽지만 행동으로 보여줬다는 것은 충격이었다. 혜라는 살 수도 있었다. 내 술수에 걸려들어 할 수 없이 나를 따라다 닐 수밖에 없었노라고만 하면 살 수가 있었다. 그녀의 진하디 진한 사랑을 읽고 있는 내 가슴은 몹시 아팠다.

다혜가, 내가 그처럼 끔찍하게 사랑하는 다혜가 나를 위해 혜라처럼 죽어줄 수 있을까? 물론 내가 여기까지 달려온 것은 목숨을 건 것이었지만 다혜를 위해 정말 죽을 수 있는지는 자 신 있게 대답하기 어려운 것이었다. 사랑의 힘이란 죽음을 불 사할 수 있는 것이지만 정말 죽음을 앞에 놓고 흔쾌할 수 있는 성질의 것은 아니었다.

나는 혜라 앞에 무릎을 꿇었다.

하느님. 사랑의 힘을 알았습니다. 부디 혜라를, 가엾은 혜라 를 당신의 오른편 자리에 앉혀주세요. 그녀에게 영생의 기쁨 을 주소서. 간절히 바라고 바라는 일입니다. 그녀의 죽음이 헛 되지 않게 살 수 있도록 제게 힘을 주소서.

큐와 유다를 거꾸로 매달아 바닷물 속에 네댓 차례나 넣었 다가 꺼냈다. 짠 바닷물을 잔뜩 들이켠 두 사내는 사색이 되어 빌고 있었다. 성질 같아서는 그대로 죽여도 분이 풀릴 것 같지 않았지만 차마 죽일 수는 없었다. 살생하지 않는 것이 내가 배 워온 것이고 또 그들을 죽인다고 해서 해결될 문제도 결코 아니었다.

"살려만 주면 무슨 짓이라도 하겠대."

다혜가 통역을 해주었다.

"죽이진 않는다. 그러나 내 손이 아닌 정당한 법으로 죽는 건 그들의 죗값 때문이다. 그리고 분명히 알아야 할 것은 내가 한국인이란 사실이다. 그래서 난 끝까지 비열하게 대하진 않겠 다. 너희 일본이나 소련처럼 힘 믿고 비열한 짓을 하듯 했다면 벌써 잘살고도 남았다. 이 얘길 분명히 전해줘."

다혜가 불어로 내 얘기를 옮겼다. 사내들이 간신히 고개를 끄덕였다.

나는 큐와 유다가 보는 앞에서 이들의 범죄에 대한 물증이 될 만한 것을 빼놓고 나머지 마약을 모두 바다에 처넣어버렸다.

"나머지는 경찰에 넘기겠다. 그리고 값진 보물들은 모두 아 프리카의 굶주린 사람들에게 보내겠다. 물론 그 가운데 본래 한국의 것, 청자나 백자, 탱화 같은 것은 내 손으로 가져가겠 다. 그 이상 나는 단 일 원어치도 갖지 않겠다. 통역해라."

다혜가 내 말을 전했다. 아쉬움이 남는 눈초리였다.

"경찰에 넘기지만 않으면 이 사람들이 가지고 있는 재물을 다 내놓겠대."

"지옥에 가서 실컷 쓰라고 해."

야마모토 일행도 내 제안에 그대로 수긍을 했다. 놀아본 가 락이 있어서 내 뜻을 쉽게, 아깝지 않게 수락한 것이었다. 야마모토 일행이 큐와 유다의 범죄 사실이 얼마나 악랄한가 하는 증명 자료들을 함께 경찰에 넘기기로 하고 우리는 자리를 떴다.

안내원은 내 의사대로 혜라의 시신을 화장해 줄 만한 곳을 찾아주었다. 장작더미와 기름과 혜라가 마지막으로 입고 갈 옷가지들이 마련되었다. 화장터는 통상 기름불로 화장을 하지만 내 특별한 주문대로 장작불로 화장해 주기로 약속이 되었다.

시신이 타고 있었다.

나는 울음을 삼켰다.

기도를 했다.

하루 종일 나는 굶은 채 기다렸다. 다혜한테는 미안한 일이었지만 혜라와의 약속을 지키기 위해선 그럴 수밖에 없었고 또 그것이 내 진심이었다. 다혜도 이해해 주리라고 믿었다.

한 줌의 재가 하얀 나무 상자에 담아져 나온 것은 지중해의 햇살이 완전히 기운 어둑어둑할 무렵이었다. 그때까지 내 곁을 지켜준 안내원과 야마모토 일행과 납골 정리하는 인부들은 모두 고개를 숙였다.

악수를 나누고 헤어졌다. 다음에 만날 것을 기약했지만 마음은 한없이 어둡기만 했다. 나 때문에, 나를 위해 죽은 여인의 유골 한 줌을 가슴에 안고 어두운 지평선을 쳐다보았다.

눈물이 사정없이 쏟아지고 있었다.

내가 이렇게 진한 눈물을 흘려본 적은 없었다. 차라리 내 팔이나 다리 한 짝을 잃었다면 이렇게 서러워하진 않았을 것 같았다. 그녀의 말이 자꾸 떠올랐다. 영혼결혼식과 죽은 날만큼은 재 뿌린 강가를 찾아와달라는 소리와 나를 정말 사랑한다던 그 생생한 목소리가.

영혼결혼식

"찬이는 참 독한 데가 있어."

공항에 나가기 위해 서두르고 있는 내게 다혜가 던진 말이었다. 왜 그런 말을 하는지 나는 짐작하고 있었다. 엊저녁부터 지금까지 몇 마디 말, 꼭 필요한 말 외엔 굳게 입을 닫아걸고 있기 때문이기도 했고 유골이 담긴 상자를 한시도 놓지 않은 채 안고 있는 것이 너무 지나쳐 보인 것 같았다. 웬만하면 오랜만의 해후여서 한방에서 자자고 떼를 쓸 게 빤한 내가 아예 호텔 방을 따로 잡는 것이라든지 아침 식사 때도 유골 상자를 안고 내려와 심각한 표정으로 식사를 하는 것이 너무 지나치다고 생각하는 것이었다. 다혜도 이해를 못하는 것은 아니었다. 그녀가 생명의 은인이라는 것과 다혜와 나를 살려내기 위해 여러 가지로 희생을 치렀다는 것을 분위기로도 알았고 야마모토나 안내원의 입을 통해서도 알고 있었다.

아무리 그렇더라도 내 행동이 아무리 좋게 보아주려고 노력해도 지나치다는 것이었다. 죽은 혜라에 대한 예의를 갖추는 것도 정도껏 하고 여러 날을 납치 상태로 고생한 다혜의 입장도 웬만큼은 생각해 주어야 하는데 내 태도로 미루어 죽은 혜라와 보통 인연이 아닌 것 같다는 뜻도 얼핏 비추었다. 변명하고 싶지도 않았다. 내가 말을 늘어놓는 것은 죽은 혜라를 모독하는 것밖에 안 된다는 내 판단 때문이었다.

"내가 죽었어도 그래줬을까?"

대꾸하지 않는 내가 미웠던지 이렇게 시비조로 말을 걸었다.

"물론이다."

"혜라 씨의 희생이 얼마나 값진 거라는 건 알아. 그런 걸 모르는 소갈머리 없는 여자는 아냐. 난 지금 지쳐 있어. 누구한테든 위로받고 싶어."

다혜의 눈빛엔 슬픈 표정이 가득 담겨 있었다.

"다 집어치우고 고향이 있는 땅으로 가자. 내가 이따위 짓을 계속하는 한 넌 또 표적이 될 수가 있어. 그러나 내 목숨이 붙어 있는 한 비열한 무리들과 타협하거나 모르는 척 외면하면서 살지는 않겠어. 나 때문에 오랫동안 다혜가 얼마나 고생을 했는지 모르는 게 아냐. 공부를 더 하고 싶다면 서울에 가서 하면 될 거 아니냐. 꼭 파리에서 공부해야만 학문적인 승부를 보는 것은 아니잖느냐 말이다. 이번 기회에 정리를 하고 가자. 불안해서 다혜를 여기에 두고 못 가겠다."

"이제 얼마 남지 않았어. 공부란 평생을 하는 것이지만 여기서 밟을 과정은 거의 끝나가고 있어. 지금 논문 준비 때문에 정신이 없어. 난 죽어도 여기서 끝내고 가겠어. 처음엔 일종의 도피도 포함되어 있었던 건 사실야. 우리 집에서 너무 찬이를 반대하니까 악착같이 고집을 부렸던 것도 사실야. 그러나 이젠 그런 자질구레한 것들과는 상관없이 공부하고 있어. 논문이 끝나면 찬이가 오지 말라고 해도 갈 거야."

우리는 서로의 마음을 읽고 있었다. 다혜와 나는 지칠 대로 지쳐 있었다. 뒷수습을 하자면 여러 날 그리스에 남아 있어야 했지만 야마모토와 안내원에게 뒷일을 부탁하고 한시라도 빨리 이곳을 빠져나갈 궁리만 했다. 엄청난 가격으로 매매된 보화들을 포장된 상태대로 그냥 전달하는 문제에서부터 수고한 사람들에게 보상하는 방법까지도 모두 일임해 버렸다.

신문마다 요란하게 지하조직들의 대전투를 다루었고 조직의 두목들이 모두 체포된 것과 세계적으로 가장 덩치가 큰 지하조직 가운데 비교적 온건적 성격을 지녔던 그룹이란 소개도 있었다. 수수께끼로 남는 문제가 지하 전쟁의 쟁점이 되었던 막대한 재물의 행방이라는 발표를 읽으며 나는 묘한 웃음을 품었다. 신문마다 막대한 재물의 추정 액수가 달랐다. 양쪽 두목의 표현대로라면 감쪽같이 제삼자의 손으로 넘어간 것 같다고 했다. 경찰 쪽의 제공에 의하면 익명의 제보자가 전화로 아프리카의 굶주린 사람들을 위해 재물을 한 푼도 남김없이 내놓겠다는 연락을 받은 것으로 알려졌다고 했다.

매스컴마다 가장 큰 의문은 그 막대한 재물이 어디에 숨겨져 있으며 누가 가로채어 감쪽같이 숨겨둘 수 있느냐는 것이었다. 세계적인 무시무시한 지하조직끼리의 혈투에서 감히 생사가 걸린 그 재물을 빼돌린 채 유유히 사라진 조직은 누구이며 그렇다면 재물을 한 푼도 남김없이 내놓겠다는 것은 도피하기 위한 술수에 불과할 수밖에 없다는 것이었다. 한 사건의 단일 재물로선 역사 이래 가장 큰 액수의 재물이 될 이번 사건의 배후엔 아무래도 흑막이 있을 것 같다는 것이었다. 재물의 목록은 이미 지하조직의 비밀문서에서 발췌되어 어마어마한 재물이란 걸 당국에서도 알고 있었다.

여러 갈래의 추측 기사 가운데 유독 눈에 뜨이는 것은 막대한 재물을 지하조직으로부터 가로챈 것은 동양인일 거라는 것이었다. 비밀을 지키기로 약속한 그리스인 가운데 일부가 그 정도의 발설은 해도 되는 거라고 생각한 것 같았다.

"잠깐이라도 좋으니 한국에 가서 쉬었다가 와라. 지금 그 정신으로 심란해서 논문이 되겠냐?"

"차라리 이대로의 나를 실험해 보고 싶어."

공항으로 들어서기 전에 디혜는 이렇게 질라 밀했다. 우리 사이는 참으로 서먹서먹한 사이가 되었다. 그녀의 표정도 굳어 있었다. 내 표정도 밝질 못했다. 혜라가 살아 있었다면 어땠을까 하는 생각을 해보았다. 어쩌면 더 답답한 상황이었을지 모른다. 두 여자가 얼굴을 맞대고 앉아 있는 것은 보기도 민망했을 터이고 두 여자가 마음이 통해 이런저런 얘기를 하고 있다면 더더구나 난망한 입장일 것 같았다. 혜라는 솔직하게 자신의 마음을 털어놓고 양보해 달라는 말을 했을 것이고 다혜는 말대꾸 한마디 없이 나와 결별을 선언했을지도 모른다. 다혜를 남겨두고 혜라와 함께 비행기를 타더라도 혜라의 끈질긴 집념에 내가 어떻게 대처할지 난감했을 것만 같았다.

"난 너를 사랑해. 너는?"

먼저 내가 물었다. 파리 시가지가 내려다보이는 곳이었다. 공항에 도착하면 나는 바로 수속을 밟아 한국으로 갈 거고 다혜는 하던 공부를 마무리 짓기 위해 파리에 남게 될 그런 이별의 시간이었다.

"정말 모르겠어."

다혜가 외면한 채 겨우 한 말이었다.

"지금 네 심정은 알아. 나도 할 말은 없어. 그러나 공치사 같은 말이지만 꼭 이 말만은 하고 싶다. 나 때문에 네가 고생한 건 사실이지만 내가 여기까지 달려온 건 너를 살리기 위해서였다. 무슨 짓을 하더라도 너만은 살리고 싶었다. 내가 비열한 인간이 되든 국제적인 지하조직의 괴수가 되든, 아니면 비행기 납치범이 되어 사형이 선고되는 한이 있더라도 너만은 정말 살리고 싶었다. 그래서 행여 네 마음에 괴로운 일이 있었을지 모른다. 그런 일이라면 널 살리기 위해 거절할 수 없었던 하나의 과정이었다는 것을 알아다오. 내가 여길 오지 않고 해결할 수도 있었다. 내가 여기까지 온 것은 내 목숨을 걸고 널 사랑했기 때문이었다. 물론 너도 짐작했을 거고 눈치로 알았을 거다. 네가 인질로 잡혀 있을 때, 내가 얼마나 위험한 지경이었는지를 알았을 거다."

"그건 알아. 눈물겹도록 고마워하고 있어. 공치사가 아니라는 것도 알아. 나한테 다 말해 준 사람이 있어. 찬이가 나를 구하기 위해 얼마나 위험한 짓을 시작했는지 알았을 때 솔직한 심정은 차라리 내가 자살을 해버리면 찬이가 그런 짓까지는 않을 거 아니냐는 생각을 했어. 그러나 난 찬이를 믿었어. 악착같이 살아야 한다는 생각을 했어. 죽을 용기라면 살아보자고……. 그 마음이 사라진 건 아냐. 다만……, 이래선 안 되는 줄 알지만 여자 마음이어서 그런지 자꾸 혜라 씨라는 그 여자가 마음에 걸려. 물론 그 여자는 죽었어. 우리를 위해서. 그러나 살아 있는 것보다 나는 더 겁이 나. 찬이 마음이 얼마나 아플까를 생각하기도 해. 깊이는 모르지만 착하고 멋진 아름다운 여자라는 건 들어서도 알아. 찬이와 어떤 사이였다는 것도 알고 있었어. 나를 살리기 위해 찬이가 그럴 수밖에 없었다는 건 알지만……. 그래도 내 마음은 그렇지가 않아. 나도 이런 말 하면서 아파."

"분명히 말해서 잘못한 게 있어. 용서하고 안 하고는 다혜의 선택야."

나는 이렇게 말하고 다혜의 손을 잡았다. 차갑지도 따스하지도 않았다.

"네게 그런 선택의 여지가 있는지도 생각해 봐야겠어. 좌우간 난 지금 아무것도 모르겠어. 좀 더 시간을 갖고 생각해 봐야겠어."

"그래. 난 어느 것도 강요할 수 없어. 내 마음을 알아줬으면 하는 것뿐야. 어쨌거나 난 너를 사랑해."

다혜는 창가만 바라보고 있었다. 여러 가지 복잡한 상념이 그녀를 괴롭히고 있으리라는 건 짐작하고도 남았다. 비행기가 착륙했지만 그녀는 미동도 하지 않은 채 창밖만 바라보았다.

"내려야지."

그제서야 몸을 일으켰다. 금방이라도 쓰러질 것 같았다. 여러 날 햇살을 보지 못한 탓도 있겠지만 몸과 마음이 몹시 지쳐 있어서 모든 게 귀찮은 것 같았다. 창백한 얼굴, 가녀린 손, 슬픔이 역력한 눈빛이 모두 그랬다.

아쉬운 작별이었다.

수속을 밟아 한국행 비행기에 탑승할 수 있도록 여러 가지 편의를 알선해 준 다혜는 탑승할 시간이 되자 말없이 손을 내밀었다. 그녀는 보자기에 싼 상자에게 가볍게 묵례를 하기도 했다. 그녀의 찬 손을 꼭 쥐었다.

"내게 해줄 말 없어?"

"지금은 없어."

"이 바보야. 사랑한단 말을 그렇게 못하겠냐?"

다혜는 싱긋 웃기만 했다. 상자를 옆에 낀 채 그녀를 가볍게 안았다. 피하지는 않았지만 달가워하는 눈초리도 아니었다.

"좋아. 내 오기가 어떤 건지 보여줄게. 넌 내 곁에서 도망가지 못해. 내 영혼이라도 널 따라댕길 거니까."

"호홋……."

다혜가 싱겁게 웃더니 내 등을 떠밀었다. 나는 쇠고리를 내리기 전에, 그 한국행 비행기의 마지막 손님으로 탑승 수속을 마칠 수 있었다. 이젠 다혜가 보이지 않았다. 볼 수도 없었다. 한국행을 포기하고 뛰쳐나가기 전엔 그녀를 볼 수가 없었다. 그녀를 두고, 슬픈 눈빛의 그녀를 두고 이대로 떠나야 하는 것은 참으로 가슴 아픈 일이었다.

이륙하는 비행기 안에서 나는 내 험난한 인생을 생각했다. 다혜를 포기할 수 있는 배짱만 있었다면 내가 이렇게 고통스럽게 살지 않아도 될 것 같았다. 내가 마음만 먹으면 세상을 편하게 즐기며 살 수가 있었다. 지금이라도 마찬가지였다. 혜라의 유골이 들어 있는 상자를 버리고 똘똘한 녀석들 몇 명만 데리고 다니면 어딜 가도 황제 같은 대접을 받으며 살 수기 있었다. 내가 원하기만 하면 돈도 굴러들어올 테고 내가 눈짓만

해도 밤새 시중들어줄 선녀 같은 계집애들이 줄을 설 것이고 내가 마음만 먹으면 어렵지 않게 살 수 있는 방법은 얼마든지 있었다. 황태자 클럽 애들이나 귀하신 몸들이 나를 가리지 않고 쌍수를 들어 환영해 줄 것이다. 내가 나서서 못난 짓을 할 필요도 없었다. 그저 모르는 체만 해도 돈이 굴러들어올 것이기 때문이었다. 떼돈이 필요하면 일본 같은 데 가서 한두 녀석만 때려눕혀주면 될 것이고 세상이 깜짝 놀랄 만큼 돈을 쥐고 싶으면 세계적인 지하조직 하나만 박살 내면 되는 것이었다. 세계적인 미녀를 업어올 수도 있고 아방궁 같은 것을 지어 황제 시늉이라도 낼 수가 있었다.

아직도 내 꿈은 황제가 되는 것이었다. 비열한 방법이 아니라 정정당당하게 황제가 되는 방법이 없기 때문에 이러고 있을 뿐이었다. 남들이 모두 내 꿈은 허망한 거라고, 부황기 있는 거라고 단정하리란 것도 물론 알고 있었다. 그러나 비열한 짓으로 자리를 차지한 자들의 최후가 어떻다는 걸 우리는 너무나 잘 알고 있다.

스무 시간 가까이 하늘을 나는 동안 나는 두 끼의 기내 식사만 하고 내리 눈을 감고 있었다. 앞으로 어떻게 살아야 하는가를 생각한 것이었다. 다혜가 만약 내 곁을 영영 떠난다면 내 정신적 의지는 흔들릴 것이고 한때겠지만 방황할 것이다. 내가 과연 다혜 말고 다른 여자를 사랑할 수 있을까?

어둑어둑 땅거미가 내려앉은 김포 가도를 질주하고 있었다. 짐이라고 해봤자 손가방 작은 것 하나에 작은 상자 하나뿐이어서 쉽게 공항을 빠져나올 수 있었다. 상자를 열어보고 싶어 하는 직원에게 나는 서슴없이 유골 상자라고 말했다. 유골 상자를 들고 내린 나를 의아하게 생각하는 직원에게 내가 한 말은 시신을 싣고 올 수가 없어서였다는 것뿐이었다. 지금, 혜라가 말한 혜라 소유의 아파트로 달려가고 있는 것이었다. 꽤 소문난 아파트여서 택시 운전사에게 길게 설명할 필요가 없었다. 여자 혼자 그렇게 큰 아파트를 소유할 필요가 없을 터인데 혜라는 편하게 살기 위해 아파트를 샀다고 한다.

캄캄한 방이었지만 열기가 가득한 아파트였다. 불을 켜고 찬찬히 살펴보았다. 주인 없는 집이지만 장식이며 치장이 혜라의 성품을 대번에 읽을 수 있을 만큼 단조로우면서도 우아했다. 유골 상자를 올려놓고 그녀가 말한 서랍을 열었다. 두툼한 부피의 일기장과 몇 가지의 패물과 서류 봉투가 정돈되어 들어 있었다.

가슴 떨리는 순간이었다.

앉은자리에서 다 읽고 일어설 수 없는 분량이었다. 최근 몇 년 동안 써온 것으로 매일매일의 기록이 아니라 며칠에 한 번, 어떤 때는 열흘 이상 건너뛴 날짜를 볼 수가 있었다. 혜라가 어째서 내게 일기장을 남겨주었는지는 아직 알 수가 없었다. 짐작건대 나를 정말 사랑했다는 호소가 그 안에 들어 있을 것 같았다. 오늘 밤 안으로 다 읽을 수 있는 분량이 아니었다. 내일은 아침 일찍 그녀가 원한 대로 그녀의 고향 옆으로 흐르는 금강 줄기에 유골을 뿌려주기 위해 내려갈 심산이었다.

그녀가 누웠을 널찍한 침대에 누워 뒷장에서부터 거꾸로 읽어 내려가기 시작했다. 앞장은 오래전에 쓴 것이지만 뒷장은 비교적 최근에 쓴 것이서 호기심이 더 가는 곳이었다. 오늘 밤 아주 푹 자고 내일 일찍 금강 줄기가 있는 공주까지 달려갈 생각이었는데 일기장을 펴 든 순간부터 잠들기는 틀렸다는 생각을 했다.

나는 메모지를 펼쳐놓고 중요한 것은 적어나갔다.

혜라의 아버지는 혜라의 말처럼 살아 있는 사람이 아니라는 걸 알았다. 혜라의 아버지는 전직이 화려한 고관대작이 분명했고 타국 땅에서 이미 죽은 지 몇 해가 되었다는 사실을 읽을 수 있었다. 아버지가 아직도 눈을 감지 못했을 거라는 구절이 여러 번 반복되고 있었다.

혜라 아버지는 고관이었고 어찌 되었든 많은 재산을 가지고 있었다. 정부의 고관으로서는 그만한 재산을 자신의 이름으로 소유하기 곤란했기 때문에 가까운 친척들 명의로 등기를 해둔 것으로 명시되어 있었다. 문제는 친척들이 혜라의 아버지가 급사한 뒤에 철저하게 오리발을 내밀어서 혜라의 오빠 민대식이가 잃게 된 재산을 찾기 위해 지하조직과 손을 잡게 되었고 그 바람에 민대식은 역으로 희생자가 되었다는 것이었다. 오빠의 한을 풀어주기 위해 혜라가 나섰다가 자신도 마수에 걸려들어 그 지경까지 가게 되었다는 사실을 상세하게 적어두었다. 친척들의 동태며 잃게 된 재산의 처리 과정이며가 너무 상세해서 마치 방대한 논픽션을 읽는 기분이었다.

물론 아버지가 정부의 고관으로 어떻게 그 많은 재산을 모을 수 있었는지에 대한 기록은 한마디도 없었다. 다만 청렴해야 할 아버지가 재산을 친척들 이름으로 위장해야 할 만큼 구린 데가 있었을 거라는 회의적인 얘기가 가끔씩 드러나는 대목은 있었다. 아버지가 받는 월급과 판공비 그리고 도와주는 주변 사람들의 성분으로 미루어 그렇게 많은 재산을 모을 수 있다는 건 우리나라가 안고 있는 구조적 모순의 한 단면이며 다른 고관대작들의 재산도 마찬가지 방법으로 위장 분산되어 있을 거라는 추리를 하기도 했다. 권력을 이용해 쌓아놓은 그 재산이 아버지의 죽음으로 인해 그렇게 철저하게 빼앗기는 것은 일종의 인과응보이겠지만 너무나 양심 없는 친척들과 가까운 친구들의 몰염치는 반드시 단죄되어야 한다는 게 혜라의 주장이었다.

혜라 아버지는 청렴한 고관으로 소문이 났던 인물이었다. 청렴을 말할 때 사람들 입에 대표적으로 거론되던 강직한 인사였다. 그런데 혜라의 일기장 속에 나타난 것은 청렴조차 위장된 것이었다.

나는 착잡한 심정으로 메모지에 친척과 친구의 이름을 메모해 나가기 시작했다. 참으로 웃기는 세상이었다.

　새벽녘에 잠깐 잠이 들었지만 깊은 수면을 취할 수가 없었다. 오랜 시간을 정신적이든 육체적이든 시달려왔지만 마음 편히 잠들 여유가 내겐 없었다. 전화를 걸어 성근이 녀석을 불렀다. 내가 운전을 하고 공주까지 달려갈 엄두가 나지 않아 침착하게 운전을 하고 비교적 여유가 있어 좋은 차를 가지고 다니는 성근이를 부른 것이었다. 일기장을 가방에 챙기고 잡다한 서류와 다른 기록들도 챙겨 넣었다. 이 아파트는 혜라의 잔정이 잔뜩 묻어 있어서 내게 이상스럽게 아늑함을 주었다. 다혜와 그렇게 헤어질 수밖에 없었던 내 마음을 그녀가 이해해 줄지 모르지만 언젠가는 내 심정을 헤아려주리라는 기대를 걸고 있었다.

　앉은뱅이책상 위에 냉수 두 그릇을 떠다 양쪽으로 나누어 놓았다. 혜라의 사진이 담뿍 웃고 있었다. 생시의 밝은 웃음이 연상될 만큼 천연색 사진은 그녀의 모습을 생생하게 보여주었다. 지금은 한 줌의 재밖에 없지만 불과 얼마 전까지만 해도 예쁘고 활달한 모습으로 내 곁을 지켜주었던 여자였다.

　사진틀을 앉은뱅이책상 위에 조심스럽게 얹었다.

　혜라, 약속을 지키겠다.

　나는 이렇게 말했다. 그녀가 나를 위해 죽게 되면 영혼결혼식을 올리겠다고 약속했었다. 내가 사랑하는 여자는 다혜지만 혜라는 분명히 나를 위해 죽은 여인이었다. 얼마든지 살 수 있었던 여자, 그러나 나를 진정으로 사랑했기에 목숨으로 나를 구한 여자였다. 다혜에게 죄스러운 일이지만 나는 혜라와의 약속을 지킬 수밖에 없었다. 밤새 많이 생각했다. 이미 세상에서 사라진 여자, 내가 결코 사랑하지 않는다는 걸 알고 떠난 여자이기에 영혼결혼식을 올리지 않고 그녀가 원한 대로 금강 줄기에 그녀의 마지막 육신인 한 줌의 재를 뿌려주는 성의로 대치할 수도 있는 일이었다. 더구나 난 아직도 다혜만을 사랑하고 있다.

그러나 나는 혜라와의 약속을 지킬 것이다. 나중에 다혜에게 사실대로 고백하고 설사 그 일 때문에 영원히 갈라서더라도 내가 남의 목숨과 맞바꾼, 내 입으로 약속한 것을 깨뜨릴 수는 없었다.

양초를 찾아 불을 밝혔다. 사진틀의 혜라는 여전히 환하게 웃고 있었다. 나는 그 앞에 큰절을 하였다.

혜라, 약속을 지키기 위해 영혼결혼식을 지금 하고 있소. 고이, 편히 잠드시오. 내게 보여준 그대의 사랑은 기억하겠소. 부디 극락왕생하소서.

영혼결혼식이란 걸 한 번도 본 적이 없어서 어떤 절차가 필요한지 알 수는 없었다. 그래서 어려서 본 구식 결혼식에서 신랑과 신부가 상을 놓고 몇 번인가 마주 절하던 모습을 연상해서 세 번이나 큰절을 했다. 어떤 격식보다는 혜라도 내 성실한 약속의 이행을 원하리란 생각을 했다.

사진을 제자리에 옮기고 상을 치웠다. 기분이 묘해졌다. 아무도 본 사람이 없는 영혼결혼식이었지만 죽은 여인의 지아비가 되었다는 것은 쉽게 잊기 어려운 비밀을 간직한 것이었다.

특별한 지원

성근이는 아파트 마당에 차를 세워놓고 내 표정부터 살폈다. 하얀 보자기 하나를 덜렁 들고 내려오는 내게 궁금한 듯 물었다.

"뭡니까?"

"알 거 없다."

"몹시 궁금했는데……."

"그런 얘긴 차차 하자. 여러 날 잠을 못 자서 피곤하니까 나를 공주의 금강까지만 데려다줘라."

"저하고 같이 올 거 아닌가요?"

"한 시간쯤 있다가 올 거니까 기다려야지. 그사이 오가며 잠 좀 잘 테니까 막 몰지 말고."

"형님 거동이 어째 심상찮습니다."

"잠을 좀 자면 괜찮을 거다. 신경 쓰지 말고 운전이나 잘 해라."

"제 운전 솜씨 아시면서……."

성근이 녀석은 시동을 걸고 경쾌한 속도로 차를 몰았다.

"오래 떠나 있었더니 세상일이 궁금하다. 라디오나 듣자."

"들을 것 없어요. 세상일 모른 채 눈 따악 감고 귀 틀어막고 사는 게 가장 잘 사는 것 같애요."

"선거 얘기냐?"

"독극물 협박 사건에다 폭파 협박에다 개판 치는 선거 열기에다……. 세상에 잘난 치들은 그쪽에 죄 몰려 있더군요."

"나도 엊저녁에 잠깐 텔레비전 봤다만 방송 책임자가 국민 우롱죄로 곤장을 맞든지, 국민 우롱하고도 뱃심 좋게 살아 있는거 보면 필리핀이나 우간다 같은 나라로 수출해서 왕초 시키면 되겠더라. 어떻게 그따위로 편파적인 보도를 할 수가 있단 말이냐. 도대체 누구한테 잘 보여야 한단 말이냐? 국민한테 잘 보여야지 권력한테 잘 보이려는 그 치졸한 배포를 어째 그냥 두고 봐야 한단 말이냐?"

"형님, 그래서 얘긴데요. 방송 책임자를 걸어서 행정소송을 내면 어떨까 싶어요."

"방송 종사자들이야 무슨 죄가 있겠냐만……. 행정소송을 걸면 건 사람이 다칠 거라고 상상을 하고 미친놈 취급을 하는 세상 돌아가는 꼴이 사실은 더 큰 문제다. 매스컴 건들면 큰코

다칠지 모른다는 자멸감 때문에 참고 참아야 하는 이 풍토가 정말 문제는 문제다."

"형님, 내가 확 저질러버릴까요?"

"아서라. 저지르려면 내가 저질러야지. 네 아버지가 돈 버는 양반이고 너도 사업한다고 뛰는데 행여라도 무슨 일 당하면 풍비박산난다. 나야 빈털터리니까 당해봤자 감옥살이밖에 더 하겠냐."

"그러다 저번처럼 형님네 어머님이 또 자리 깔고 신문 나고 그러는 거 아닙니까?"

"그거야 우리 어머니도 자식 잘못 둔 죄로 당하기사 하겠지만……. 진실이란 오래가지 않아서 밝혀지니까. 하기사 풍문에 들으니까 매스컴 잘못 건들면 건든 사람을 뒷조사해서, 한 달이고 두 달이고 꼬리 잡힐 때까지 뒤를 캐서 아주 파렴치범으로 몰아 때리는 세상이라곤 하더라. 우리나라는 이상하게 여자 문제니 불륜 관계니 해서 옭아놓으면 하루아침에 알거지가 돼버리더라."

"형님 그러다가 파렴치범으로 옭아지면 세상에 고개 못 들고 다니는 거 아닙니까?"

"나야 천하의 잡놈이니까 옭아 쥐려면 쥐라지, 머. 하느님이 쳐다보고 있는 판에 파렴치범 아닌 놈 있나 두고 보라지."

깊숙이 기대앉아 반쯤 눈을 감고 성근이와 말의 성찬을 나누고 있었다. 고속도로는 언제나 날쌘돌이 같은 자동차들이 앞질러 가기 위해 아귀다툼을 하는 곳이었다. 일차선으로 들어서 달리던 성근이가 백미러로 흘끔 뒤를 쳐다보더니 씨익 웃었다.

"경찰이냐?"

"아뇨. 90밖에 안 났는데 경찰이면 어때요."

"그럼?"

"아까부터 비상 라이트 켜고 붉은 깜빡이 단 승용차가 깝신거려서 일부러 길을 막느라고 그래요."

"비켜줘라. 바쁜 사람이겠지."

"아뇨. 저건 폼 재려는 녀석들이 불법으로 비상 라이트 달고 깝죽거리는 거예요. 괜히 무전대 높이 달고 비상등 깜빡거려 가며 있는 폼 없는 폼 다 잡는 녀석들 있죠."

"네가 그걸 어떻게 알아?"

"요새 그런 차가 많아요."

"뭐든 한 가닥하니까 그런 걸 달았겠지."

"속는 셈 치고 저 녀석들 잡아볼까요? 저건 가당찮은 짓입니다. 비상등 돌리고 위반하며 달려도 좋은 차라면 저렇게 깝신거리진 않아요. 저 쥐꼬리만 한 특권 의식을 납작하게 해야죠."

나는 얼른 뒤돌아보았다. 까만 고급 승용차인데 앞에 두 개, 뒷좌석에 한 개의 비상등을 깜빡깜빡 돌리면서 비상 라이트로 비켜서라는 신호를 자꾸 보냈다. 어떤 기관의 차량일 수도 있었지만 내 느낌에도 정당한 기관의 차량처럼 보이지 않았다.

급한 일로 급한 길을 가야 하는 차라면 저렇게 방정을 떨지는 않을 것 같았다. 주행선에 화물차들이 연달아 늘어서 있어서 주행선으로 우리 차가 비켜나갈 수 없는데도 계속 비상 라이트를 껌뻑거렸다. 상식적으로 비켜설 수 없다는 걸 알면서 지랄스럽게 깝신거리는 차라면 성근이 말대로 폼 잡으려고 비상등을 달고 다니는 얼간이들의 차량일 것 같았다.

"우리는 정상 속도에 정상적으로 달리고 있으니까 마음 놓고 이대로만 달려라. 까불면 널찍한 곳이나 간이 휴게소에 세우고 가짜 특권층인지 좀 캐보자."

"조오치요. 내 말이 맞을 겁니다."

성근이는 신바람이 났는지 속도계를 보고 속력을 더 낮추었다. 뒤에서 바싹 따라붙은 비상등의 차가 클랙슨까지 연신 울려댔다.

"저쪽에 간이 휴게소가 있다. 유도를 해라."

성근이가 차창을 열고 주먹을 쥐어 보였다. 약을 바싹 올리려는 수작이었다. 나도 고개를 돌리고 옆으로 대겠느냐는 시늉을 했다. 운전석에 있던 녀석 대신 뒷자리의 신사복 차림의 사내가 뭐라고 지껄이며 옆에다 대라는 표정을 지어 보였다. 우리는 간이 휴게소로 진입했다. 뒤차도 따라 들어왔다. 화물차 세 대가 쉬고 있는 간이 휴게소엔 운전사들이 의자에 앉아 담배를 피우고 있었다. 우리 차가 트럭 뒤에 서자 뒤차가 내달려 우리 차 옆에 바싹 차를 세웠다. 내가 문을 열고 나서는 순간 운전사 녀석이 성근이의 멱살을 욹아 쥐었다. 뒷좌석에 있던 두 명의 사십 대 사내가 거드름을 피우며 내리더니 대뜸 내게 욕지거리를 했다.

"임마. 뒈지고 싶어?"

그사이 성근이는 운전사 녀석을 메어꽂고 손을 털었다.

"에이, 살고 싶지. 당신들 어느 기관 사람요?"

내가 비꼬는 투로 물었다.

"보면 몰라 이놈아!"

"봐서 어떻게 압니까? 그 증이라는 걸 좀 봅시다. 얼마나 어마어마한 곳에서 나온 사람들이기에 그렇게 겁나게 운전하고 폼 잡는지 좀 봅시다."

"어허! 얘들 잡아다가 넘기고 가세."

한 사내가 옆의 사내에게 이렇게 말했다. 인상이나 차림새가 좀 끼가 있다 싶은 사내들이었다. 진짜 기관원이 아니라면 사기꾼이 틀림없다 싶은 인상이었다. 안테나가 세 개씩이나 달리고 카폰까지 달려 있는 고급 승용차였다.

"여보쇼. 당신들이 정말 비상등을 달고 다녀야 할 양반들이라면 운전을 그따위로 하거나 운행상 어쩔 수 없이 달리는 앞차를 그렇게 약 올려서야 쓰겠소?"

"저 새끼 된맛 좀 봐야지 안 되겠군. 야, 경찰차 불러라. 이새끼들 집어 처넣고 아구창을 돌리든지 해야지 안 되겠다."

다른 사내가 운전사한테 이렇게 말했다.

"우리가 법을 어겼으면 어긴 만큼 벌을 받으면 됐지 아구창을 돌린다니 그게 무슨 말씀이슈?"

"저 새끼 앙앙거리는 것 좀 보게."

나는 이들이 정말 겁날 권력기관의 직원이거나 아니면 고급 사기꾼이란 생각을 했다. 그러나 정말 겁날 기관의 직원이라면 차를 세우자마자 그렇게 험한 소리는 하지 않을 것 같았다. 진짜 백이 좋거나 실력자라면 그까짓 일 가지고 닦달하지는 않는 법이었다. 하긴 쥐꼬리만 한 권력으로 폼 재던 녀석들이 하도 흔해빠진 세상이어서……

"우릴 잡아가려거든 법조문대로 따집시다. 비상등을 계속 켜두고 기다리면 경찰차가 올 테고……. 그게 싫으면 경찰차를 좀 불러주쇼. 당신들이 가짜라는 것 좀 밝혀봅시다."

내 말에 운전사 녀석의 표정이 움찔하는 것 같았다. 정말 비상등을 켜고 다닐 만한 사내들이라면 참 어처구니없는 폼이고 가짜라면 그럴 듯한 행색이었다.

"이런 녀석을 상대하면 뭘 합니까? 현장이 급합니다. 그냥 가시죠. 번호판이나 적었다가 혼을 내주죠."

운전사 녀석이 이렇게 능청을 떨었다. 나도 그 순간 이들이 가짜라는 걸 감지했다.

"그렇게는 못하지. 당신들은 가짜 기관원이니까 내가 그냥 보내줄 순 없잖아. 안 그래?"

"저 새끼, 보자 보자 하니까."

사내가 이렇게 말하자 운전사 녀석이 빙긋이 웃더니 호주머니에서 수첩을 꺼내 내 코앞에 바싹 디밀었다.

"이봐, 우리 과장님이셔."

나는 증이라는 걸 보는 순간 잽싸게 채뜨렸다. 그리고 서너 발자국 뒤로 물러나며 재빨리 앞뒤를 살펴보았다. 흠 잡을 데 없는 막강한 기관의 증이었다. 잘못 짚었다는 생각이 들었다. 증대로라면 이들은 가짜가 아니었다. 그런 겁나는 기관의 증명서라는 걸 한 번도 구경해 본 적은 없지만 컬러 사진에 국가기관을 상징하는 테두리와 철인, 큼직한 도장, 생년월일과 신분을 보장하고 협조를 요청하는 기관의 요망 사항, 부서명과 비밀취급 인가를 알리는 붉은 사선……. 나는 그렇다고 물러서면 더 더러운 꼴을 보리라는 판단을 했다. 정말 이들이 기관원이라면 끌려가서 드세게 몇 대 얻어맞고 말자는 배짱도 생겼다. 아무리 겁나는 기관원이라도 법 이상이야 어쩌겠나 싶었다. 따지고 보면 다른 잘못은 없었다. 약 올린 죄니까 얻어맞으면 맞고 그렇게 폼 재고 다니는 것을 나무라다가 다치면 다칠 일이었다.

"이거 순 가짜군. 나한테 당신들 제대로 걸렸다."

그 순간 운전사 녀석이 주춤 물러섰다. 나는 재빨리 운전사 녀석의 멱살을 옮아 쥐었다.

"당신들도 이리 와봐. 그 가짜 증명서 내놔봐. 당신들 된통으로 걸렸어. 이런 가짜 증명서로 진짜인 나를 잡으려고 했어. 가짜가 나돈다더니 당신들였군. 어서 경찰차를 부르지그래?"

두 사내가 후다닥 뛰었다. 성근이가 한 녀석을 걷어찼다. 나는 운전사 녀석을 갈겨놓고 휴게소 뒤쪽으로 뛰는 녀석을 덮쳐 잡았다. 세 녀석을 간이 휴게소 바닥에 꿇어앉히고 주머니를 뒤졌다. 두 사내에게서도 예외 없이 증명서가 나왔다.

"한 번 딱 봐주쇼. 원하는 만큼 드리리다."

한 사내가 이렇게 말했다.

"당신은?"

"나도 같소. 우리가 알 만하고 그쪽하고 선이 닿을 만하니까 이 짓이라도 하는 거 아니겠소. 우리도 손쓰면 쓸 만한 사람이오. 타협을 합시다. 먹고 지낼 만큼 드리리다."

아예 까놓고 말했다. 여죄가 무진장 많으리란 생각이 들었다. 증명서와 자동차와 행세하는 꼴이 여러 사람 등쳐먹었을 것이고, 웬만해서 넘어가지 않을 사람이 없을 것 같았다.

"사실 말인데 난 기관 근처에도 가본 적이 없소."

"그렇다면 우리 친해봅시다. 보아하니 형씨도 한 가닥 하게 생겼는데, 솜씨를 보니까……. 웬만큼은 뒷돈 대주겠소."

"당신들, 무기는 안 가지고 다녀?"

"보다시피 없소. 우리를 감옥에 보내봤자 오래 살지도 않을 거고 우리 애들이 그냥 있지도 않을 거고. 그러니 타협합시다. 원하는 만큼 주겠소."

"기분 나쁘진 않소. 어떤 사내는 수천억을 먹고 어떤 계집도 수천억 원씩 먹었습디다. 당신들, 한 삼천억 원쯤 줄 수 있소?"

"농담 말고 현실적으로 합시다."

"그게 내 현실올시다."

"서로 통할 수 있잖소."

"그럼 얼마 주시겠소?"

"오백만 원 드리리다."

"정말 당신 놀구 자빠지셨네. 그거 가지곤 초등학교 애들 반
장 선거 비용도 안 돼."

"그럼 화끈하게 천만 원. 됐소?"

"나도 누구한테 삼천억쯤 받으면 모를까 그 전엔 안 되겠어.
일 원도 못 깎아주겠어."

그러면서 턱을 한 대 올려붙였다. 사내가 그대로 나가떨어졌다.

트럭의 운전사들도 눈치로 이 사내들이 가짜 기관원이란 사
실을 알고 히죽거리며 구경만 했다. 사내들의 안주머니 깊숙한
곳에서 잭나이프와 날렵하게 생긴 칼을 차례로 빼낸 성근이가
뒤통수를 한 대씩 갈겼다.

"이거 치지 말고 말로 합시다. 우리도 이 짓 할 만하니까 하
는 거 아니겠소. 바닥 없이 놀지는 않았소."

뒤 밀어주는 세력이 있다는 말이었다. 이만한 고급 승용차
에 무전기와 비상등과 카폰을 달고 다닐 정도면 큰물에서 노
는 사내들이란 건 의심할 여지가 없었다. 가짜 증명서로 서로
이권에 개입해서 몫돈을 쥐거나 여유 있는 곳을 찾아다니며

눈 먼 돈을 우려내리란 건 더더욱 의심할 수 없는 것이었다.

"당신들 행색을 보아하니 몇천만 원쯤은 우습게 알 것 같은데 고작 나를 삶는 데 천만 원이 뭐야? 당신들 빽이 센 모양인데…… 나는 빽이라곤 이 주먹밖에 없어."

"형씨, 성함이나 압시다."

번들번들한 사내, 과장으로 행세하는 사내가 물었다.

"내 이름을 밝히는 게 당신들 다루는 데 편켔지. 장총찬이란 사람올시다."

"뭐요? 아이고, 이거 정말 몰랐습니다. 우린 병태 형 모시고 있습니다. 어쩐지 첨부터 다르다 싶었지요."

"병태 형 아니라 병태 형 할애비라도 나하곤 안 통해. 지금 어디 가는 거냐? 지금부터 까놓고 말하지 않으면 주리를 틀겠다. 나는 두 번 반복하지 않는다는 걸 당신들이 더 잘 알겠지. 병태 형 믿고 나한테 까불면 몽땅 박살을 낼 테니까."

주춤거리다가 한 대씩 얻어맞아보더니 술술 불기 시작했다.

"지방에 가면 요즘에 벌이가 꽤 괜찮습니다."

"어떤 식이냐?"

"서울에선 안 통하지만 지방에서 유지나 회사를 갖고 있는 사람들은 선거 자금 때문에 특별기금을 헌금하는 대신 세금이나 은행 대출, 사업 확장을 위해 특별한 지원을 해주겠다고 하면 대개 넘어갑니다."

"임마, 명색이 유지고 사업주인데 그 수작에 넘어간단 말이냐?"

나는 어이가 없어서 이렇게 말했다.

"오히려 있는 사람들이 넘어가게 돼 있죠. 말만 잘 들으면 한 자리 주겠다고 슬쩍 눙치고 들어가면 돈을 산더미처럼 싸 들고 와서 애원하는 놈들도 수두룩합니다. 은근히 소문날 만한 곳에 낚시를 던져놓으면 용하게 물립니다."

"얼마나 긁었냐?"

"우리야 병태 형님한테 용돈이나 얻어 쓰는 형편입니다."

"너희들 손으로 긁어낸 게 어디어디의 누구누구한테 얼마씩이냐 이거다. 옆구리 채이고 불지 말고. 어서!"

주먹을 번쩍 들자 유들유들하게 생긴 녀석이 체념한 듯 피식피식 웃으며 말했다.

"수십억 원쯤 됩니다. 부산, 대구, 광주, 전주, 대전 등등 안 다닌 곳이 없습니다. 오늘도 대전에서 한탕 할 일이 있어서 급히 가는 길입니다."

"어떤 방법이냐?"

"간단합니다. 지방에 있는 우리 조직 애들이 미리 찾아가서 서울의 책임자가 몇 시에 도착하니 준비해 두라는 식도 있고 전화 통보나 아예 공문을 보내는 경우도 있습니다. 사전에 은밀한 소문을 내기 때문에 웬만하면 걸려듭니다. 현장에서 들키지만 않으면 감쪽같죠. 당사자가 내놓을 수 있는 여력만큼만 요구하기 때문에 어려운 일 아닙니다. 사업 지원이나 세제 혜택이나 은행 대출 정도로 안 넘어가는 사람이 없고 땅 투기해서 목돈 가지고 사채놀이를 하거나 하는 녀석들은 한자리 주겠다고 올궈내죠. 돈이 건너온 뒤에 알아봤자죠. 울며 겨자먹은 셈 쳐야지요. 발설해 봤자 저만 병신되고 사업 망치는 거니까요."

"병태가 총두목이냐?"

"우린 병태 형까지만 알지 그 이상은 모릅니다."

"그만한 주변이 못 되는데."

"봐주는 데가 있겠죠. 지난번엔 지방은행장을 불러내다가 현장에서 대출을 받아 사장 녀석에게 건네주고는 밖으로 나와 알짜로 챙겨먹은 경우도 있어요. 사업하는 친구는 무담보로 돈 빼내서 우리한테 준 거죠."

"몇 명이냐?"

"이삼십 명쯤 되겠죠. 정확히는 우리도 모릅니다."

"너희들이 떡고물을 몰래 빼먹는 때도 있지?"

"그야 머……. 자잘한 애들한테 심심풀이로 해먹어 보는 거죠, 머. 지난번엔 그린벨트 풀어주겠다고 낚싯밥을 던졌더니 열댓 놈이 달려들길래 조금씩 알겨먹었죠. 그런 새끼들 것은 알겨먹어도 죄가 안 돼요. 헐값에 사서 여기저기 기웃거리며 풀어버린 뒤에 한탕 굴릴 궁리만 하는 놈들이니까요."

"좋다. 그나저나 큰 탕 뗀 거 말해 봐라. 어차피 난 알게 된다. 병태 목을 졸라매서라도 알 테니까."

"우리한테서 들었다는 소리만 안 하면 못할 것도 없죠, 머."

"말 안 하마."

"대전의 P회사, 부산의 T회사, 대구의 S회사가 그중 큽니다."

"차는 한 번도 안 걸렸냐?"

"경찰들은 탁탁 거수경례 붙이기도 하고 어떤 때는 일부러 호위까지 하게 만들죠. 그리고 쓰윽 담뱃값이나 쥐어주고 나면 우리 낚싯밥들이 찰싹 붙죠."

"가짜인 줄 모른단 말이냐?"

"알 수가 없죠. 진짜하고 거의 꼭 같은 데다가…… 앞뒤 호위까지 붙이고 다니니까요."

"오늘은 왜 혼자냐?"

"호위하는 애들이 앞섰는데 묘하게 길이 막히고 아까 우리 차를 막아버리는 바람에 화가 났던 겁니다."

"그럼 곧 호위대가 찾으러 오겠구나."

"그럴지 모릅니다."

참으로 기묘한 일이었다. 가짜 증명서와 그럴 듯하게 위장된 차량으로 선거 열풍이 부는 짧은 시간에 수십억 원이나 챙겨 먹을 수 있다는 건 아직도 귀하신 몸 통용되는 세상이란 뜻이었다. 지방의 고위 공직자를 불러내어 기를 죽인 뒤에 그를 앞세워 기업체의 돈을 빼내는 수법도 쓰고 애들을 풀어 고위 공직자의 뒤를 밟게 한 뒤에 파렴치범으로 엮어서 한몫을 빼먹는 수법도 사용한다고 했다.

"그 사람들이 뭐라고 하더냐?"

"으레 때 되면 얼마쯤을 내놓으련 하나 보죠. 어떤 회사 사장은 아예 준비된 거금을 내놓더니 도시계획 한 건만 해달라더군요. 어차피 쓰고 돌아다니는 선심이니까 그러겠다고 약속을 했더니 제 비서년을 찰싹 붙여서 온천 호텔에다 자리까지 잡아주고……."

"너희들 알짜 빼먹고 재미까지 보는구나."

"그야 당연하잖습니까. 손님 접대용 비서니까 아르바이트하는 여대생도 있고 빼어난 인물 가진 애를 특별히 고용해서 사장 녀석이 데리고 놀다가 귀한 손님 오면 접대용으로 보내서 이권을 딱딱 따오게 하잖습니까."

"솔직하게 말해라. 한 번도 안 걸렸냐?"

"걸릴 까닭이 없잖습니까. 그저 잘 보이려고 안달을 하니까 느긋하게 배짱 튕겨가며 긁습니다. 정말입니다. 한 번만 나서 보면 알아요. 얼마나 돈 벌기 쉬운가를 대번에 알 수가 있죠. 부수입도 짭짤합니다. 잔챙이들이 어디서 어떻게 소문을 들었는지 따라와서 뭘 해달라, 무슨 자리 얻어달라, 뭘 풀어달라 사정하면서 막무가내로 내놓거든요."

"한심하기 짝이 없다."

곪고 썩어가는 데가 많으면 귀하신 몸이 통용되기 마련인 것이다. 지방은 전위대에게 맡기고 서울에서 또 얼마나 많이 해먹었을까? 돈 벌었다는 사람들 치고 자신의 피나는 노력으

특별한 지원 249

로 벌지 않은 사람이 없을 터인데 어째서 한두 푼도 아닌 거액을 때가 되면 내놓지 않으면 안 될 만큼 허약한 것일까? 사업이 어렵다는 것은 누구나 아는 사실이다. 자기의 뼈와 살과 피를 바친 대가라고 해도 과언이 아닐 그 노력 뒤에 돈을 내놓지 않으면 안 될 흥정이 있다는 것일까? 일 년에 몇 차례씩이나 신문과 방송에 거액의 헌금을 내는 그 사람들이 이렇게 눈에 보이지 않는 거액을 얼마나 많이 내야 하는지 이젠 알 것 같았다. 그러니까 치졸한 짓까지 해가며 돈을 벌어둬야 하는 것인지도 모른다. 또 고위 공직자라든지 유명 인사들이 가짜에게 쉽게 속아 넘어갈 만큼 허약한 이유도 어렴풋이 짐작이 되었다. 더 출세하고 더 유명해지는 게 결국 그들의 욕심일 터이고 그 욕심에 자신의 인생을 정당하게 걸기보다는 더 빠르고 더 쉬운 길을 걷기 위해 다른 묘수를 쓰려는 풍조 때문인지 모른다. 정당한 자기 노력으로 정정당당하게 서 있는 사람을 넘어뜨리지 않으면 안 된다는 강박관념 때문에 그런 사내들은 대개 남을 거꾸러뜨릴 부탁을 한다는 것이었다.

도대체 이 땅의 미래는 어디로 흘러갈 것인가?

그렇게 돈을 바친 사람들은 본전을 뽑아야 할 것이고 그렇게 돈을 챙겨먹은 부류들은 돈을 더 많이 챙겨야만 할 것이다. 그 부류들 사이의 흥정은 결국 부정한 방법으로 나타날 게 빤한 이치였다. 돈을 준 사람들은 수십 배의 이득을 계산했을 터이니까 당연히 부정한 짓을 해야 할 것이었다. 아무리 생각해도 그건 분명한 흥정인 것이다. 본래 장삿속이란 이득을 계산하는 것이지만 터무니없는 이득이나 음흉한 흥정이란 장삿속에도 어긋나는 일인데 하물며 나랏일에 있어서 그런 흥정이 암암리에 일어난다는 것은 서로 용서받기 어려운 일이었다. 그래서 세상일들이 그리도 뒷거래가 많은 것인지 모른다. 정의는 누워 있고 불의가 판친다면 어느 누가 한탕주의에 빠지지 않고 청정하게 살려고 할까.

하느님. 이번에 치러지는 우리나라의 선거라는 걸 한번 자세히 들여다보시기 바랍니다. 텔레비전 따위는 보지 마시고 신문을 보세요. 도대체 법대로 선거가 치러지지 않고 있다는 걸 훤히 알 수 있잖습니까. 그렇다면 법은 왜 필요합니까? 법대로라면 출마자 거의가, 아니 출마자 모두가 법을 어긴 자들입니다. 엄격한 의미로 본다면 출마자 모두를 선거법 위반으로 감옥에 보내야만 합니다. 선거법을 지키면 당선될 사람이 하나도 없다는 뜻입니다.

그렇다면 뭐가 잘못됐습니까?

국회의원은 법을 지키지 않아도 되고 국민들만 법을 지키라는 이 가당찮은 짓이 말이나 됩니까?

국민의 돈으로 운영하는 방송국이 국민 깔본 건 어제오늘의 일은 아닙니다만 세상에 그렇게 맹꽁이 충성으로 출세해서 뭘 어쩌겠다는 겁니까? 책임자 녀석은 나중에, 힘 없어지고 자리

보전 못해서 빈둥거릴 때 왜 그런 천하의 얼간이 짓을 했느냐고 하면 위에서 시켜서 어쩔 수 없었다고 발뺌을 할 거고 그 위의 사람은 또 그 위라고 발뺌할 거고……. 그렇게 줏대 없는 친구들을 믿고 살아온 백성은 또 뭐가 됩니까?

하느님. 역사라는 게 있지요.

저 얼간이들이 이다음 역사에 뭐라고 씌어지는지를 한번 미리 생각해 보시지요.

나라 팔아먹은 이완용이 옆에 정치가, 고위 공직자, 행정 관료, 돈 많은 친구들, 선거꾼, 거기에 아부하는 친구들이 수두룩하게 같은 대열에 오를 겁니다. 방송 책임자인가 하는 녀석은 그 옆에는 낄 수도 없고 아마 그 맨 아래에 이름 석 자가 끼여 있고 그 밑엔 국민 우롱하다 얼간이가 된 천하의 병신이라고 씌어지게 될 겁니다.

하느님. 말이 나왔으니 한 가지 더 얘길 하죠. 국회의원 후보가 연단에 서서 할 수 있는 말이라면 국민도 아무 데서나 해도 괜찮아야 한다는 게 제 생각이고 그게 민주국가의 국민입니다. 우리나라가 어떤 정치가 말대로 그만한 자유가 있는 민주국가라고 애써 강조한 것을 보면 연단에서든 길거리에서든 아무라도 할 수 있어야 됩니다. 국회의원이 돼서 국회를 열 동안 그 안에서 하는 말이 국가 이익을 위해 알려지지 않을 수도 있고 법에 있는 대로 치외법권으로 보장되는 것은 그들의 권리이지만 후보자일 경우엔 꼭 같은 국민의 일원이 아닙니까?

이런 말 한다고 나를 잡아가 볼기짝 치진 마십쇼. 천하의 어리석은 짓이 그 짓이니까요. 누가 바른말 하면 박수나 쳐주고 시인하는 버르장머리를 좀 가지십쇼.

강자의 논리는 관용이고 관용의 뿌리는 사랑입니다. 용서할 줄 모르는 것은 강자의 태도가 아닙니다. 몇억씩 선거자금을 쓰는 모양인데 하느님이 한번 정밀조사를 해보시지요. 과연 구린내 나지 않는 돈을 쓴 후보가 몇 명이나 되는지 말입니다. 우리나라 국회의원이란 세비 받아서 생활하기도 빠듯한 정도인데 언제 몇억을 모았으며 쟁여놓은 재산이 그리 많으며 어느 사이에 그렇게 축재를 했는지 말입니다. 하긴 국회의원 하다가 창피 톡톡히 당하고 물러난 사람의 재산이 수천억이라든가 수백억이라든가 했으니 국회의원이 되어가지고 벌어들이는 데가 있으니까 그 아우성인지도 모르겠습니다.

하느님. 이왕지사 선거제도라는 걸 만드셨다면 하느님 자리도 사 년에 한 번씩 투표로 정하는 게 어떨까요?

그러면 정말 피와 뼈와 살이 한 점 남지 않을 때까지 뛰어서 내가 그 자리 하나만은 도전을 하겠습니다. 내가 하느님이 되면 그냥 싸악싸악…… 그러나 옳은 말 하고 바른말 하고 대드는 사람들만은 극진하고 깍듯하게 대접하렵니다.

하느님 자리 놓고 투표나 한번 해봅시다. 그래야 이 세상이 살맛 날 거 아닙니까. 세상 참 볼만하겠지요. 지구 가득 선심

공세에다 금전 살포에다 조기 개발에다…….

하느님. 그만 할랍니다. 에고, 사는 게 뭔지…….

"병태 형한테 가서 전해라. 아무리 썩어빠진 사람들이라도 그런 식으로 울궈먹지는 말라고. 내가 며칠 내로 찾아갈 테니 헛수작하지 말고 곱게 맞으라고. 그리고 너희들은 차를 돌려서 곧장 방송국으로 가라. 가서 방송 책임자 불러내다가, 그 가짜 증명서 보이면 절절 길 테니까 퇴근 무렵쯤 사람 많이 모이는 광화문이나 서울역에다 세워놓고 따귀를 우리나라 인구 숫자만큼 때려라."

"사천만 번이나요?"

녀석은 기가 질렸는지 이렇게 말했다.

"임마, 우리나라 인구는 육천만 명이다. 북쪽도 우리나라다. 언젠가 통일될 게고 거긴 분명 우리 땅이다. 그러니까 육천만 대를 때릴 수 있겠냐?"

"때리는 건 이 증명서 보이고 가능하다지만 언제 육천만 대를 때립니까?"

"그럼 우선 육십 대만 때려라. 나머지는 나중에 국민들이 때리거나 역사가 때리든 할 테니까."

"그거야 자신 있죠."

"아직 용서한 게 아니다. 육십 대 때리는 장면을 때릴 때마다 사진을 찍어서 증거를 보여주고 그 옆에 현수막을 걸어라.

어떤 방송국 아무개인데 국민을 우롱한 죄로 따귀를 맞는 중이라고. 그리고 병태 형한테 다시 이런 짓을 할 수 없다고 통보해라. 내가 찾아갔을 때는 그 짓 해서 번 돈 모두를 남김없이 공단이나 변두리 공민학교나 야학하는 곳에 몽땅 기부하라고 해라. 남김없이, 한 푼도 남김없이 말이다. 대신 이름을 밝히지 말라고 해라. 만약 내 말을 어기면 쑥밭을 만들어버릴 거라고 해라. 장총찬이는 한번 한다고 하면 죽어도 이행한다는 걸 병태 형도 안다. 말 안 들으면 날고 기는 애들 데리고 가서 정말 쑥밭을 만들 거다. 알았냐?"

"예. 명심하겠습니다."

"너희들은 곧장 올라가서 따귀나 신나게 때려라. 어서!"

녀석들이 일어나더니 구십 도로 꺾어 절을 하고 차에 올랐다. 나는 안테나와 비상등의 선을 뜯어냈다.

"천안 인터체인지를 돌아서 곧장 올라가라. 내가 너희들 뒤를 감시하겠다."

"명심하겠습니다."

성근이가 담배를 빼 주며 빙긋이 웃었다.

"역시 형님답습니다."

"갈 길이 바쁘다."

우리는 앞차를 따르듯 다시 고속도로를 달렸다. 천안 인터체인지를 빠져나간 앞차가 그 자리에서 다시 서울행 표를 사는 것을 확인한 뒤에 우리는 국도를 따라 공주 쪽으로 달렸다. 아름다운 숲길이 시작되면서 나는 잠에 취했다. 고향 가는 이 길은 늘 내게 아련한 향수를 듬뿍 안겨주는 곳이었다. 예전의 서울길은 이 길을 통하거나 기차길을 이용하는 두 가지 길뿐이었다. 험하고 가파른 길이었지만 향수가 담겨 있는 길이었다. 다혜와 같이 오가던 길이기도 했고 가출해서 넘던 길이기도 했고 재수생 시절과 청운의 꿈을 꾸던 대학생 시절에도 넘나들던 길목이었다.

아, 다혜가 보고 싶다.

햇살보다는 바람이 더 위세를 가진 겨울의 막바지 같았다. 옷을 여미고 강변으로 내려섰다. 금강의 물줄기는 도도하기만 했다. 한 줌밖에 안 되리라고 생각했던 혜라의 마지막 잿빛 가루는 두어 주먹쯤 되었다. 공주를 끼고 도는 금강은 아직 오염되지 않은 것 같은 물빛이었다. 하구 쪽으로 내려가면서 폐수들이 휘말려 들어 오염치가 높다 하지만 금강은 그래도 살아 있는 강물인 셈이었다. 산업이 발전하면서 물길이 죽어버리는 것을 당연한 것으로 받아들이는 것은 사실 큰 문제가 아닐 수 없다. 오염 때문에 심각한 피해를 입는 강 하구의 어민들의 고통을 외면하는 풍조는 더더구나 문젯거리이다. 조금 덜 잘 살고 덜 먹는 편이 낫지 내 민족을 죽게 하고 고통스럽게 하는 것은 죄악일 것이다. 발전이란 타당한 바탕, 남에게 피해를 끼치지 않는 선을 지켜야지 그렇지 않다면 발전이나 부강이란 아무 의미가 없는 행위일 뿐이다. 이웃이나 국민에게 고통 줘가며 발전하기란 손쉬운 노릇일 것이다.

강 아래로 내려섰다. 햇살에 얼음 녹은 자리가 움푹움푹 들어갔다. 강물은 푸르렀다. 혜라의 얼굴이 떠올랐다. 예쁘고 귀여운 얼굴, 세련되고 정열적인 몸매, 나를 구하기 위해 목숨까지 버린 여인, 애달픈 사연을 너무나 가슴 깊이 가진 여인이었다.

한 줌을 쥐어 흘러가는 강물에 조금씩 뿌렸다. 바람에 흩날리지 않도록 조심스럽게 뿌렸다. 언젠가는 가라앉겠지만 그녀의 얼굴은 이렇게 떠내려가지도 않을 것이고 이렇게 한 줌의 재가 되지도 않을 것 같았다.

또 한 줌을 쥐어 천천히 뿌렸다. 인간이란 참 보잘것없는 먼지인지도 모른다. 죽으면 그 순간부터 한 줌의 흙일 뿐인데 살아 있으면 아무리 구차한 삶이라 해도 한몫을 해야만 하는 것이다.

재는 강물을 따라 흘러가기만 했다. 조금씩 조금씩 흘려보냈지만 하얀 상자 속엔 아주 조금밖에 남아 있지 않았다.

기도를 했다. 그녀의 영혼을 거두어달라는 애원이었다. 따스하게 그녀의 영혼이나마 보살펴주어서 그녀를 안위케 해달라는 기도였다. 과정이야 어찌 되었든 나와는 영혼결혼식을 한 여인이었다. 한 사람의 남자를 위해 목숨을 바친 여인이라면 어떤 목적이든 간에 사랑을 빋아 마땅한 여인이었다.

상자와 보자기를 태우기 위해 마른 풀잎들을 긁어모았다.

불을 붙이자 마른 풀잎새들이 금세 불꽃을 일구었다. 성근이는 주머니마다 뒤져 종이를 꺼내 불길을 높여주었다. 굵은 풀 대궁과 흘러오다가 머문 마른 나뭇가지들과 낙엽들을 긁어다 알불을 만들고 그 위에 상자를 올려놓았다. 바짝 마른 상자는 금방 불길을 받았다. 의아한 표정으로 나를 지켜보는 성근이에게 간단하게 혜라에 대한 얘기를 해주었다. 성근이는 고개를 끄덕였다.

"그렇다면 아프리카의 기아들에게 거금을 보낸 여자가 바로 그 여자였군요?"

"어떻게 아냐?"

"오늘 아침과 엊저녁 신문에 외신 보도라며 크게 보도됐어요. 이름을 밝히지 않은 한국의 전직 고관의 딸과 그의 남자 친구가 어마어마한 액수를 아프리카 구호 기금으로 냈는데 한국인이라는 것만 밝혔을 뿐 익명을 요구했다고요."

"그 녀석들이 고맙게도 약속을 지켰구나."

뒤처리를 알아서 해주기로 한 큐와 유다의 옛 부하들이 약속을 지킨 것이었다. 한때는 그것을 가져올까도 생각한 적이 있었다. 그러나 그것들은 부정한 방법으로 모은 재물이었고 나쁜 수단으로 모아진 만큼 좋은 곳에 쓰여져야 한다는 생각을 하게 되었다. 더구나 그 재물은 내 개인 것이 아니며 혜라가 죽음으로 나를 지킨 대가로 얻어진 것이었다.

되돌아서기 아쉬운 강물이었다. 그녀의 마지막 길이었다.

"형님, 여기 잠깐 계세요. 제가 얼핏 다녀올 데가 있습니다."

성근이 녀석은 나를 강 안 모래밭에 세워놓고 쏜살같이 달렸다. 얼마쯤 지나서 한 아름으로도 들기 어려울 만큼 꽃다발을 들고 뛰어왔다. 자동차 뒷좌석 가득 꽃을 사 온 것이었다. 나는 그런 걸 미처 생각하지 못했는데 성근이가 아주 푸짐하게 준비를 해온 것이었다.

"고맙다."

"헤, 형님도……."

꽃송이를 한 개씩 강물에 던졌다. 성근이도 열심히 꽃송이를 강물에 띄웠다. 백여 송이가 넘는 꽃송이들이 강물을 수놓기 시작했다. 꽃송이들은 강물을 타고 흘러가고 있었다. 그녀의 마지막 재는 보이지 않았지만 꽃송이들은 오랫동안 내 시야에 남았다.

"가자."

"형님 고향 근처에 왔는데 그냥 가기 서운하네요. 딱 한 잔, 기분도 그렇지 않고 하니까 딱 한 잔 어때요?"

"선거철에 고향에 얼굴 내밀어봐라. 별의별 구설수에 오를 거다. 선심 쓰고 돈봉투 돌리고 한 잔씩 먹이는 장면을 내 눈으로 봤다간 어떤 놈이든지 다리를 꺾어 앉힐 거니까 아예 안 보고 가는 게 좋다. 국회의원 아니라 국회의원 할애비라도 법 어기는 꼴 보면 수챗구멍에 쑤셔 박고 말 테니까……."

"형님 심사도 그럴 거고 해서 해본 소립니다. 그냥 가죠."

우리는 다시 오던 길로 차를 몰았다. 잊을 수 없는 여인을 남겨두고 혼자 떠나는 기분이었다. 산허리를 돌 때마다 괜히 뒤를 돌아다보곤 했다.

팔자타령

　잠자리에서 일어난 것은 이튿날 오후였다. 거의 스무 시간 가량을 곯아떨어진 것이었다. 몸 담그기 어려울 만큼 뜨거운 물에 몸을 담그었다가 약 한 병과 목구멍 뜨거운 술 한 컵을 들이켜고 잔 것이었다. 몸이 아주 가뿐해졌다. 뒷산에 올라가 가볍게 몸을 풀고 약수터 쪽으로 내려왔다. 약수터엔 때아닌 술판이 벌어져 있었다. 선거꾼들이 벌여놓은 선심 잔치였다. 남자들보다 여자들 숫자가 훨씬 많았다. 찌개 끓은 냄새며 새로 나누어 준 수건이며 겨울용 운동복을 걸친 사람들도 있었고 안주 접시며 술병을 들고 등산로에 앉아 술 마시는 사람들도 있었다. 기념품으로 나누어 주려고 쌓이놓은 보따리들이 여기저기 흩어져 있었다. 핸드 마이크 든 당원인 듯한 사람이

흥을 돋우기 위해 노래도 불러주고 있었다. 주민 위안 잔치라는 명목이어서 아예 까놓고 선심을 쓰는 것이었다. 나는 일부러 그 자리를 피했다. 엄연한 불법의 현장이었다. 성질이 난다고 시비를 붙자면 전체 후보자를 모두 선거법 위반자로 체포해야 마땅할 이 가당찮은 작태가 이리도 만연되는 세상에 살고 있는 내가 가엾은 것이리라. 도대체 이 나라의 법은 누가 지켜야 한다는 말인가? 힘없고 가난한 백성은 법을 지켜야 하고 힘 있는 자들이나 말깨나 하는 자들은 법을 지키지 않아도 그만이란 말인가?

그러면서 어찌 학생들에게 법의 중요성과 민주주의와 정의를 가르칠 수 있단 말인가?

이 타락을 방조한 자가 누구란 말인가?

역사는 반드시 단죄할 것이다.

오후에 집을 나서 몇 가지 서류를 복사한 뒤에 혜라가 살던 아파트에 들러 다시 일기장을 들추어보았다. 너무 많은 사연이 들어 있어서 큰 일부터 하나씩 차곡차곡 풀어나가는 수밖에 없었다. 내가 먼저 손댈 것은 혜라 아버지가 가장 믿었던 심복 정복현이란 사내를 추적하는 일이었다. 혜라가 수집해 놓은 정복현의 상세한 이력과 정밀한 재산 상황을 대조해 보기 시작했다. 정복현의 이력서와 재산 증가는 정말 어처구니없었다. 혜라의 아버지가 고관으로 재직할 당시에 정복현은 그의 비서관이었는데 비서관의 월급이나 활동비나 이른바 그의 끗발로 따져도 도저히 소유할 수 없는 엄청난 부동산을 강남과 경기도 일원과 제주도 일원에 흩어져 소유한 것으로 나타나 있었다. 더구나 그 부동산은 소유를 하고 난 뒤에 도시계획 개발로 심한 곳은 무려 이십여 배, 아무리 약한 곳이라도 네댓 배씩 땅값이 뛴 노른자위였다.

정복현의 행적이란 세상에 알려진 그대로였지만 특이한 것은 그가 두각을 나타낼 때마다 그 소유로 되어 있는 노른자위 땅이 한두 개씩 사라졌다는 사실이었다. 혜라는 그런 까닭을 출세 자금으로 사용한 근거를 조목조목 짚어나가고 있었다.

세상일이란 다 끼리끼리 해먹는 인심이라곤 하지만 혜라 말이 사실이라면 정복현이란 거물은 해도 너무 치졸한 사내였다. 하긴 연전에 신사임당의 고결한 뜻을 기리기 위해 제정된 그해의 신사임당이란 여자는 본인이 얼마나 고결한 인품과 희생으로 이웃을 보살폈는지 모르지만 신사임당을 뽑는 여성 단체의 회장과 바로 시누이와 올케 사이였다는 사실이 일반에게 잘 알려지지 않았으며 신사임당으로 추앙받게 된 그녀의 남편, 말하자면 여성 단체 회장의 오라버니 되는 사람은 수많은 이 땅의 아들들이 군인으로 나라를 지킬 때 군수품을 어마어마하게 빼먹어 젊은 군인들을 얼어 죽게 한 독직 사건의 장본인이란 사실은 더더욱이나 잘 알려져 있지 않았다.

신사임당이란 자식을 잘 가르친 현명한 어머니뿐 아니라 남편을 잘 내조하고 섬긴 양처, 또 이웃이나 자기 자신에게까지

귀감이 되어야 할 여인을 지칭하는 고결함이 있어야 할 것이다. 설사 그해의 신사임당으로 뽑힌 여성이 충분한 자격이 있다 하더라도 시누이 되는 이가 올케 되는 이, 오라비의 마누라에게 신사임당의 영광을 안겨주고도 말썽이 없는 이 나눠먹기에 철저하게 병든 사회 속에 정복현이 같은 술수꾼이 거물 되는 것은 오히려 당연한 이치인지 모른다.

젊은 군인들을 배고프고 얼어 죽게 한 군부의 오점, 국민의 피를 그리도 무자비하게 빨아먹은 S장군의 마누라가 먼 훗날도 아니요 삼십 년도 안 되어 신사임당의 반열에 오르는 이 치졸한 사회에 정복현 같은 인물이 거물로 군림하지 않는 게 오히려 더 이상한 것이리라. 나는 이 기회에 S장군 집안 놀이에 국민이 속아 넘어간 것도 밝혀보리란 생각을 했다.

정복현을 만나는 일이 그리 쉽지 않다는 생각 때문에 재주 있는 녀석의 도움을 받을 궁리부터 했다. 웬만한 사내라면 쳐들어가서 다짜고짜 엎어놓고 따질 일이지만 정복현은 명색이 거물이었다. 거기다가 옛 상사이자 자신을 이만큼이나 키워준 혜라 아버지의 비밀스런 재산을 송두리째 삼키고는 배짱 좋게 두 눈 질끈 감은 술수라면 웬만큼 다잡아서 뿌리를 캘 수는 없는 노릇이었다. 혜라의 오빠 민대식이가 그렇게 아버지의 재산을 돌려줄 것을 하소연했을 때 한마디로 거절한 것은 바로 혜라 아버지가 권력의 그늘에서 쫓겨난 신세에다가 재기할 능력이 없다고 판단한 탓도 있었을 것이다. 그러다가 혜라 아버지는 죽었고 민대식이는 마수에 걸려들게 된 것이었다. 물론 정복현이 말고 가까운 친척들 앞으로 위장 분산해 놓은 재산까지도 혜라 아버지가 죽고 나자 발뺌을 하면서 나자빠졌다는 사실은 세상 인심을 손쉽게 읽을 수 있는 단면이었다.

혜라도 지적했듯이 혜라 아버지는 부정한 방법으로 재산을 그렇게 많이 모은 장본인이다. 그러니까 친척이나 심복들도 꼭 같이 부정한 방법으로 재물을 챙긴 셈이었다. 그런 걸 생각하면 재산을 되찾아야 할 명분은 또렷하지 못한 것이었다. 그러나 그냥 두고 볼 일은 아니었다. 갑자기 죽은 고관이나 정치가나 고급 관료들의 감추어놓은 재산은 세상에 알려지지 않는 속에서 심한 암투와 갈등을 겪는다는 소문이 파다한 형편이었다. 높은 자리, 폼 나는 자리에 앉았다가 어떤 사정에 의해 갑자기 죽으면 차라리 그 가족이나 잘 먹고 잘 살아서 세상 사람들이 벌어먹은 액수나마 측정할 수 있을 텐데 이건 재산을 숨겨놓았다가 죽어서까지 수모를 당하는 셈이었다.

"이번 일은 성근이 네가 좀 공작을 해줘야겠다. 아주 신중해야 한다. 잘못하면 너도 날아가고 나도 날아간다. 정복현이란 사내는 명색이 거물이다. 너나 나 하나쯤 감쪽같이 해치우고도 시치미 딱 뗄 사내다. 우선 조심스럽게 뒤를 캐라. 우리 패거리가 많아야 한다. 가장 쉬운 방법은 우리도 꼭 같은 방법으로 그 사내의 파렴치 행위를 잡아야 한다. 그래서 일단 기선을 제압한 뒤에 떼거리로 나서자. 이번 일은 네가 선봉장 노릇 좀 해라."

성근이는 두 손을 번쩍 치켜들더니 환호성을 질렀다.

"나도 꼬나보던 참입니다. 이번 일을 멋지게 해치우죠. 믿어주십쇼."

"정복현 하나가 아니다. 그녀의 외삼촌도 있고 당숙네 식구도 있고 사촌 형제와 장조카까지 한탕씩 해먹었다. 면밀하게 추진해라. 까딱하다가 우리가 크게 당한다."

"염려 마세요. 기발하게 해내겠습니다. 나를 믿어주시면 이번 기회에 얼마나 쓸 만한 놈인지를 보여드리죠. 우리 애들도 날고 기는 애들 많습니다. 명색이 나도 두목입니다."

"좋다. 너한테 맡기마. 대신 중요한 일은 언제나 나랑 상의해서 처리해라. 이 사건 말고도 해야 할 일이 너무나 많다. 이번에 그 돈 죄다 찾아서 얼간이같이 체육 시설만 늘리는 꼴사납고 미래를 제대로 못 보는 사내들 코를 납작하도록 도서관 기금으로 몽땅 내놓자."

"우리같이 무식한 놈이 생각해도 큰일은 큰일입니다. 도서관 먼저 짓고 체육관이나 운동장 꾸미는 게 당연한 이치인데…… 맹꽁이들 판이라 그렇겠죠. 언제 철이 들지 원……. 이번에 우리가 그런 뼈다귀 없는 사내들 뒤통수를 한번 까죠."

"조오치."

"그나저나 뭔가 한 가닥 해먹었다는 작자들이 청렴하니 강직하니 나발을 불다가 죽고 나면 그렇게 구린내 나는 돈이 많은 까닭이 뭔지 모르겠네요. 아닌 말로 국회의원 사 년을 하면 씀씀이로 봐서 알거지가 돼야 하고 장관쯤 해먹으면 고작 서민 아파트 한 채나 모으는 게 상식일 텐데 말입니다. 하기야 하급 공무원이라도 장관 부럽지 않은 자리가 수두룩하다는 판이니…… 누님네 집 지을 때 보니까 관련 공무원 돈 안 먹으면 집을 못 짓는다며 투덜대던데…… 도대체 이거 어디서부터 어디까지 썩은 겁니까? 돈 가지고 안 되는 게 없는 세상이라는 게 말이 됩니까? 나도 놀고 먹을 수 없고 딸린 식구 많고 용돈이라도 줘야 할 애들 많아서 이것저것 사업이랍시고 손대고 있습니다만 버는 만큼 바치는 데가 많아요. 구청이다 경찰이다 세무서다 소방서다…… 나는 만성이 돼서 으레 주는 게 관례고 상식이고…… 그게 이 땅에 사는 도리고 서로 돕고 사는 거라고 생각하게는 됐지만…… 형님, 정말 크든 작든 사업 한번 해보십쇼. 살기 위해서 별수가 없습니다."

"그만해라. 어쨌거나 우리나라엔 그런 작자들보다는 선량한 사람 숫자가 아직은 훨씬 많다."

"그 선량하다는 게 곧 피해자란 뜻도 된다 이 말입니다."

"하긴 그게 문제지. 법을 가장 공정하게 지켜야 할 법 만든다는……, 사람들부터 법을 어기고 그 법을 집행하는 법조인들부터 귀먹고 눈멀었고…… 인간의 양심을 지켜준다는 성직자까지도 병든 세태에 우리가 떠든다고 당장 고쳐지는 게 아닐 바에는 하나씩이라도 깨부수어봐야지. 미래를 어둡게 보지 마라."

"형님이 그런 소리 하니까 이상하네요. 어쨌든 이번 일을 제대로 해낼 겁니다. 이 성근이를 믿으세요."

"만약을 생각해서 넙치 형하고도 긴밀하게 연락하게 해둬라."

"병태 형은 언제 만날 겁니까?"

"지금 그쪽으로 가야겠다."

"내가 모시고 가죠."

"안 돼. 너는 더 큰일을 맡았다. 네 얼굴이 안 팔리는 게 좋아. 병태 형네 애들이 발악이라도 하게 되면 네가 위험해."

"형님은요?"

"나는 못 잡아."

"너무 자신만만하지 마세요. 그쪽에서 무슨 꿍꿍이가 있을지도 몰라요."

"내가 알아서 하겠다. 병태 사단 만나러 가는데 애들 데리고 갈 총찬이가 아니다."

성근이에게 복사할 것과 보관시킬 서류를 넘겨주고 나는 곧장 병태 형이 있다는 모텔을 찾아 나섰다. 들리는 소문에는 돈을 벌어 모텔을 경영한다고도 했고 또 다른 소문에는 경영이 어려운 모텔을 수작을 부려 알짜로 먹었다는 말도 있었다. 어쨌든 K모텔이 병태 사단의 본부였다. 모텔 앞에 차를 세우고 밀실처럼 어두운 경양식 집으로 들어섰다. 커피 한 잔을 시킨 뒤에 종아리가 예쁜 계집애를 불렀다.

"방 하나하고 너만큼 예쁜 계집애 하나하고 술상 하나하고를 차 마실 동안 준비해 줄 수 있나?"

"그럼요."

"그 방에 여기 사장님도 같이 모셔라."

"사장님께 그렇게 전하지요."

"장총찬이가 시키더라고 해라."

계집애는 고개를 끄덕이고 조르르 문을 열고 나갔다.

계집애가 안내해 준 방은 변두리 규모 작은 호텔 방 같지 않게 넉넉하고 컸다. 술상과 종아리 예쁜 계집애가 기다리고 있었다.

"사장님은?"

"금방 오실 겁니다."

아주 생글생글한 미소를 지으며 내 웃옷을 받았다.

"네가 예뻐서 오라고 한 게 아니라 네가 할 일이 있을 것 같아서 오라고 했으니 그렇게 생글생글 웃지 마라."

계집애 낯빛이 대번에 굳어졌다. 내가 종아리 예쁜 계집애를 술상과 같이 준비해 두라며 내 이름을 밝힌 것은 병태 사단을 어느 정도 안심시키려는 수작이었다. 술상과 여자를 준비해 두라고 하면 그다음에 일어날 일이 빤하게 짐작되기 때문에 나를 잘 구슬려보려고 할 터이고 어느 정도 안심을 한 채 나를 맞아들일 것 같았다. 다짜고짜 병태 형을 찾으면 처음부터 험악한 태도로 나를 대할지 모르기 때문이었다. 두어 번 신세진 일도 있는 판에 살벌하게 만나기는 싫었다. 병태 형은 선거철에 한탕 튀기려고 별러온 인물인데 졸개한테 내 말을 전해 듣고 호락호락 넘어갈 입장이 아닐 것 같았다. 전국적인 조직을 갖고 기동성을 발휘해 막바지 선거철을 이용해 수십억 원을 감쪽같이 챙겨먹을 배짱이라면 내 말쯤은 우습게 여길 수 있는 배경도 가졌을 것이다.

그렇다고 잘 보이려고 재물을 바친 사람들이 속았다는 것을 알았더라도 사건을 확대하지 못하리라는 것을 병태 패거리들은 너무나 잘 아는 터수였다. 가짜에게 속고 돈까지 빼앗겼으니 하소연할 데가 없는 신세인 것이다. 다른 일에 사기를 당했으면 무슨 짓을 해서라도 찾아 나서겠지만 가짜 기관원에게 빼앗긴 것이 알려지면 이중으로 망신을 당할 판이라 울며 겨자 먹는 식으로 손해 본 선에서 참을 수밖에 없는 처지였다.

바로 병태 패거리가 노린 것은 그것이었다. 현장에서 잡히지만 않으면 돈을 가지고 뛰어가는 것을 보더라도 잡으려 하지 않을 거라는 계산을 정확히 한 것이었다. 그런 사기를 당했다는 게 알려지면 치명적인 손상을 입기 마련이었다. 뒷거래로 회사를 키우려 했다는 눈총뿐 아니라 몇 억 집어 주고 세금이나 부동산 투기나 불법한 방법으로 사세나 지위를 획득하려 했다는 수모를 당할 일이었다. 병태 패거리는 그래서 결코 노출되거나 잡힐 염려가 없다는 확신을 가진 채 가짜 기관원 행세를 시작한 것이었다.

그런 가짜들이 언제까지나 통용되어야 할까? 가짜들이 활개를 치고 다닐 수 있도록 방조하고 있는 유력 인사나 기업인들이나 유명 인사들은 어째서 정당한 방법으로 성장하려 하지 않고 그렇게 치졸한 방법으로 성장하려 할까? 그러고 보면 담박에 잘살고 담박에 유명해지는 방법이 아직도 도처에 수두룩하다는 뜻이 아닌가.

노크 소리에 계집애가 벌떡 일어나 문을 열었다. 병태 형이 밝은 표정으로 손을 내밀었다. 악수하는 손이 차가웠다. 실내에 있었던 게 아니라 밖에서 들어왔다는 걸 쉽게 짐작할 수 있었다. 커튼을 열었을 때 주차장 근처에 젊은 사내들이 부산하게 이리 뛰고 저리 뛰던 모습을 생각하니 나를 대접하기 위해 어떤 조치를 취한 것 같기도 했다. 병태 형은 계집애에게 안줏감을 더 장만하라고 일렀다.

"술 마시러 온 게 아닙니다. 형하고 담판할 일이 있어서 온 사람입니다. 됐으니 그냥 앉읍시다."

"그래도 오랜만인데 이렇게 대접을 소홀하게 할 수 없잖나."

"진수성찬을 받은 것과 진배없어요. 그리고 얘기가 끝난 뒤에 술을 마셔도 마실 겁니다."

"차암, 사람도……."

병태 형이 자리를 잡고 앉았다. 나는 맞은편에 앉고 계집애는 모서리에 앉혔다.

"용건부터 말하죠. 내 요구 사항은 두 개였습니다. 하나는 방송 책임자 녀석을 서울역에 데려다 놓고 따귀를 때리고 그 장면을 사진 찍어놓는 거였고 또 하나는 여기저기서 빼먹은 돈을 공민학교나 근로자들의 배움터가 되는 곳에 익명으로 기부해 달라는 거였습니다. 정 억울하면 이름을 밝히고 기부해도 좋아요."

"애들한테 말 들었다. 하필 너한테 걸렸으니 빼도 박도 못하게 됐다는 걸 알았다. 첫 번째 약속은 지켰다. 여기 사진이 있다."

두툼한 봉투를 받아 펼쳤다. 내가 시킨 대로 따귀를 때리는 장면을 찍은 사진이 백여 장이나 나왔다. 구경꾼들과 국민우롱죄라는 현수막처럼 큰 글씨도 보였고 얼굴을 감싸고 애원하는 방송 책임자의 가없은 얼굴도 보였다. 장면마다 확대한 사진도 있었고 필름까지 고스란히 들어 있었다.

"우리 애들이 특수폭행죄로 잡혀가기까지 했다."

"마땅하고 당연한 일을 한 겁니다. 그런 큰 불의와 싸우려면 전 국민이 폭행죄라도 져야 하는데 형의 졸개들이 대신 져준 거죠. 문제는 두 번째 약속입니다."

"쟤를 내보내고 얘기하자."

계집애를 가리키며 말했다.

"병태 형, 쟤를 옆에 있게 하는 건 쟤가 욕심나서도 아니고 무슨 수작을 걸려고 한 게 아닙니다. 형의 입장이 명색이 두목인데 사람 많은 곳에서 담판을 할 수야 없잖아요. 그래서 저애를 증인으로 데려다 놓은 겁니다. 단순히 한 여자, 형이 월급

주는 고용원이라 생각하지 말고 국민의 한 사람, 부정한 짓을 저지른 사람을 목격한 국민이라고 생각하란 말입니다."

"……."

병태 형의 얼굴빛은 굳어졌다. 번뜩이는 눈빛이 심상치 않았다. 타협이 되리라는 기대를 갖고 나를 기다렸던 그의 심정을 충분히 이해할 수 있었다.

"까놓고 말하자. 이건 내 목숨이 걸린 문제다. 더구나 난 거둬 먹일 애들이 많다. 이미 상당히 풀었다. 생각해 봐라. 내게 현찰이 쥐어졌을 때 고스란히 남아 있을 턱이 없잖겠냐. 그동안 신세진 데도 많고……."

"그럼 형하고 나하고 둘 중에 한 사람의 목숨은 내놔야 되겠군요."

"내가 그냥 죽지는 않을 거 아니냐. 발악이라도 할 거 아니냐. 그렇게 되면 너나 나나 상처를 입는다. 우린 오랜만에 만났지만 이렇게 인상 쓰며 만날 인연은 아녔다. 이렇게 된 마당에 나 혼자 다 먹겠다는 건 아니다. 섭섭잖게 주겠다. 나도 그냥 번 게 아니고 수억이나 투자해서 번 거다. 어떤 놈은 가만히 앉아서 펜대 움직여서 수천억씩 해 처먹고 어떤 놈은 고개만 까닥거려서 수천억씩 챙기는데 나라고 다리 꼬고 있을 순 없잖냐."

"그런 식으로 모두 한탕씩 하겠다면 세상이 어찌 됩니까?"

"한 번만 눈 딱 감아라. 조직을 다 해산시키고 사업다운 사업을 해서 정말 알짜로 살겠다. 다시는 이런 짓 않겠다. 다시 이런 짓하면 내 손목을 잘라라. 맹세하마."

"형한테 신세진 일만 없고 동주 형의 친구만 아니라면 벌써 작살냈을 거요. 그러나 난 한 푼도 필요 없어요. 형이 이번 기회에 좋은 일 한번 합시다."

"내 마지막 소원이다. 한 번만 봐줘라. 사실 그 작자들 돈 좀 먹었다고 죄 될 게 없잖냐. 뒷구멍으로 번 거 내가 좀 빼 쓴다고 망할 것도 아니고 말이다."

"형이 그렇게 빼낸 거 내가 좀 털어낸다고 죄 될 것도 없지요. 시간 끌지 말고 사나이답게 결정합시다. 형도 모처럼 좋은 일 좀 해봐요. 공단에서 낮에 일하고 밤에 공부하는 젊은이들이나 공민학교 다니는 친구들한테 이럴 때 인심 한번 씁시다. 난 이 이상은 절대 양보하지 못해요."

한참 동안 내 눈을 쏘아보던 병태 형이 심각한 어조로 내 어깨를 치며 말했다.

"네 실력은 안다. 그러나 양보할 선이 있고 거절할 선이 있다. 원한다면 내가 번 것 가운데 정확히 반을 주마. 이게 내 최후의 양보다."

"거절하죠."

"이해해라. 이러고 싶진 않았지만 내가 살기 위해 어쩔 수가 없다."

그는 권총을 내밀었다. 월남전 때 퍼진 권총이 아직도 됫거

274

래되고 있다는 건 알았지만 병태 형 손에 권총이 쥐어지리라 곤 생각 못한 일이었다.

"날 죽일 거요? 증인이 있는데."

"나로선 최후 수단이다. 지금 밖에 우리 애들이 완전히 포위하고 있다. 나를 해치울 수 있다 하더라도 쟤들을 해치울 수는 없다."

"내가 맨몸으로 왔을 거 같아요?"

"확인했다."

"내가 사라지면…… 여기 온 줄 아는데…… 그냥 있겠습니까?"

"그건 나중 일이다."

"내 이름이 장총찬입니다. 권총찬이 아니라구요. 서부 활극을 보니까 권총 찬 녀석보다 장총 든 녀석이 훨씬 잘 쏘더군요."

"지금 농담할 때가 아니다."

"여기가 궁정동도 아닌데, 저 계집애는 내보내고 따집시다."

병태 형이 턱짓으로 눈치를 하자 계집애가 황급히 밖으로 나갔다. 그 순간에 쇠젓가락이 병태 형의 가슴을 찍었다. 쓰러진 병태 형 손에서 권총을 뺏은 뒤 총알을 제거하고 술상 위에 늘어놓았다. 눈 깜빡할 사이의 일이었다. 계집애가 문을 열었다가 닫는 순간에 잠깐 한눈파는 사이를 이용한 것이었다. 먹살을 잡아 일으키고 젓가락을 빼주자 숨을 몰아쉬었다.

"병태 형. 부하들까지 이 꼴이 되면 형은 비참하게 은퇴해야 돼요. 내가 지닌 표창은 스무 개뿐이지만 형의 부하들을 몽땅 해치울 수가 있어요. 형은 내 실력을 알잖아요. 기관총으로 나를 벌집 만들기 전엔 안 된다는 걸. 형이 내게 권총 꺼냈다는 걸 알고 있는 계집애 때문에 부하들은 당연히 형의 승리를 점 치겠죠. 내가 알기에 형은 지금 도전을 받고 있어요. 그래서 마지막으로 크게 한탕하고 물러날 궁리를 했죠. 이만하면 내가 할 말을 다한 셈이죠. 일 분 내로 결정하시죠. 일 분이 지나면 형과 형네 그룹은 내 손에 끝장이 납니다. 배고프지 않을 테니까 욕심부리지 말고 사십쇼."

병태 형은 고개를 숙인 채 얼마 동안 침묵을 지켰다. 참으로 무거운 침묵의 순간이었다. 고개를 천천히 들어 내 눈동자를 무섭게 쏘아보았다. 그러나 그것은 살기가 아니라 애원의 빛이었다.

"상당한 액수를 이미 썼다. 어디다 어떻게 썼느냐고 묻지 마라. 알다시피 나는 데리고 있는 식구가 많다. 삼분의 이쯤은 남아 있다. 되겠냐?"

"좋습니다. 대신 부탁이 있습니다. 특수폭행으로 잡혀간 애들한테 충분한 변호사 비용과 넉넉한 생활비를 더 떼고 주십쇼. 또 형이 직접 변두리에 학교를 지어서 믿을 만한 사람한테 기증한다면, 약속을 철저하게 이행한다면 그냥 가겠습니다. 되도록이면 형이 직접 지어서 좋은 사람이나 사회단체에 기증하길 바랍니다. 물론 형 이름으로 말입니다."

"고맙다. 목숨 걸고 약속을 지키마."

"내가 되레 고맙습니다."

"맹세의 표시로 피를 보이마."

그러더니 손가락을 깨물어 낭자하게 피를 보였다.

"형. 내가 보태드릴 수가 있을 것 같습니다. 이런 곳보다 더 비열한 돈이 있는 데를 알고 있습니다. 주인은 이미 죽고 없어요. 그 가족에게 일부는 되돌려 주고 나머지는 형이 학교 짓는 데 보태겠습니다."

"그래. 나도 이제 사람다운 짓을 해보겠다. 나를 믿어라."

우리는 굳게 악수를 했다. 벌여놓은 술상 앞에 앉아 몇 잔의 술을 같이 마시기도 했다.

성근이는 매일 저녁마다 상황을 보고하기 위해 달려오곤 했지만 내가 알아내려고 하는 구체적인 상황을 알려주지는 못했다. 정복현을 추적하는 일은 쉽지 않았다. 그의 신상에 관한 것은 혜라가 추적 조사한 것이 너무 정확해서 더 이상 조사할 필요가 없을 정도였다. 며칠이란 시간은 나같이 성질 급한 사람에겐 길고 지루한 시간일 수밖에 없었다. 정복현을 무조건 잡고 우격다짐으로 족치면 쉽게 꼬리를 잡을 수 있겠지만 확실한 증거 없이 그럴 수는 없는 노릇이었다.

그날도 성근이가 돌아가고 나서 두어 시간쯤 지났을 무렵에 전화가 왔다.

"정복현이가 압구정동 H아파트로 갔습니다. 지금 그 앞에서 지키고 있습니다. 아무래도 냄새가 이상해요. 지난번에도 잠깐 들렀다 갔는데…… 조사해 보니까 그 방에 성주화라고……."

"탤런트 말이냐?"

"예."

"좋다. 지금 가겠다. 함부로 움직이지 마라."

은주 누나는 밤늦게 차 끌고 나간다고 성화였다. 전 같지 않게 가게에도 나오지 않으면서 밤낮없이 쏘다니는 게 불안한 모양이었다. 다혜 얘기며 혜라에 얽힌 얘기를 간략하지만 어느 정도 해주었는데도 몸조심하라고 성화였다. H아파트까지 어떻게 달렸는지 모른다. 목덜미를 잡아채기 위해서는 현장을 덮쳐야만 했기 때문이었다. 애들이 경비원을 구워삶아서 쉽게 성주화가 산다는 아파트 앞까지 갈 수가 있었다. 우리가 알아낸 것은 정복현이란 남자가 일주일에 두세 번씩 들르는데 그 넓은 아파트를 성주화 혼자 사용한다는 것이었다. 아마 비밀을 지키기 위해 군식구 없이 혼자 사는 것 같았다.

"안고리만 안 채워져 있으면 오 분 내로 열 수 있습니다."

자물쇠는 어떤 것이든 녀석의 손에 닿기만 하면 열린다는 전문가가 이렇게 말했다.

"행운을 빈다. 잠자리에 들기 전엔 안고리를 채우지 않는 게 보통이다. 어서 시작해라."

전문가 녀석은 고개를 까닥 숙여 인사를 하더니 아파트 자물쇠를 만지기 시작했다. 우리는 한쪽에 쪼그리고 앉아 담배를 나누어 피우며 녀석이 가능한 빠른 시간에 해치우기만을 기다렸다. 성근이 목덜미엔 소형이지만 성능 좋은 자동카메라가 걸려 있었다. 한 번 누르면 네 커트가 찍히는 것이라고 했다.

녀석은 역시 전문가였다. 오 분이 채 안 됐는데 작은 휘파람을 불었다. 나는 녀석의 등을 한 번 때려주고 조심스럽게 현관을 열었다. 흐릿한 응접실의 불빛 속에 값진 장식품들이 눈에 들어왔다. 정복현의 구두처럼 보이는 큼직한 구두가 놓여 있었다. 성근이가 살금살금 방마다 기웃거렸다. 맨 뒤쪽의 방을 가리키며 안에 있다는 시늉을 했다. 성근이는 카메라를 들고 플래시를 점검하더니 손가락을 동그랗게 만들었다. 침실 안에선 계집애의 자지러지는 교성이 계속 들려오고 있었다.

문을 벌컥 열었다. 놀라 일어나는 사내와 계집애는 실오라기 하나 걸치지 않은 나신이었다. 플래시는 연속으로 터졌고 계집애는 시트로 얼굴까지 가렸다. 아랫배까지 올챙이처럼 불룩한 정복현이도 얼굴과 아랫도리만은 가리고 있었다. 성근이가 불을 밝히고 능청스럽게 몇 번 더 셔터를 눌렀다.

"당신들, 누구요?"

정복현이가 안경을 찾아 쓰더니 이렇게 물었다.

"우리가 누군지 알면 당신이 더 심장 뛸 테니까 나중에 아는 게 현명하지요. 우선 두 사람 다 옷이니 입고 얘기합시다. 꽤 좋은 공사를 하시는데 방해해서 죄송한데 우리도 먹고살려니 어쩔 수가 없습니다그려. 미리 얘길 하겠는데 아주 징그 럽게 보기 싫은 놈을 작살낼 때 우리나라에선 통상 이런 장면 을 공개하잖소. 우리나라 사람들은 파렴치범이라면 무조건 쥑 일 사람으로 취급해 버리죠. 정복현 선생도 그 정도야 아실 거 아뇨."

"당신들 누구요?"

"알면 심장마비 생길까 봐 아직은 말 못하겠소. 대신 신문사 사회부, 주간지 사진기자, 세무서의 특별 조사 요원, 방송 담당 기자, 파렴치범만 다루는 수사 요원…… 이렇게 한꺼번에 들이 닥쳤다고 생각하쇼."

옷을 다 입고 일어서는 정복현을 성근이가 응접실로 데리고 나갔다. 나는 대충 옷을 입고 침대 모서리에 얼굴을 가리고 앉 아 있는 성주화의 얼굴을 똑바로 보이게 세웠다.

"내가 장총찬이다. 그렇다면 날 속이지 않는 게 네 신세를 망치지 않는 지름길이란 걸 알겠지. 넌 어차피 걸레니까 빨아 도 삶아도 걸레니까 날 도와주기만 하면 영원히 비밀을 지키 겠다. 내 말 알아들어?"

"예예."

계집애 눈빛은 빛나기 시작했다. 나를 믿어도 된다는, 그래서 신세 망치지 않고 해결될 수 있다는 확신을 가졌기 때문이다.

"묻기 전에 간략간략하게 정복현에 대해 아는 대로, 가능하 면 비밀스런 거나 이해 못할 걸 털어놔라. 너도 알 거다. 난 약속 지킨다."

"얘길 들어서 압니다. 뭐든지 다 얘길 하겠어요. 비밀만 지켜주신다면."

나는 따귀를 한 대 올려붙였다.

"난 두 마디 하지 않는다는 걸 네가 모르는구나."

계집애는 무릎을 꿇고 매달렸다.

화사하고 매력적이란 생각은 하고 있었지만 내 손을 잡고 애원하는 성주화의 몸매는 정복현이 아니더라도 군침을 삼킬 만했다. 두어 해 전부터 화면에 자주 나오고 영화관에서 선정적인 몸매를 내밀어 낯익은 계집애였다. 돈 많은 사내에게 매달려 출세한 계집애 특유의 아양을 떨어가며 털어놓는 사연은 길게 들을 필요가 없는 그렇고 그런 사연이었다. 여고를 졸업하고 모델 노릇을 하다가 정복현이 회장으로 있는 회사의 광고 모델을 서는 인연으로 몸 흥정이 시작되었다는 것이었다. 그 대가로 영화 출연이란 행운과 탤런트의 길을 걷게 되었고 이만큼이라도 유명해졌다는 것이었다. 그동안 소문 없이 견딘 것은 정사 장소가 주로 정복현의 별장이었고 운전사가 정복현의 심복이었기 때문에 교묘하게 추적을 따돌릴 수 있었다고 했다. 그 한 가지 사실을 보아도 정복현이 얼마나 치밀한 사내인가를 알 수가 있었다.

"이 아파트는?"

"정 회장님이 작년 가을에 사 줬어요."

"얼마 줬냐?"

"일억 몇천인가 그랬어요."

"등기는?"

"다른 이름으로 되어 있지만…… 결국 저한테 주겠다고 했어요. 갑자기 좋은 아파트 샀다면 의심받으니까 우선은 전세 산다고 하라고요."

"민대식이란 이름 들었거나 그 이름에 얽힌 서류 같은 걸 본 적이 있냐? 그렇잖으면 민혜라라든지."

"우리 집엔 없고요……. 별장에서 서류 같은 걸 본 적이 있어요. 그것 때문에 회사 간부였던 사람에게 돈도 주고……. 뭔가 시달리는 것 같았어요. 어쩌다 방 상무란 사람이 와서 큰 소리 치고 그랬어요."

"자세히 말해라."

"확실한 것은 몰라요. 눈치로 봐서 정 회장님이 뭔지 모르지만 방 상무란 사람한테 덜미 잡힌 게 있나 봐요. 비서였었는데 상무까지 승진한 이면에는 정 회장님의 비밀을 쥐고 있다는 말도 전화하는 걸로 얼핏 들은 적이 있어요. 그 사람은 회사를 그만두고 독립했나 본데 가끔 찾아와서 돈도 가지고 가고 그러나 봐요."

"그렇다면 방가 녀석을 없앨 궁리도 했겠구나?"

그만큼 술수에 능한 사내라면 방가 녀석을 처치할 궁리를 아니했을 리 없을 것 같아 슬쩍 넘겨짚었다.

"그것도 얼핏 들었는데…… 사고로 위장하라는 것 같았어요."

"그만하면 됐다. 분명히 말하지만 너는 약속대로 살려주겠다. 한 가지 부탁은 며칠만 잠적해라. 물론 스케줄대로 움직이되 정복현과 이 시간 후엔 만나지 마라. 돈도 좋지만 제발 사람답게 살아라. 그래놓고 멀쩡한 총각한테 시집가는 그 쓸개는 좀 버려라. 내 말 알겠냐?"

"예."

"젊고 돈 많고 멋진 놈 많다. 제발 그놈의 쓸개나 좀 빨아라. 걸레 노릇도 할 데가 있잖냐. 멀쩡하고 착한 동료들이 너같이 쓸개 빠진 계집애들 때문에 피해를 입잖냐."

계집애는 옷을 주섬주섬 입고 큰 가방을 챙겨 들었다. 정복현이가 뭐라고 소리를 질렀지만 성주화는 뒤도 돌아보지 않고 밖으로 나갔다. 그것이 그런 부류의 생리인지도 모른다.

"내가 성주화의 약혼자올시다. 믿지 않겠지만 계집이란 마음만 먹으면 당신 같은 늙은이쯤 속여먹기는 식은 죽 먹기지. 나도 이미 파토를 낸 놈이니까 이 사진들을 팔아서 한밑천 잡을 수밖에 없는 막다른 인생올시다. 이만하면 이제 흥정으로 들어갑시다."

성근이가 앞질러 바람을 잔뜩 불어놓아서 정복현은 쉽게 흥정할 기미를 보였다.

"얼마면 합의하겠소?"

대수로운 게 아니라 돈을 요구하는 조무래기라고 생각했는지 제법 의젓해진 자세로 말문을 열었다.

"오십억 원이면 적정선 아닙니까?"

"이봐요. 서로 가능한 얘길 해야 거 아니오."

정색을 하고 말했다.

"오십억 원이면 봐준 거요. 당신 재산의 반밖에 요구하지 않았잖소. 당신은 명문 대학을 졸업하고 민 회장의 비서관을 할 때만 해도 가난뱅이였소. 그런데 어느 날 갑자기 떼부자가 됐고 당신이 사들이는 땅마다 투기 붐이 불었소. 하는 사업마다 돈을 쥐기도 했고. 당신 노력의 대가는 인정하지만 당신이 갑자기 떼부자가 된 건 설명할 재간이 없을 거요. 이만하면 우리가 오십억 원쯤 제시할 만하잖소?"

"공갈 협박하는 거요? 경찰을 부르겠소. 사람이 정도가 있어야지."

"경찰이 오면 우린 별로 할 말이 없소. 아직 증거가 없으니까. 그럼 얼마 주시겠소?"

"천만 원 어떻소?"

"당신 참 쩨쩨하군. 젊은 계집애한테 일억 몇천짜리 아파트 사 줬길래 통 한번 크다 생각했는데……."

"사 준 게 아니라 전세요."

"당신은 충분히 그럴 만한 사내지. 한 가지 물읍시다. 민혜라라고 아십니까? 민대식이라고 아십니까?"

"알고 있소."

"그렇다면 당신을 믿고 당신 앞으로 등기를 내준 걸 당신이 고스란히 먹어치운 걸 시인하겠소?"

"너희들, 알고 보니 앞잡이들이구나. 내가 넘어갈 거 같으냐? 가서 전해라. 정복현이는 내 손발이 닳도록 노력해서 먹고사는 거라고. 형편이 어려우면 떳떳하게 찾아와서 도와달라고 하면 내가 옛날 정의를 생각해서 굶지 않게는 해주마고. 지금 당장 비키지 않으면 너희들도 경찰에 협박 공갈죄로 넣겠다."

정복현의 노기등등한 모습에 우리는 슬그머니 기죽는 척을 했다. 성질대로 엎어놓고 곤장질을 할 일이 아니기 때문이었다. 우리가 기죽는 척을 하자 정복현은 더 기가 승해서 금방이라도 우리들을 때려눕힐 것처럼 설쳐댔다.

"그건 할 말이 없소. 그러나 우리도 먹고살자고 이런 짓 하는데 용돈이라도 줘얄 거 아닙니까? 필름 값은 줘야지요."

"지금 없다."

아까와는 아주 태도가 달랐다.

"이 필름을 다른 데다 팔 수밖에 없죠."

"필름을 내 앞에서 그대로 빼라. 그럼 내가 알아서 너희들 용돈은 해주마. 당장 가진 건 없고 수표를 써주마. 내 말대로 하는 게 좋다. 그렇지 않으면 몽땅 잡아넣겠다."

우리는 굴복하는 척 그 자리에서 필름을 빼 주었다. 정복현은 필름을 노출시킨 뒤 주머니에 넣더니 뒤돌아서서 수표책을 꺼냈다. 성근이가 진짜 필름을 살짝 보이더니 눈을 찡긋 하며 웃었다. 접은 수표를 내밀며 정복현은 또 한 번 꾸지람 비슷하게 우리들을 나무랐다. 우리는 죄송하다는 말과 고맙다는 말만 연신 지껄이고 아파트를 빠져나왔다.

"새애끼, 더럽게 치사하네. 백만 원이 뭐야?"

성근이가 수표를 내보이며 말했다.

"애들 수고비로 써라. 치사하게 생각 말고. 돈 한 푼 안 주고 너만 고생시킨 내가 준다고 생각하고."

성근이는 피식 웃었다. 애들을 동원해서 이리 뛰고 저리 뛰면서 경비깨나 들었을 텐데도 말 한마디가 없던 녀석이었다. 우리는 곧장 차를 몰아 방 상무란 녀석을 추적하기 시작했다. 밤늦은 시간이지만 성주화가 일러준 대로 한 패는 별장으로 보내고 나와 성근이만 방 상무네 집을 찾아나섰다. 지금쯤 정복현이는 우리의 작전의 뜻도 모르고 안도의 숨을 쉬고 있을 게 뻔했다. 우리는 그를 안심시킨 뒤에 방 상무를 덮쳐 확실한 물증을 제시하고 별장에 몰래 침투해서 혹시나 다른 물증이 있는지 찾아볼 계획이었다.

방 상무가 아직 집에 들어오지 않은 것을 확인하고 골목에다 차를 대놓고 기다리기로 했다.

하느님. 내 팔자도 좀 고쳐주십쇼. 박박 지우고 새로 써넣어 주십쇼. 새로 쓸 때는 제발 이름부터 바꿔주세요. 우아함이라든지 신선함이라든지……. 그게 싫으면 아예 장총찬 대신 돌쇠나 먹쇠라고 지어주시든지 말입니다. 이름이 이렇게 생겨서 평생 기인 총이나 차고 다니잖습니까. 차라리 내 팔자를 고쳐주지 않으시려거든 표적도 많은데 제대로 쏘지 못하게 여기 막고 저기 막고 해서 통쾌하게 한 방도 못 갈기고 조무래기만 갈기게 하지 마시고 좌충우돌하며 백성들 신바람 나게 제대로 목표물을 겨냥해서 사천 년 묵은 체증 좀 가라앉을 때까지 갈기게 해주세요.

하느님은 아실 겁니다. 장총찬이가 어째서 시시껄렁한 녀석들만 쥐어 패는지 말입니다. 좀 냅둘 수 없습니까? 내 팔자를 그리 만들었으면 김씨, 이씨, 박씨, 정씨, 송씨, 조씨, 홍씨, 전씨, 권씨, 신씨, 최씨…… 닥치는 대로 역사적으로 죄짓는 친구들 패대기질 치게 내버려 둘 의향은 없으십니까? 정치가, 행정가, 법조인, 성직자, 재벌, 의료인, 교육자, 유력 인사, 잘난 친구, 애국자, 지식인, 유명 인사, 거들먹거리는 친구, 소갈머리 없는 친구, 뭐 믿고 까부는 친구들……. 그 가운데 숱하게 가짜가 많을 텐데 어째서 내 팔자를 요리 막고 저리 막고 하십니까?

혹시 하느님도, 그럴 리야 없겠지만 돈 받아자시고 눈 질끈 감으신 것 아니겠죠.

하느님, 여러 신세 생각해서 그만 할랍니다.

새벽 한 시쯤 골목길을 차가 쏜살같이 들어오더니 신사복 차림이 손을 흔들고 내렸다. 자동차가 회전을 하는 사이에 신사복의 사내도 초인종을 눌렀다. 방 상무였다. 내가 재빨리 뛰어가 방 상무라는 걸 확인하고 뒷덜미를 나꿔채어 우리 차에 실었다. 우리 차가 골목길을 빠져나오자 방 상무는 술기운 가득한 목소리로 반항을 시작했다.

"시끄럽다. 우린 널 죽여달라는 부탁을 받고 온 저승사자다. 정복현을 안다면 반항할수록 일찍 죽는다."

"뭐라구?"

방 상무는 술이 깨는지 몸을 바로 하더니 나를 뚫어지게 쳐다보았다.

"너하고 이중 흥정을 할 수도 있지. 돈이 아니라 정복현을 옭아 쥔 서류라면. 넌 일억 원에 우리가 처치해야 돼. 네 목숨값은 그래도 비싼 편이지. 널 일억에 죽여달라는 걸 보면 그 문서가 수십억 원의 가치가 있기 때문이겠지. 그래서 우린 네가 서류만 넘겨주면 살려주겠어. 서류를 뺏기 위한 공작이 아니라 확실한 보장 아래 약속하는 거다. 우린 시간이 없다. 네 시체를 들고 가든가 널 살려두든가 둘 중에 하나를 빨리 결정해야 한다."

"살려주십쇼. 시키는 대로 하겠습니다."

"생각 잘했다. 어차피 넌 훔쳐낸 문서로 이만큼 잘 먹고 잘 살았잖느냐."

"그 문서가 집에 있습니다."

"어떤 거냐?"

"민 회장과 정 회장이 공증한 서류인데 두 사람이 한 통씩 가져야 할 서류를 정 회장이 두 통 모두 챙겼습니다."

"그런데 어떻게 네가 그걸 또 가로챘지?"

"전혀 우연이었습니다. 민 회장이 외국에서 죽었다는 연락을 받자마자 서류를 챙기길래 왜 그러나 했습니다. 그래서 뭔가 냄새나는 게 있구나 싶어서 몰래 훔쳐봤더니 그런 엄청난 서류였습니다. 그래서 내가 한 통을 빼냈습니다."

방 상무는 살기 위해서 두서없이 술술 불어대기 시작했다. 제가 생각해도 정복현이가 전문가를 보내 죽이려 한다는 게 당연하다고 생각하는 눈치였다.

"우린 확실한 선택을 한다. 정복현을 선택하거나 널 선택하거나는 네 행동에 달렸다. 정복현이가 어떤 인물인데 싸구려 일을 시켰겠냐. 그래서 우린 뭔가 큰 게 있다는 짐작을 하고 네가 원한다면 너를 선택하기로 했다."

"살려주시면 뭐든 하겠습니다."

"그동안 얼마나 뜯어냈나?"

"칠팔억쯤 됩니다. 때때마다 사업 자금 명목이었지요. 정복현은 쩨쩨합니다. 처음에 오억만 내면 서류 전부를 주겠다고 했는데도 회사 하나 차려 주고 쓱 입 닦으려고 하기에 버틴 거죠. 그런 인간의 돈은 빼먹어도 정말 아까울 게 없습니다."

"네놈은 더 쩨쩨하고 치사한 놈이다. 부정한 놈과 타협해서 먹고산 놈이니까."

"……."

방가 녀석은 대꾸 없이 눈을 감았다. 자동차를 돌려 방 상무네 집 앞에 도착한 것은 삼십여 분쯤 지난 시간이었다. 초인종을 누르고 나더니 애원조로 말했다.

"제발 식구들이 눈치채지 않게 해주세요."

"아까 말한 대로 네 행동에 달렸다."

녀석은 고개를 끄덕였다. 대문이 열리고 잠이 가시지 않은 여자가 잠옷 바람으로 현관을 열었다가 얼른 안으로 들어갔다. 우리는 사내를 따라 지하실로 내려갔다. 깊숙이도 감추어 두었다는 걸 알 수 있었다. 잡동사니를 모두 들어내더니 한쪽 벽의 쇠고리를 힘껏 잡아당겼다. 그 안의 소형 철제 금고를 열고 직사각형의 누런 봉투를 내밀었다. 성근이가 얼른 펴보더니 고개를 끄덕였다.

"우릴 큰길까지만 바래다줘라."

"여부가 있습니까."

우리가 지하실에서 나오자 그사이에 옷을 갈아입은 방가 마누라가 의아한 눈초리로 우리를 쳐다보았다. 방가는 거래처 사람들인데 급히 서류를 챙길 것이 있어서 같이 왔다면서 얼렁뚱땅 둘러붙이고 황급히 앞장서 나갔다. 성근이는 차를 몰고 앞장서고 나는 방가의 어깨를 끌어안고 걸었다.

"살려주시는 거죠?"

아직도 긴장이 풀리지 않아 이렇게 물었다.

"물론이지. 나는 약속 하나는 철저히 지키는 사람이니까. 그런데 미안하고 또 미안하지만 두들겨 패지 않겠다는 약속은 안 했네. 내 말이 틀렸나?"

"……."

고개를 떨구었다.

"그래서 얘긴데 자네를 그냥 두고 간다면 양심적으로 사는 사람들을 모독하는 결과가 되네. 그동안 치사한 짓으로 먹고 살았으니까 얼마쯤은 다이어트를 좀 하게. 병원에 가지 말고 집에서 죽을 먹어가며 한두 달 반성하란 말일세. 분명하게 얘길 하겠는데 병원엘 다녀도 낫지 않으니 한두 달 속죄하면서 기다리면 저절로 나을 만큼만 때려주겠네. 다시는 부정한 놈과 타협하지 말고 살거나."

"선생님, 제발 좀 봐주십쇼. 하란 대로 다했잖습니까."

"그럼 이렇게 하자. 이 골목에서 네 목청껏 동요를 한 열 곡만 불러라. 동네 사람 다 깨우고 방범대원 쫓아오고 그러면 우린 자연스럽게 도망갈 거 아니냐. 그럼 맞지 않아도 될 테고. 그러나 내 기준과 내 판단으로 목소리가 화통 삶아 먹은 것처럼 크지 않으면 가엾게도 넌 철강으로 갈비뼈를 만들었거나 찰고무로 살점을 만들지 않은 이상 염라대왕 문전까지 갔다 와야 한다. 이 절호의 찬스에 염라대왕 전 구경하는 것도 꽤 낭만적 아니냐. 시간 없다. 목청껏, 네 죄 없는 자식들이 부르는 동요니 불러라. 내 귀청이 멀쩡하면 넌 공짜로 극락 구경한다."

방가 녀석은 큰 기침을 한 번 하더니 우람한 체격답게 목청을 뽑았다.

학교 종이 땡땡땡……, 산토끼 토끼야……, 나리나리 개나리……, 꽃밭에는 꽃들이 모여 살아요……, 나란히 나란히……, 따르릉 따르릉 비켜나세요……, 송아지 송아지 얼룩송아지……, 태극기가 바람에 펄럭입니다……, 우리 엄마 이름은 여보이구요……, 엄마 앞에서 짝짜꿍 아빠 앞에서 짝짜꿍…….

마지막 노래는 목청이 잔뜩 쉬어서 제대로 부를 수가 없었다. 성근이가 콧노래처럼 앞 소절을 알려주는 대로 따라 부른 것이 열 곡이 넘었는데도 사내는 땀을 뻘뻘 흘리며 목청을 뽑았다.

"이제 그만 놀아라. 아직 내 귀가 멀쩡해서 안됐다."

"선생님……."

나는 골목길 가운데서부터 큰길 쪽의 전봇대 있는 곳까지 끌고 가며 때렸다. 비명 지를 목청이 잔뜩 쉬어서 쫓아 나오는 사람도 없었다. 방가 녀석은 엉금엉금 기어서 자꾸 제 집 쪽으로 한 발짝이라도 더 가려고 했다.

"임마, 그런 수법은 엉덩이에 뿔난 정치쟁이나 구두 속에 달러 숨겨 나가는 목사나 벼룩의 간 빼먹는 재벌, 겉으로 폼 재고 속으로 썩는 지식인쯤이나 할 짓이지 너 같은 얄은 꾀 가진 놈 할 짓이 아니다. 내 말 알겠냐?"

"예예."

"임마, 노래 연습 그만큼 했으면 유치원이나 차려서 죄 없는 맑은 어린애들한테 인생을 좀 배워라. 앞으로 돈 훑어먹으려면 총 맞아 죽은, 멧돼지 같은 뭐시깽인가 하는 친구 돈쯤 떼어먹는 배짱쯤 가져라. 알겠냐?"

"예예."

"만수무강해라. 건강하고 행복하고 잘 먹고 잘 살아라."

성근이가 이렇게 말하고는 자동차 문을 힘차게 닫았다. 자동차는 쏜살같이 밤길을 달렸다. 우리는 담배를 나누어 맛있게 피우기 시작했다. 정복현의 꿈자리가 꽤 사나울 것이다.

아침에 현상된 사진과 복사된 문서를 성근이가 챙겨가지고 왔다. 열대여섯 장의 사진은 아무리 보아도 기삿거리로는 특종감이었다. 성주화의 놀란 나신과 정복현의 굳은 표정이 너무나 대조적이었다. 사진이지만 성주화는 생김새답게 하얀 모습인데 정복현은 시커먼 멧돼지 같았다. 누가 보아도 어울리지 않는 상대라는 걸 쉽게 알 수 있었다.

"이젠 애들을 철수시켜라. 그동안 고생들 했다."

"그러잖아도 철수시킬 참이었습니다."

"발 빠르고 눈치 빠른 애들 두어 명은 계속 정복현한테 붙여라. 어렵지만 카폰 달린 차를 오늘 하루쯤 배정시켜 줘라. 오늘 밤에 잡아야겠다."

"별장에 갔던 애들도 별 소득이 없는 것 같애요. 도전해 보겠다고 버티던데요."

"그쪽 뒤져봐야 탈세하기 위한 이중장부가 고작일 거다."

이제 정복현의 덜비를 완벽하게 잡은 것이었다. 혜라의 기록이 사실이란 것이 명백해진 것이었다. 그렇다면 사촌이나 당숙, 조카나 사돈의 음흉한 간계도 거짓이 아니란 결론이었다. 재벌이 죽으면 자식들끼리 재산 쟁탈을 위해 암투를 벌이는 건 차라리 이해할 수 있는 일이지만 청렴결백한 공직자로 알려진 거물급 인사 죽음 뒤에 이렇게 치사한 이면이 도사리고 있다는 건 어떤 의미로든 불행한 일일 수밖에 없었다. 물론 해외로 빼돌린 재산만 없다면 그 돈이 결국 우리나라 안에 있기 때문에 국부적인 관점으로 보면 큰 문제가 아닐 수도 있는 것이다. 그러나 문제는 위장 분산할 정도의 인사라면 해외에도 막대한 재산을 빼돌려놓았을 거라는 가슴 아픈 추측을 할 수밖에 없다. 한때는 스위스 은행에 우리나라 모모한 인사들의 비밀 구좌가 상당할 거라는 소문이 떠돈 때도 있었다. 세계 도처의 독재자들이나 그의 추종자들이 스위스 은행의 비밀 구좌에 엄청난 액수를 예치해 두고 만약의 사태에 대비를 하고 있지만 지금까지 비밀이 보장된 그 구좌에서 제대로 돈을 빼 쓰고 죽은 정치가는 없다고 한다. 그 이유는 현명하게 물러나지 못하고 쫓기거나 독재의 단죄 때문에 돈을 찾기 전에 죽었기 때문이라고 한다.

생전의 민 회장은 그래도 현명했었던 것 같았다. 외국에 나가 있으면서 흥청거리며 돈을 썼고 제법 여유 있는 생활을 했던 것이다. 다만 국내에 위장 분산시킨 재산 때문에 고민을 하다가 갑자기 죽는 바람에 남 좋은 일만 시킨 꼴이었다. 그의 아들 민대식은 아버지의 유언대로 위장 분산된 재산을 찾으려다가 실패한 당사자가 된 것이기도 했다.

"이제 민대식을 찾아야 한다. 일본에서 어렵게 살고 있는 모양인데……. 정신 차리기만 하면 제 애비의 죄업을 씻어가며 좋은 일을 할 수가 있을 텐데."

"형님, 그럴 가치가 있을까요? 차라리 형님이 맡아서 좋은 일에 투자를 하든가…… 아니면 지금부터 준비해서 사 년 후에 국회의원에 출마를 한번 해보죠. 형님 고향에는 학교나 하나 세우고 공장이나 두어 개 짓고 여기저기 적당히 선심이나 쓰다 보면 국회의원 한자리쯤이야 누워 떡 먹기 아닙니까? 시시껄렁한 친구들이 정치하는 거 보니까 밸이 꼴려요."

"임마 세세연년 대대로 해먹는 황제라면 출마하지만 그 정도에 나를 내보낼 작정은 아예 하지 마라."

"행정대학원 같은 데 적을 두고 학력이나 높여놓고 그러면 되죠. 난 형님이 한번 휘둘렀으면 좋겠어요."

"쓸데없는 소리 그만해라. 돈 찾으면 병태 형 학교 세우는 데 소금 보내고 나머지는 민대식이한테 고스란히 줄 거냐."

"왜요?"

"그의 몫이니까."

"부정한 돈 아닙니까?"

"부정해도 주인은 주인이니까. 대신 좋은 일을 하겠다는 보장이 있어야만 주겠다."

"형님, 혜라인가 하는 그 여자 때문이죠?"

"물론 그것도 있다. 난 신세를 갚아야 돼. 배고프게 살고 있는 민대식에게 대신 갚는 길도 내가 할 것이다. 부정한 돈이라고 해서 아무나 빼먹어도 된다면 그것 또한 부정한 짓이다. 그리고 그렇게 따지자면 여유 만만한 사람들 돈도 죄 뺏어야 한다는 논리가 생길지 모른다. 노력한 것은 인정해야지."

"일할 흥이 안 납니다."

성근의 입장에선 그럴 수도 있는 일이었다.

"대신 좋은 일에 꼭 쓰도록 하겠다. 민대식이도 알아들을 거다. 또 제 애비가 떳떳하지 못하니까 위장 분산했다가 당한 거라는 걸 알기 때문에 속죄하는 의미로도 가치 있게 쓰려고 할 거다. 저도 사람 새끼 아니었냐."

"그렇다 치고…… 정복현이가 이중 삼중으로 해먹은 것 같애요. 친척과 친구들한테 위장 분산시킨 공증 서류를 몽땅 갖고 있잖아요. 그러니까 제 것은 싹 빼고 재산 먹은 친척이나 친구들에게 눈감아줄 테니 얼마쯤 떼어내라고 흥정을 해서 제 배를 불렸을 가능성이 많다 이거죠. 부동산과 회사 인수 과정을 보면 그 여자가 주장한 것처럼 민 회장 재산 동태를 너무 훤히 알고 차근차근 먹었다는 인상이 짙어요."

"충분히 그럴 가능성이 있지. 민 회장의 극비 서류를 가장 먼저 챙겼으니까 누가 민 회장 재산을 어떻게 먹었는지 훤히 알고, 제 자신은 시치미를 뚝 떼고 달려들었겠지."

이것저것 챙길 일이 많았다. 일본 어딘가에 살고 있다는 민대식을 찾아내는 일도 쉽지 않았고 거물 행세를 하는 정복현을 항복시키는 일도 그리 쉬운 일은 아니었다. 민 회장 재산을 배짱으로 먹어치운 것을 보면 법정 시비까지도 불사할지 모르기 때문이었다. 법적으로 재산의 주인이 확실한데 공증 서류 한 장으로 소유주가 뒤바뀌리라는 판단은 쉽게 서지 않았다. 그것을 사건화해서 세상에 알리려면 민대식이가 귀국해야만 했다. 역사 속에 감추어질 까닭은 없지만 아직은 청렴한 인물로 알려진 혜라 아버지를 심판대에 올려놓는 일은 왠지 꺼림칙한 일이었다.

자리를 피한 성주화를 찾기 위해 정복현이가 사람을 풀었다는 사실을 안 것은 저녁 무렵이었다. 아마 어젯밤의 충격으로 어떤 결말이든 지으려는 수작일 것 같았다. 우리는 길목을 막고 정복현을 잡을 궁리를 했다가 그런 방법이 오히려 번거롭고 자칫하면 납치범으로 몰릴 수 있다는 생각으로 직접 치고 들어가는 방법을 선택했다.

면회 신청을 순순하게 받아들인 정복현은 잊저녁의 비굴한 모습과는 아주 다른 당당한 풍채로 우리를 맞았다. 45평은 족히 되리라 싶은 회장실은 내가 생각했던 것보다 훨씬 호화스런 장식과 꾸밈이었다.

"그래, 미스 성이 지금 어디 있나?"

"여기 있죠."

정복현이가 성주화를 찾고 있다는 정보를 쥐고 있어서 성주화의 확실한 거처를 제공하겠다는 바람에 면회를 허락받은 내가 책상 위에 사진부터 꺼내 놓았다.

"나를 속여? 너희들 사람 잘못 봤다. 내가 누군 줄이나 알아?"

기세등등한 발언이었다.

"정복현 회장이란 건 천하가 다 압니다. 이 사진을 보셔서 알겠지만 꽤 잘난 분이죠."

"이봐. 자네들 뭐가 필요한가? 사내들이 무슨 할 짓이 없어 이 짓들인가? 자네들이 정 이렇게 나온다면 나도 생각이 있지. 자네들은 나를 납치해다가 이렇게 연출을 시키고 돈을 뜯어내려는 공갈배들로 집어넣을 수 있지. 나도 그만한 준비성은 있는 사람이니까."

"문제는 이 사진이 공개되는 데 있습니다. 전직 고위층에다 현직 회장이 이제 갓 스무 살 된 성주화를 데리고 놀았다는 건 사회적으로 용서받기 어려우실 텐데요."

"하하하……. 이봐, 사내가 큰일을 하려면 그만한 일은 누구나 하는 거야. 그만한 보상은 하게 돼 있지. 용돈이 더 필요하다면 줄 수도 있고 밥 먹을 데가 없다면 내 밑에 와서 일을 하게. 어때?"

역시 배포 하나는 대단한 사내였다. 웬만한 사람 같으면 세상에 노출되는 게 두려워 금세 기가 죽을 텐데 정복현은 이런 일쯤은 항용 있을 수 있는 일이라는 투였다. 그렇게 해서 우리를 한번 떠보는 수작일 수도 있었다. 어젯밤에 순순히 물러날 때부터 다시 찾아오리라는 걸 생각했다면 이렇게 쓸데없는 배짱으로 우리를 넘기려고 하지는 않았을 것이다.

"그건 그렇다 치고 이건 어떻습니까?"

나는 안주머니에서 복사한 서류를 그에게 내밀었다. 정복현은 서류를 펴보고 경악스런 표정으로 우리를 번갈아가며 노려보았다. 나는 느물스럽게 웃었다. 그 서류의 복사본을 우리 손으로 내밀리라곤 상상조차 못했을 것이다. 방가 손에 있던 비밀 덩어리, 정복현의 일생을 좌우하는 극비 서류가 내 손에 있다는 것은 아무리 배짱 좋은 정복현이라도 충격일 수밖에 없었다.

"이게, 어디서 났지?"

"아시면서 그러십니까. 방 상무한테 거금을 주고 샀습니다. 당신이 쩨쩨하게 구니까 우리한테 판 거죠. 방 상무 말로는 당신이 이 서류를 되찾기 위해 방 상무를 죽일 궁리를 했다더군요. 어쨌든 당신은 민 회장의 오른팔 노릇을 하다가 배반하는 동시에 거물이 됐어요. 이젠 그동안 누린 것만큼 피 보기를 좀 하셔야겠소. 어때요? 이젠 나하고 흥정하기가 쉬워졌죠? 방 상무하곤 다릅니다. 흥정 액수가 다르다 이겁니다. 더구나 일본에 있던 민대식이가 서울에 왔지요. 우린 청부업자입니다. 유리한 쪽에 언제나 붙지요."

정복현은 한참이나 창밖을 응시하더니 내 손을 잡았다.

"단둘이 얘길 합시다."

"좋지요."

우리는 회장실 뒤쪽의 밀실로 들어갔다. 사우나 시설과 안락한 소파와 침대까지 마련되어 있는 조그만 밀실이었다. 얼마나 여유 있는 생활을 하는지 알 수 있을 것 같았다.

"원본을 선생이 가졌다는 걸 어떻게 믿소?"

"당장이라도 방 상무한테 전화를 해보면 알 겁니다."

정복현의 말투가 갑자기 너무 공손해진 것으로 미루어 이야기는 의외로 쉽게 풀릴 수 있을 것 같았다.

"그래, 얼마에 받았소?"

"그건 말하기 곤란합니다."

"내가 곱을 드리리다."

"정 회장, 당신 재산을 몽땅 받아야겠소. 왜냐면 당신같이 더러운 인간은 거머리 속 뒤집듯 뒤집어서 청강수에다 휘휘 저어 빨아야 마땅한 일이나, 이 나라는 어쨌거나 법치국가고 당신 같은 쓰레기가 많아서 함부로 치우기도 곤란해서 우선 당신 재산 전부를 내놔야겠소. 우린 부득이 이 사실과 저 사진을 공개하지 않기를 바랍니다. 무슨 얘긴가 아쇼?"

정복현은 또 한참 생각하더니 내게 바싹 다가앉았다.

"내 재산의 반을 내놓겠소. 당신들도 이만하면 한밑천 될 거요."

애원하고 있는 정복현을 앉은 채로 걷어찼다. 소파 뒤로 굴러떨어지더니 엉금엉금 기었다.

"너도 누구 닮냐? 그래, 재산 내놓겠다던 주둥아리가 부끄럽고 싶으냐? 그동안 잘 먹고 잘 살았지. 계집애한테 억대가 넘는 아파트도 사 주고 최고급 승용차 타고 다니며 뻐기고 살았지. 그렇다면 이제 라면으로 삼시 세 때를 때워가며 속죄하고 통곡할 차례다. 그게 싫으면 황천에 가야지. 거기 가서 민회장을 한번 만나봐라. 둘이 할 얘기가 많을 거다."

"당신들은 정말 누구요?"

"염라대왕이 보낸 저승사자다."

"타협합시다. 민대식이가 시킨 것 같은데 내가 전 재산의 삼분의 이를 내놓겠소."

"저승사자하고도 흥정하는 수가 있냐? 넌 아무래도 돌팍이구나."

가볍게 급소를 두어 대 맞더니 아예 바닥에 무릎을 꿇었다.

"나 먹을 건 있어야잖소."

악 받친 소리였다.

"본래 넌 18평짜리 아파트 한 채뿐이었어. 그건 남겨 주지."

"이봐요. 나도 노력해서 불렀단 말요. 인정할 건 합시다."

"그 얘긴 염라대왕한테 해라. 이놈아, 아무리 그 장군에 그 졸이지만 염치는 있어야 할 거 아니냐. 부정한 재산이면 고발을 하든가 옛 정리를 생각해서 내주고 조금 얻어먹든가 했어야지. 민 회장이 급사하니까 알짜로 먹으려고 해!"

"……."

정복현은 대꾸하지 못했다.

"말이 나왔으니 따지고 넘어가자. 친척이나 친구들이 먹은 것도 네가 알겨먹었지?"

"그랬소."

"철저히 빨아먹었구나. 괘씸하기 짝이 없는 놈 같으니. 이놈아, 최소한 의리는 있어야 할 거 아니냐. 네가 떼부자가 돼서 거들먹거릴 때 민대식이는 장가도 못 가고 여기저기 다니며 사발 공양이나 하는 신세인데 지금까지 모른 체하다니 말이 되냐?"

"빼돌린 게 많소. 급사하는 바람에 스위스 같은 은행에 감춰 놓은 걸 못 빼서 그렇지……."

정복현의 말이 끝나자마자 나는 급소를 걷어찼다. 거품을 쏟으며 천장을 보고 누워 발버둥을 쳤다.

"18평짜리 아파트 한 채 값은 빼주겠다. 만약 전 재산을 내놓지 않으면 모두 공개를 하겠다. 이건 우리가 먹는 게 아니라 민대식이 앞으로 이전시킬 거다. 민 회장의 옛 동료들이 널 잡으려고 벼른다는 것쯤은 너도 알겠지. 다 같은 처지기 때문에……."

"제발 좀 봐주십쇼. 나는 처자식이 있고 사업하던 사람이오."

"이젠 고생 좀 해라. 네가 밥이라도 먹으려면 민대식이한테 사정을 해라. 그래서 떼어 주는 건 말 안 하마. 그러나 일단은 모두 민대식이한테 넘겨라. 지금 당장 서류를 꾸며라."

"제발……."

털끝만큼도 용서할 수 없는 사내였다. 이런 부류의 사내들이 어지간히 많다는 건 알지만 이렇게 철저하게 남의 재산을 빼먹고도 멀쩡한 사내는 처음 대하는 것이었다. 멀쩡한 제 재산을 남의 이름으로 명의를 해줄 수밖에 없는 이른바 지도층 인사들이 많은 까닭은 정당하게 벌어 모은 재산이 아니라는 결론밖에 달리 해석할 방법이 없는 것이었다. 그리고 쉽사리 죽지 않으면 어떠한 방법으로든 제 재산을 찾아먹지만 민 회장처럼 급사를 하면 측근 사람들만 떼부자를 만들어주는 셈이다.

그렇게 해서 한밑천을 잡은 사람이 많다는 소문도 괜히 나돈 것만은 아닐 것이고 보면 이 땅에는 겉으로 청렴결백한 인사가 많고 속으로 살찐 사람이 의외로 많다는 사실을 그냥 짚고 넘어갈 일만은 아닌 것 같다. 위장 분산이란 그 사실 자체만으로도 설명하기 싫은 재산이라는 명증한 논리가 성립되는 것이다. 얄팍하게 세금을 덜겠다는 정도의 위장 분산자들이야 중산층일 터이니까, 또 추적이 불가능한 것일 터이니까 다리

괴고 앉을 수밖에 없지만 계획적인 위장 분산자들은 철저한 추궁을 해야 마땅할 것이다.

누구나 잘살고 싶어하는데 아이디어가 좋았거나 사업 수완이 뛰어났거나 좋은 상품을 제작했다는 식의 정당한 노력이라면 박수를 쳐줄 일이다. 사실 그러한 재산가도 상당수가 있다는 걸 우리는 알고 있다. 문제는 한번이라도 부정한 방법으로 떼부자가 된 사람인 경우 불안정한 경제와 언제나 콩 튀듯 하는 부동산 투기와 상대적 평가에 따라 있는 자가 더 부자가 된다는 사실에 비추어볼 때 많은 사람이 한탕주의 예비군으로 잠복하고 있다는 사실이 뼈아픈 것이다.

이 땅엔 부정한 방법으로 떼부자가 된 자들이 기라성처럼 많은데 단죄할 법적 근거도 없고 그럴 의사도 없으며 그러기 위해서는 지난 세월의 온갖 부정을 대처하지 못한 과오를 국민들 모두가 지고 있는 셈이다.

친일파와 매국노를 단죄하지 못한 탓에 잦은 정치 파동과 부정과 비열한 정치가 연속되었다는 주장도 사실 귀담아들었어야 했다. 정권의 안위에만 급급한 무리들이 그런 기회주의자들을 중용한 탓에 지금도 그들은 진짜 독립 유공자들보다 몇 천배 몇 만 배씩이나 잘 먹고 잘 사는 부류가 되어 있는 것이다.

변절자는 반드시 또 변절한다는 역사적 사실을 왜 기억하지 않는가?

"너, 이번 선거에 돈 좀 내놨겠지?"

"그랬소."

당당하게 말했다.

"얼마나?"

"몇억 되오."

"왜?"

"가장 확실한 투자요."

"반드시 두둑한 이자가 붙는다 이거지."

"그렇소."

"역시 넌 철저한 투기꾼이구나."

나는 사정없이 걷어찼다. 이따위 투기꾼 때문에 우리가 더이 꼴이 되었는지 모른다. 정복현은 큰 대자로 나가떨어졌다. 괘씸한 생각을 하면 그냥……

저승사자

수소문 끝에 민대식이가 귀국한 것은 정복현이가 자술서와 공증 서류에 도장을 찍은 지 일주일째 되는 날이었다. 첫인상부터가 낯설지 않았고 준수한 용모에 퍽 정감이 갔다. 연락하는 사이에 사건의 윤곽을 대충 들었기 때문에 흥분하거나 서두르지 않았다. 이상한 것은 오히려 나였다. 남 같지 않고 퍽이나 보고 싶었던 사람처럼 느껴졌다. 혜라 때문이겠지만 호감이 갈 만한 청년이었다. 나보다 나이는 위였지만 깨끗한 용모여서 젊어 보였다. 민대식은 만나자마자 내 손을 힘주어 쥐었다.

"면목이 없습니다. 이럴 때 혜라가 있었어야 하는데……."

나 때문에 죽은 혜라에 대한 죄책감은 아직도 내 내부에 깊이 자리 잡고 있었다. 쉬 지워질 수 없는 아픔이었다. 민대식은 고개를 저었다.

"어느 누구의 탓도 아닙니다. 다 그 애의 운명이었을 겁니다. 오히려 죄가 많다면 변변치 못한 내 탓이겠지요. 장 형 얘기는 혜라에게서 죽기 전까지 들었습니다. 파리에서 그리스로 떠난다면서 장 형이 반드시 해결할 거라고 했습니다. 그게 마지막 목소리였습니다. 내가 날뛰지만 않았어도 그런 일에 말려들진 않았을 겁니다. 외신 보도에 국제적 갱단 두목들이 잡혔다기에 성공한 줄은 알았습니다. 혜라가 죽었으리라는 생각은 못했지요."

"혜라가 원한 대로, 또 약속한 대로 영혼결혼식을 올렸고 화장한 재는 소원대로 금강에 뿌려주었습니다."

"정말 고맙습니다. 지금은 뭐라고 드릴 말씀이 없습니다."

"저녁에 정복현과 친척, 친구들을 다 모이게 했습니다."

"장 형, 따지고 보면 매제나 다름이 없는 분 아니시오. 나로서는 포기했던 재물이고 또 내가 추스르기엔 너무 큰 돈입니다. 내가 재산을 찾으려 했던 것은 아버지의 한을 풀어드리기 위해서였지 근본적으로 재물탐에 있지는 않았습니다. 이건 오히려 죽은 혜라의 몫이 더 많은 것 같습니다. 어떻게 했으면 좋겠습니까?"

사실 내가 경계했던 것은 한꺼번에 봇물 터지듯 들어온 재물을 탐내서 아귀차게 눌어붙으면 어떻게 하나 하는 것이었다. 사람에게 재물이 붙으면 욕심이 갑자기 사나워지는 것이 속성

일 터인데, 더구나 그 재물에 대한 응어리 때문에 학업도 포기한 채 지하조직과 연계된 인연이 있던 인물이고 보면 아버지가 어떻게 모았던 것 따위는 생각지 않고 날뛰지 않을까 하는 우려를 품고 있었다. 몇 차례의 전화 연락이 있었지만 차마 내가 품었던 얘기들을 할 수는 없었다.

"내 권리는 전혀 없습니다. 그러고 싶지도 않습니다."

"그런 뜻이 아닙니다. 장 형이 어떤 사람이란 걸 알고 있습니다. 내 얘기는 내게 너무 과분한 재물이고…… 그 사람들 행위가 괘씸하긴 하지만 그렇다고 박대하기도 싫습니다. 어차피 제 아버님은……. 이런 말씀 드리면 불효자입니다만, 옳게만 모으신 게 아니라는 추정을 해볼 수 있고……. 그렇다면 이 재물들이 내 몫만은 아니라는 겁니다. 혜라도 같은 생각이었습니다. 일기장과 개의 소장품들을 보관하고 계시다니까 얘긴데, 어느 구절엔가에선 재산을 다 찾으면 어느 쪽으로든 사회에 환원하겠다는 다짐을 했을 겁니다. 평소에 늘 그랬으니까요."

"사실이 그렇습니다. 그래서 나도 주저하고 있던 참입니다."

"난 이쪽 사정이 어둡습니다. 정리가 되면 하던 공부를 마저 끝내고 아주 우리나라에 와서 살 계획입니다. 그러니 장 형이 혜라의 뜻이나 내 뜻, 또는 불행한 일로 돌아가 가셨지만 그분의 뜻까지도 포함해서 어떻게 돈을 쓰는 게 현명한지를 좀 알려주세요. 빈말이 아닙니다."

오히려 내 쪽에서 당황했다. 애비와 자식이 이렇게 다를 수 있을까 하는 생각이 떠올랐다. 애비와 다른 자식이란 수없이 많다는 생각을 막연히 해왔던 건 사실이지만 이렇게 겸허한 자세로 대할 줄은 몰랐다. 비열한 아버지를 닮지 않기 위해, 또는 애비 되는 이의 역사적인 죄를 자식 되는 이가 뼈아프게 감당하는 경우가 요즘 부쩍 많아졌다는 걸 모르는 바 아니지만 민대식이의 진지한 말 앞에 내 자신이 부끄러워졌다.

"특별히 생각한 것은 없습니다만…… 나는 욕심을 내면 어쩌나 해서 깊은 얘기를 사실은 하려고 했습니다. 먼저 그런 얘길 하시니까 갑자기 별로 할 말이 없습니다."

"그렇다면 조금이라도 염두에 두었던 곳이 있을 거 아닙니까."

"일부는 어려운 사람들만 다니는 공민학교 같은 데 주었으면 좋겠고 또 일부는 그런 지역에 학교를 지으려는 사람이 있는데 조금 부족한 걸 보태주고…… 여유가 있다면 도서관을 하나 지어서 믿을 만한 단체나 개인에게 기증하는 방법이 어떨까 했습니다."

"그거 아주 좋습니다. 이 자리에서 결정합시다. 난 집 한 채와 공부 계속할 돈만 있으면 됩니다. 아버님을 생각하더라도 떳떳한 일이구요. 대신 절대로 내 이름을 밝히지 않게만 해주세요. 먼 훗날, 아버지 이름이 까마득해질 때쯤이면 모를까 지금 내 이름이 거론될 때가 아닙니다. 아무리 청렴한 인물로 알려졌나시만 세상을 속일 수는 없습니다. 아는 사람은 알기 마련이죠. 그런데 내가 그런 짓을 했다고 하면 빤한 이치로 받아들입니다. 오히려 불효막심한 자식이 될 수도 있습니다. 내 뜻을 제발 알아주세요."

더더욱 할 말이 없었다. 이것저것 얘기를 나누었지만 혜라처럼 솔직하고 담백한 매력을 지닌 사내였다. 그동안 어려운 고비를 넘긴 얘기며 어머님이 병고를 치를 때 약조차 제대로 써보지 못한 일이 가슴 아프다고 했다. 거기에다 혜라까지 뛰어들어 지하조직과 손을 잡게 되는 결과까지 치달렸을 때는 차라리 죽으려 했었다는 말까지 했다. 몇 차례인가 정복현으로부터 더 이상 말썽을 부리지 않는다는 각서만 쓰면 얼마간의 돈을 주겠다고 제의를 받았지만 끝까지 어려운 상황 아래서도 버틴 것은 혜라의 집념 때문이라고 했다. 뿌리는 썩었어도 아름다운 꽃이 필 수 있다는 생각을 했다. 혜라의 사랑이 계산된 것만은 아니라는 생각을 민대식이를 통해 느낄 수 있었다.

저녁때, 한자리에 모인 비열하기 짝이 없는 친척과 친구들 그리고 정복현이 앞에서 민대식이는 똑바로 자기 의사를 밝혔다.

"돌아가신 제 아버님을 대신해서 말씀 드리겠습니다. 아버님이 살아계실 때는 음으로든 양으로든 혜택을 입으신 분들입니다. 물론 좋은 현상은 아니라는 걸 저도 압니다. 아버님의 재물들이 어떻게 무슨 명목으로 모아졌는지를 확실하게 아는 분은 안 계실 겁니다. 아버님이 급사한 뒤에야 저는 아버님의 재산이 많다는 걸 알았고 이미 그때는 아버님 명의로 된 게 별로 없고 거의 여기 모이신 여러분 명의로 관리가 되었다는 걸 알았습니다. 그런데 얼마나 아버님이 덕을 쌓지 못했는지 모르지만 단 한 분도 재산을 내놓지 않았습니다. 등기 비용이며 세금이며를 모두 아버님이 대드린 문서도 최근에야 찾았습니다. 어떤 분은 그 재산을 처분하여 사업을 하다 망해서 다 날렸고 어떤 분은 꽤나 재산을 불려놓으신 분도 있습니다. 저는 아까도 말씀 드렸듯이 여러분의 재산을 다 인수할 의사는 없습니다. 어찌 되었든 여러분은 내 친척이고 아버님의 친구였거나 아버님을 돕던 분들입니다. 여러분한테 받은 것을 제 개인의 영달이나 이익을 위해 쓰지 않고 거의 모두를 익명으로 사회에 환원하기로 했습니다. 여기에 여러분 모두가 공증을 다시 한 문서가 있습니다. 법적으로는 이제 모두 제 개인 것이 됐습니다. 그러나 여러분의 형편을 생각해서 제가 재분배를 해놓았습니다. 서운하시더라도 참아주시고 제가 공부 끝나고 돌아오거든 아버님이 살아계실 때처럼 서로 믿고 의지하며 살기를 바랍니다. 전 집 한 채뿐인, 여러분에 비해 훨씬 가난한 사람으로 여기 살게 됩니다. 차라리 그럴 바에야 친척이나 옛 동료나 아버님 친구분들이 더 잘살게 놔두지 그러냐고 하실 분도 있을지 모릅니다만 아버님은 분명히 정당하게 돈 버신 분이 아닙니다. 그러니 자식 된 제가 환원시키는 것이 정도이기에 제 길을 가는 것뿐입니다. 이해해 주십시오. 그러나 예외 한 가지가 있습니다. 여러분이 그동안 시달려서 아시겠지만 아버님이 가장 가까이 했던 정복현 회장님만은 제 아버님을 비열하게 만든 장본인이라서가 아니라 아버님의 재산을 환원시키는 자식 된 제 도리처럼 18평짜리 아파트 한 채를 사 드리는 것으로 모든 재산을 제 앞으로 돌리겠습니다. 이런 말씀 드리게 되어 정말 죄스럽습니다. 깊이 생각들 하셔서 제가 공부 끝내고 돌아오면 옛날처럼, 가진 것 없지만 바로 살려고 애쓰는 저를 과거처럼 맞아주시기만을 바라겠습니다. 제가 돌아올 땐 아버님과 어머님의 유해를 모시고 오겠습니다. 정말 죄스러운 자리에 섰습니다. 용서해 주십시오."

술렁거리는 사람 하나 없었다. 정숙하기만 했다. 분위기가 얼마나 무거웠던지 맨 뒤에 앉아 있던 내 이마에도 땀이 맺혀졌다.

모든 재산이 정리되기 위해서는 여러 날의 작업이 필요했다. 민 회장의 가까운 친구였던 송 변호사가 위임을 받아 처리하기로 하고 대신 재산의 재분배를 약속하는 증서를 친척과 친구들과 동료들에게 나누어 주었다. 재산을 위장 분산할 때 제외되었던 친척들에게도 조금씩이지만 재분배를 시키는 아량을 보이기도 했다.

"장 형한테도 차 한 대를 사 드리지요. 정말 큰 선물을 해드리고 싶은데 내 낯이 뜨거울까 봐 그럽니다."

"아닙니다. 내게 일 원 한 푼을 주어도 안 됩니다. 이건 혜라에 대한 내 아주 작은 일에 지나지 않습니다. 혜라는 목숨까지 던졌습니다. 정 내게 무엇을 주고 싶다면 정복현의 자식들 앞으로 학교 걱정이나 없게 보험이나 일시불로 들어주시죠. 그래 놓고 보니 안되긴 안됐습니다."

"그야 해야지요. 자식들이 무슨 죄가 있겠습니까."

"가기 전에 술이나 한잔 사주시면 됩니다."

"그럽시다. 우리 이제 평생 형제처럼 지냅시다. 나도 외롭고…… . 더구나 혜라 생각을 하면 장 형이라도 옆에 있어야 내가 믿고 살 거 아닙니까."

"오늘부터 형님으로 모시죠."

"고맙소."

민대식의 눈가엔 물방울이 잡혔다. 애써 눈물을 보이지 않으려고 코를 훌쩍 마셨다. 우리는 손을 굳게 잡았다.

"이제 말을 놔요. 나도 편하게…… ."

"그러지. 내 영혼은 너를 매제로 알고 지내야 하니까."

"형. 공부 열심히 하고 돌아와서는 제 몫을 해얍니다."

"해야 하고 말고, 총찬이가 있는데."

헤어지면서 우리는 자꾸 뒤돌아보곤 했다. 우리는 서로 아쉬움이 많았다. 그 끈끈한 인연의 고리는 혜라였지만 우리 둘은 무엇인가 통하는 데가 있었다. 기분 좋은 사람을 만났을 때의 그 충족감이란 참 아름다운 인연인 것이다. 돌아와서 살 집한 채를 남기고 모두 내놓는 그의 자세가 이렇게 마음 흡족할 수 없었다. 전혀 예상할 수 없었던 것이었다. 나는 인간에 대해 수없이 실망하고 회의감에 젖어본 사람이었다. 그러나 간혹 사람다운 사람을 만나면 화들짝 놀라서 내 자신을 뒤돌아보곤 한다. 가장 아름다운 것은 인간 안에 있는 것 같기만 했다. 혜라는 내게 많은 것을 주고 간 여인이었다. 어쩌면 잉태한 채, 현미경으로나 확인될 수 있는 아주 작은 잉태를 한 채 죽었을지도 모른다. 나는 분명히 다혜를 사랑하고 있다. 변할 수 없는 것을 내 자신이 먼저 알고 있었다. 그러나 혜라를 기억해 주어야 할 운명을 또 점지받은 것이었다. 혜라는 죽었다. 다시 저잣거리에서는 볼 수 없는 여인인 것이다. 이다음에 죽어서나 다시 만날 수 있는 여인인 것이다. 그러나 내 인생에 있어서 그녀의 의미는 너무나 큰 것이었다.

어렴풋이 달빛이 비치고 있었다. 행복하면서도 가슴 답답하다고 할까, 마치 손위 처남을 만나 기분 좋게 한잔을 나눈 것같이 포근하면서 혜라의 죽음과 절실하게 사랑하는 여인 다혜가 자꾸 의식 속에 같이 들어와 있는 것이 싸르르한 통증처럼 나를 괴롭혔다. 나는 부연 달무리를 올려다보고 스스로에게 물었다. 혜라를 사랑하는 거냐고? 고개를 저었다. 좋아할 수 있는 여자이긴 하지만 사랑할 수는 없는 여인이었다. 다시 스스로에게 물었다. 다혜를 사랑하느냐고. 나는 속절없이 끄덕였다. 사랑할 수밖에 없는 여인이었다. 논리적으로 설명하라면 할 수 없었다. 내 마음이 그리로 가고 있기 때문이라고밖에 달리 설명할 게 없었다.

어디 가서 술을 좀 더 마셔야 집에 들어갈 수 있을 것 같았다. 세워놓은 자동차 안의 시계를 보았다. 밤 열두 시가 넘은 시간이었다. 아직 찬바람이 가시지 않은 날씨 탓인지 약수터 오르는 오솔길엔 사람 그림자 하나 없었다. 기갈 들린 사람처럼 약수를 꿀꺽거리며 마셨다. 이가 시릴 정도였다. 터덜거리며 내려왔다. 좁은 골목길로 차를 몰았다. 큰길로 돌아가는 것보다 지름길이었다.

내 마음이 오늘 밤 왜 이렇게 허전한지 알 수가 없었다.

아침에 집을 나설 때 은주 누나는 느닷없이 꿈 이야기를 했다. 용하게도 은주 누나의 꿈은 맞는 확률이 많았다. 아이들이 등장하는 꿈을 꾸면 꼭 집안에 나쁜 일이 생기는데 엊저녁에도 그런 꿈을 꾸었다는 것이었다. 그러니 여러 가지 조심하라고 일렀었다. 봄으로 미루어놓은 새집 짓는 공사 현장에서 인부가 다치던 날도 그런 꿈을 꾸었고 다혜가 납치되었다는 소식이 날아오기 전날, 조카 녀석이 학교 철봉에서 떨어져 병원에 실려가기 전날, 가게 셔터를 부수고 도둑놈이 들어왔다가 경비원에게 들켜 도망간 사건이 나기 전날 밤에도 역시 아이들과 어울려 놀거나 아이들을 데리고 소풍 가는 꿈을 꾸었다고 말한 적이 있었다. 나는 초등학교 선생님 출신인 데다가 평소의 꿈이 학교를 설립하는 것이라서 그런 꿈을 꾸는 거라고 타박 비슷하게 하고는 설렁설렁 지나갔었는데 오늘따라 은주 누나의 꿈 얘기가 강하게 나를 옥죄고 있었다.

집안에 무슨 일이 있을까?

골목길인데도 차를 빨리 몰았다. 집 앞의 외등이 희미하지만 외관상 적막하게 보였다. 차를 세우고 대문 열쇠를 찾았지만 보이지 않았다. 아침에 옷 갈아입고 나오느라고 열쇠를 빠뜨린 것 같았다. 늦게 들어오는 일이 많아서 아예 열쇠를 챙겨 가지고 다니는 버릇이었다.

초인종을 누르려고 손을 드는 순간 어깻죽지에 무엇인지 모를 날카로운 것이 푹 박혔다. 얼른 돌아섰다. 외등의 불빛 속에 낯선 사내 세 명이 꼿꼿하게 서 있었다. 어깨에 박힌 것은 작은 화살촉이었다. 힘주어 뽑았지만 나는 털썩 무릎을 꿇었다.

"누구냐?"

한 사내가 대답 없이 다가오더니 자동차의 시동을 껐다. 스몰라이트마저 끄고 자동차에 기댔다.

"넌 움직일수록 빨리 죽는다. 독이 너를 먹어치우고 있으니까."

"누구냐?"

내 생각에도 내 목소리는 형편없이 작았다. 일어서려고 했지만 마음뿐이었다. 마저 무릎을 꿇고 한 손으로 겨우 벽을 기댄 채 사내들을 노려보았다. 이렇게 허망하게 당하다니. 낙엽 위를 걸어도 맨발에 소리 하나 내지 않던 내가, 느닷없이 매서운 회초리가 등을 갈겨도 자리를 피해 앉던 내가 화살촉 한 방에 이렇게 맥없이 주저앉다니. 사내들 손엔 아무 도구도 없었다.

물체가 두 개씩 흔들려 보이기 시작했다. 독성이 강한 것을 맞은 것 같았다.

은주 누나의 꿈 이야기가 떠올랐다.

"누구냐?"

내 목소리는 겨우 목구멍을 비집고 나왔다. 뒤통수가 뻣뻣해지기 시작했다.

"저승사자!"

사내들이 시니컬하게 웃는 소리를 듣고 벽에 기댔다. 전신에 힘이라곤 단 1그램도 들어 올릴 수 없을 만큼 나는 기진해 버렸다.

여기서 죽으면 안 돼.

나는 이를 앙다물었다. 그러나 점점 몽롱해질 뿐이었다. 그때, 외등과 직선거리에 있는 모퉁이에서 날렵하게 생긴 활과 삼각 받침대를 들고 일어서는 사내를 보았다. 미리 삼각대에 화살을 장치해서 초인종 누르는 지점을 정확하게 겨냥해 놓았다가 내가 그 앞에 서는 순간 시위를 당긴 것이었다. 보통 녀석들이 아니라는 생각과 살아야 한다는 생각뿐이었다.

"누구?"

나는 목구멍 속으로 물었다. 알고 싶었다. 내가 누구 손에 죽는지를. 그리고 가능하다면 왜 죽이려는지를.

"보고해라, 잡았다고."

높낮이 없는 둔탁한 사내 목소리를 희미하게 들었다. 나는 하늘을 보고 누웠다. 달무리도 여러 개였다. 눈이 저절로 감겼다.

아, 살아야 한다.

〈10권에 계속〉

　사람 사는 곳은 어디든 정치라는 게 있기 마련이고 정치라는 것은 사실을 완전히 배제하지 못한다는 사실쯤은 알고 있습니다. 그러나 요즘은 어디를 가나 정치와 바람 얘기가 무성하고 신문과 방송과 잡지도 온통 그런 얘기들로 채워지고 있어서 그나마 사는 재미가 있다고들 합니다.

　우리는 현실과 미래를 통괄하는 것 가운데 피부에 가장 민감한 정치가 이렇게 재미로 받아들여지는 시속에 작은 연민을 느낍니다. 과거의 역사가 왕조 중심의 특정 인물 중심으로만 치적이 정리되어 민중을 등한시한 풍조로 미루어볼 때 행여라도 민중이 이 땅의 엄연한 주인이란 사실을 망각할까 싶

습니다. 민중이란 말이 싫으면 대중도 좋고 국민이라 해도 좋으
며 백성이란들 어떻습니까. 따지자면 독립운동도 백성의 몫이
지 몇 사람의 지도자의 공적은 아니며 해방이며 전쟁이며 혁명
과 쿠데타라는 역사적 사실까지도 백성의 몫이란 걸 명심해야
합니다.

백성은 더러 어리석기도 하고 더러는 속기도 하며 유다의 양
처럼 너무 순진해서 다른 백성에게 해코지도 하는 습속이 얼
마간은 있습니다만 그렇다고 맴을 돌다 스스로 어지러워 자빠
지지는 않습니다.

우리는 한번 뒤돌아봐야 합니다. 말로는 백성이 주인이라면
서 행동이나 의식 속에, 설마 그럴 리야 없겠지만 종으로 여기
는 것이나 아닌가 하는 아픔을 나만이 느끼는 것은 아닐 겁니
다. 정치보다는 백성의 이야기를, 정치쟁이보다는 수굿한 한 인
간의 담담한 심성이 보편성을 갖고 매스컴의 큰 소재가 되는
날은 언제일까 하는 생각을 하게 됩니다.

아무튼 우리는 우리들의 미래를 믿어야 합니다. 지구가 그리
쉽게 멸망하지 않을 것이며 우리 백성이 결코 주저앉지는 않
을 테니까요. 그러기 위해서는 적어도 우리의 뿌리는 사랑에
서 그 자양분을 흡입해야 합니다. 사랑이 우리들의 상식이 된
다면 인구가 기하급수로 늘고 강대국이 기묘하게 노려보고 행
여 빙하기가 되더라도 우리는 또 다른 재미로 살 것 같습니다.

『인간시장』이 이제 아홉 권째가 됩니다. 머잖은 날 종결할까

합니다. 그 숱한 눈총과 시샘과 구박 덩어리가 휴식을 하겠지만 그렇다고 아주 종결하는 게 아니라 다른 시각으로 이 땅의 이야기들을 천착해서 들여다볼 겁니다. 못생기고 휘어진 나무가 선산을 지킨다고 했습니다. 잘생긴 재목은 누군가가 베어가 버리지만 그 못생긴 나무는 수백 년을 지키게 됩니다. 적진을 뚫을 때 정공법이 불가능하면 우회해야 한다는 것을 지난 오 년여 동안 깨달았습니다.

청명한 아침 햇살이 비치면 장총찬이도 씨익 웃고 밀린 잠이나 실컷 잤으면 합니다.

인간시장 9

초판 1쇄 1985년 3월 30일
제2판 1쇄 2004년 3월 10일
제3판 1쇄 2015년 5월 25일
제3판 3쇄 2024년 7월 20일

지은이 | 김홍신
펴낸이 | 송영석

주간 | 이혜진
편집장 | 박신애 **기획편집** | 최예은 · 조아혜 · 정엄지
디자인 | 박윤정 · 유보람
마케팅 | 김유종 · 한승민
관리 | 송우석 · 전지연 · 채경민

펴낸곳 | (株)해냄출판사
등록번호 | 제10-229호
등록일자 | 1988년 5월 11일(설립일자 | 1983년 6월 24일)

04042 서울시 마포구 잔다리로 30 해냄빌딩 5 · 6층
대표전화 | 326-1600 **팩스** | 326-1624
홈페이지 | www.hainaim.com

ISBN 978-89-6574-499-3
ISBN 978-89-6574-490-0(세트)